爬过沼泽

◎ 张启雄　著

南方出版传媒
花 城 出 版 社
中国·广州

图书在版编目（CIP）数据

爬过沼泽 / 张启雄著. -- 广州 : 花城出版社，2016.7
ISBN 978-7-5360-7981-6

Ⅰ. ①爬… Ⅱ. ①张… Ⅲ. ①长篇小说－中国－当代 Ⅳ. ①I247.5

中国版本图书馆CIP数据核字(2016)第134506号

出 版 人：詹秀敏
责任编辑：凌春梅
技术编辑：陈诗泳
封面设计：何晓玫

书　　名	爬过沼泽 PA GUO ZHAO ZE
出版发行	花城出版社 （广州市环市东路水荫路 11 号）
经　　销	全国新华书店
印　　刷	广东新华印刷有限公司 （广东省佛山市南海区盐步河东中心路 23 号）
开　　本	880 毫米×1230 毫米　32 开
印　　张	7.625　1 插页
字　　数	200,000 字
版　　次	2016 年 7 月第 1 版　2016 年 7 月第 1 次印刷
定　　价	28.00 元

如发现印装质量问题，请直接与印刷厂联系调换。
购书热线：020－37604658　37602954
花城出版社网站：http://www.fcph.com.cn

我们来到这个世界，自始至终最渴望的是温情；最有价值的，是将温情无私地送给别人，同时也温暖自己。

第一章

小时候，我有一个绰号叫拉尾。现在人们还是这样叫我。这么多年来，我差不多把自己的真名实姓忘掉了。

这个绰号是我读小学时鬼头马起的。我第一次参加小学操场跑步训练，拼了吃奶的劲仍然掉队一大截，鬼头马就把我这个又寒酸又愚钝的同伴叫作拉尾了。拉尾是粤语，最弱小最落后的意思。比如说，鸭群里，人们把先天不足，营养不良的丑小鸭，叫拉尾鸭，或者叫鸭仔尾。拉尾鸭出生不久就注定被群鸭所抛弃。明白这个意思吧。那个时候，我家穷困潦倒，父亲早逝，母亲经常卧病在床。因此，我每学期都要申请减免学费。实在没办法，母亲便拖着病恹恹的身子挨家挨户上门借油借米，有时还叫我跑到南岭墟镇，向有点沾亲带故的单车谷借几个钱度日。我的衣服破破烂烂，补了又补。我经常挨饿，饿得肚皮紧贴着背脊，看见别人吃东西，我会站在一旁，直往喉咙里咽口水，两眼直愣愣地盯着，肚子里的馋虫上蹿下跳的。

那个时候，社会上流行给人起绰号，人们喜欢这样叫我，我也无可奈何。

我想，拉尾就拉尾吧，这个绰号没什么不好，总比我的同伴叫什么唐泥鳅呀，豆皮良呀，吕沙尘呀，鬼头马呀要好，也比肥婆娟好听得多。

可事实并非如此，我始终和他们不一样。一句话，他们对我并不友善。他们说我是傻瓜，他们喜欢捉弄我。比如说，每次在我们樟木头村——那时叫生产队——前面一座荒废的碉楼或附近旷野沼泽玩枪战游戏，他们会拾黑炭往我脸蛋描皱纹、画胡子，强迫我扮叛徒、演坏蛋。然后，他们将小手握成驳壳手枪，或者拾烂泥团当作手榴弹，朝我开枪，向我掷弹，要我趴在地上求饶，要我缩着脖子装孙子，好让他们从中取乐。看着他们乐颠颠的样子，我心里痒痒的。我也想当一回英雄。守门员也想追逐飞滚的足球全场奔跑，过一过脚瘾啊。于是，我逐个逐个摇摆他们的手臂，扯住他们的衣角，百般恳求，就差叫他们一声爹、喊一声娘了。吕沙尘有一次终于替我说话："让他神气一回吧。"于是，他们聚首商量一番，诡黠地说："好啊，大英雄！"然后哄笑而散。我不知有诈，在草丛中左冲右突追"逃兵"，见一个杀一个，见两个杀一双。然而，他们"中弹"不倒地，反而掉转枪口反扑，吕沙尘率先将我手到擒来。结果，我比演坏蛋趴地求饶还要惨烈。我不服气，要求重来。可是没人理会我。以后，无论我如何嚷叫，他们也不给我机会。岂止如此，他们还出手不轻，毫不留情地打痛我的手，掴红我的脸。他们说："拉尾，你也不照照镜子，看你这副熊样，有什么资格演英雄呀！"

又比如，有一回放学回家，老远传来村子吹吹打打的乐声和一阵阵的鞭炮声，他们像煞有介事地说："拉尾，我们村有香港客回乡探亲，现在一定在见人就分派糖果饼干呢。手快有，手慢无。去迟一步，你只好在地上拾糖果纸和饼干碎啦。"我听了，想也没想，一口气跑到村口。啊，完全不是这么一回事，只见门里门外一堆黑白，人们披麻戴孝，一片哭哭啼啼，原来是生产队老队长的母亲昨晚病逝了，村里一队人马正在出门为她老人家送葬去哩。

此外，他们还时常在我衬衫背后偷偷粘贴"傻瓜"两个大字，让人取笑，甚至往我的书包偷偷地塞进死水蛇呀，蚂蟥呀，蚯蚓呀之类的东西，一时吓得我魂飞魄散，屁滚尿流。总而言之，类似的事情还有很多，我真的掰着手指数也数不过来。

我问，你们为什么老是捉弄我啊？他们挤眉弄眼，满不在乎地说："拉尾，我们不拿你开玩笑，还会拿谁开玩笑呀？"好像我前世注定要被他们欺负、被他们挖苦似的。

有一次，鬼头马在我眼前摇晃一粒剥了壳的花生米，贼眉鼠眼地望着我说："拉尾，你想不想吃呀？想吃就给我们干点事！"

我问："干什么呢？"

鬼头马眯着一对线眼，隔着我们村前的一口鱼塘，远远指着祠堂面前的晒场说："你到那里捧一把花生给我们，我们就分几粒花生米给你。"

我说："那岂不是偷么？"

凤娟——过了许多年，人们就叫她肥婆娟了——说："废话，你想不想要呀？"

我当然毫不犹豫地点头说："想。"

于是，我借着塘基半弧枯黄香蕉树叶的掩护，猫着身子绕了半个鱼塘，再壮着胆子走过去。晒场零零落落地铺晒着生产队几天前收获的花生，脚踩花生会噼噼啪啪地响。村里有位瞎了一只眼的怪老头，人称单眼明，他这时头戴一顶破草帽，歪着脑袋坐在祠堂高高的门槛上，昏昏欲睡，旁边还有他那条浑身癞疤的黄狗，曲着四腿，趴在花岗岩地面上睡懒觉，肚皮瘪瘪的一起一伏。说起来，我曾帮过这条狗。当时一群凶狗追抢它嘴里的猪骨头，对它又咬又扯，痛得它汪汪大叫。我立即拾起石头砸打凶狗，让它逃过劫难。不过，它从此留下一身癞疤，也瘸了一条腿。这时，黄狗腾跳而起，摇晃快要秃光的尾巴，一拐一拐地跑过来，异常兴奋地围着我团团转。我弯腰手捧一把花生，拔腿就跑。可是，噼噼啪啪的响声把老人闹醒了。老人睁开惺忪的眼睛，大喝一声，拿着身边的竹扫帚追赶而来。黄狗立即汪叫奔跑过去，死死咬扯老人的竹扫帚。老人终于停止脚步，转而脸露愠色。然后，他小声哼唱“祸兮福所倚，福兮祸所伏”的粤曲，蠕蠕地走回原地，重新坐在高高的门槛上，若无其事地合上了眼睛。

我的勇敢行动没有得到同伴们的夸赞，反而逗得他们捧腹大笑，个个像打鸣的公鸡一样笑得前仰后合。

鬼头马毫不客气地将一大半花生放在自己的衣袋里，拿出剩余的花生分给同伴们。然后，他们在一片笑声中哄然而散。

我弄不明白，他们为什么笑得这样奇怪！于是，我决定跑到南岭墟镇问单车谷。

我跑呀跑，冒着小雨，抄近路，颠蹶穿越旷野沼泽，又沿着弯曲的沙面公路，路过我们坑前小学，一口气跑了十公里，上气不接下气地来到南岭墟镇。这时已经是下午四点多钟了。那个年代，南岭墟镇只有一条名叫米市街的街道。米市街又长又窄，破破旧旧，弯弯曲曲，一边是环城小河，一边是两三层高的骑楼。最显眼的是进入墟镇桥头的一座五层高的碉楼。街面铺着薄薄的水泥，因年久失修坑坑洼洼。每逢下雨，地上一摊摊积水。我像蟋蟀似的跳来跳去，一不小心就踩着“地雷”。我满身泥迹，在米市街中心那间镇集体自行车修理店铺找到了单车谷。这时，他身穿印有阿拉伯数字的背衫和勒紧军皮带的短裤，光着胳膊肘儿，正蹲在店铺门前一棵盘根错节的老榕树下面，忙着给客人修理自行车。

他一边吩咐我帮忙传递修车工具，一边认真地听我的一番诉说，一边摇头叹息。

他说：“你老远跑来，只是因为这件事？”

我说：“是啊。”

他说：“你呀你……”

店铺里有好几个前来修车的人，有的坐着，有的站着，有的蹲着，正在神秘地谈论近日林彪飞机坠毁在温都尔汗的大事件。他们听了我的诉说，收住了刚才悄悄谈论的话题，坐着的、蹲着的全都站立起来，咯咯咯地大笑。

有人说："拉尾，你真笨。"

有人说："是啊，像'一碌木[①]'似的。"

他们拿我开玩笑，我一点儿也不生气。我摸了摸脑袋，想解释什么，可是一时糊里糊涂，不知说什么好。单车谷心里替我着急，并没有把感情表露出来，只是温和地说："你稍微动一动脑筋，什么事情都明白了。"

有人终于告诉我说："拉尾，你被人家'揾老衬[②]'啦！你有本事偷来的东西，又何必交给鬼头马分了呢！"我想也是，他们说得有道理。于是我也笑了——我怎么就没有想到呢！

没多久，我发现他们有一个秘密据点。

坑前小学紧挨沙面公路。操场一棵又高又粗的桉树，吊挂一个圆形的锈铁小课钟。当下课钟声敲响之后，这几个小伙伴便像马骝一般，一窝蜂似的冲出学校围墙侧门，越过一条小河木桥，飞也似的钻进一大片茂密竹林。说起来，这片竹林对我来说现在仍觉得十分神秘。那天早晨，学校没有敲钟，只是三声哨响，全校师生在操场紧急集合。校长突然点了十几个家庭背景不好的学生姓名，要求他们规规矩矩地留守在课堂里。然后，再一声哨响，全体师生像一支夜行突袭的军队悄然来到竹林空地。校长高高地站在小土堆上面，在近千名师生面前用扩音喇叭宣读中央文件，庄严宣布林彪叛

① 一碌木：香港话，像一条四方木，被人踢一下，才转一下。笨手笨脚的意思。

② 揾老衬：粤语，把人当傻瓜看，当猴儿耍。

国投敌这一重大事件。

如今，他们的诡黠行动引起了我的好奇。我决定悄悄地跟踪他们。

嘿，真没想到，他们竟然斗胆和校外几个闲杂人员蹲在地面上掷骰子，连凤娟也埋头混在那里。这分明是聚众赌博啊！开始我好害怕，恨不得马上钻出这片竹林，可是还来不及转身，就被他们发现了。他们先是一阵慌乱，然后冲上前围住我，对我又拉又扯，又哄又骗，强行叫我参与。我瞬时六神无主。要知道，我父亲就是因为赌博欠了人家一屁股债而自杀的。母亲临死时，告诫我干什么都可以，千万不能赌。

我挣扎说："你们放我走吧。"

鬼头马说："你玩几局就放过你。"

我问："为什么一定要我玩？"

唐泥鳅说："傻瓜，你自己也玩了，就和我们穿一条裤，就不敢告发我们啦。"

原来如此。我说："可是……我不会赌。"

凤娟说："蠢猪，不会就学嘛！"

我说："我没钱赌……"

可是，无论我怎么说，他们死活不肯放我走。没办法，我只好自认倒霉；可我的手气很不好，一赌就输，接着连赌皆输。一会儿光景，我已经背负一身债了。这如何是好？我被吓得出了一身冷汗。我用惊悸的目光在唐泥鳅、豆皮良、吕沙尘、鬼头马、凤娟的脸上扫来扫去，但他们个个涨红了脸，指着我呱呱乱叫。

最后，我求救的目光停留在吕沙尘身上。他脸色一沉，眉头一皱，似乎传递替我解围的信息。几个同伴之中，吕沙尘算是比较斯文，对我比较客气。我最信得过他——说起来，我还救过他哩——我觉得他还算通情达理。有时候，我遇到困窘，满脸无奈，他会张着嘴巴，惊奇地望着我。看来，他今天手气挺不错，一副春风得意的样子。他搓着冰冻的手，接着又双手捧起，嘴巴不停地朝着手掌呵着暖气。然后，他站起身，打了一个响指，终于替我说话了："算啦，让拉尾在木桥站岗，给我们看风顶数①吧。"

柳暗花明。我听了终于放下心头大石。我非常感激地望着他。危难当头，毕竟靠他替我开脱啊。

噢，我后来才明白这是一个诡计。说真的，这差事可真不是人干的。

（我在风口上给他们站岗，冻得浑身哆嗦，牙齿咬得咯咯咯的响……）

这个时候正是深冬，寒风凛冽，竹林里一片嗖嗖声。我在风口上给他们站岗，冻得浑身哆嗦，牙齿咬得咯咯咯响，嘴里呼出来的气变成一股股烟云，尿水射在木板上顷刻间浇注成一摊透明闪亮的冰块。但是，我又不敢擅自开溜，担心他们会迫我还债。而且，我没有朋友，平时好不孤独，担心不依他们的说话去做，他们就会远离我；他们不和我玩，就没有其他人和我玩了。因此，我只好委屈自己，乖乖地站在风口上活受罪。我当时想，做人嘛，有时总要做一些自己不愿意做的事情。

这事闷在我心里很长时间，连单车谷也不敢对他说。

一直等到他们被学校老师发现，学校严厉惩治，我才结束几个

① 顶数：粤语，抵债的意思。

月来冒着严寒战战兢兢地站岗放哨的生涯。

自此之后，他们不再玩类似游戏了。我的内心变得平静许多。我的童年就这样过去，混沌迷茫的学习生活伴随着我慢慢长大。记不清什么时候，他们一反常态地躁动起来，尽说些离奇古怪的话。他们对我说：

“拉尾，你想不想和凤娟睡觉呀？”

“拉尾，你昨晚有没有屙白尿[①]呀！”

听了这些话，我觉得莫明其妙。

不仅如此，他们还学会纠缠女人，看见稍微漂亮一点的女同学就评头品足，时常弄得她们脸红耳赤，避之唯恐不及。于是，他们便在一片浪荡的笑声中一哄而散。这个时候，吕沙尘和凤娟已经不再和我们玩在一起了。吕沙尘的小聪明派上了用场。他写得一手好字，当了学校的宣传委员，经常摘录报纸杂志里的文章，用各种颜色的粉笔编写在操场一侧的黑板报上。凤娟呢，她整天穿着花里胡哨的衣裳，紧箍箍的，走起路来左摇右摆，两爿大屁股弹来弹去，十分惹火撩人。

真奇怪，他们对她说三道四，凤娟听了一点儿也不生气，也不觉得脸红，反而乐呵呵大笑，甚至满嘴粗言滥语，以牙还牙。于是，他们找到了寻开心的对象。

有一回，傍晚放学回家的路上，凤娟和几个女同学走在前面，一边嗑瓜子，一边说笑。鬼头马、唐泥鳅、豆皮良和我紧跟其后，他们一路打打闹闹，一路肆无忌惮地谈论女人，粗言滥语不绝于口。看见凤娟放浪的背影，他们怂恿我说：“拉尾，你跑过去捏一捏她的大屁股。”

---

① 屙白尿：粤语，遗精的意思。

我当然知道他们故意耍弄我，但是我的意识就是不听话。这么多年来，我的脸皮也够厚的了。于是，我蹑手蹑脚地走到凤娟身边，冷不防捏了一下她肉墩墩的屁股，然后拔腿就跑。

没想到她没有发怒，也没有追赶我，只是远远指着我的背脊，嘻嘻哈哈地笑着说："拉尾，你这个死扑街[①]呀！你敢再摸我，我就拽倒你，剥光你的衣服，扯断你的小东西喂狗。"

同学们听了可乐坏啦，有人拍手掌，有人晃脑袋，有人踹双腿。他们一起高声附和说：

"好呀，拿去喂狗！"

"拿去喂狗，狗最喜欢吃那小玩意儿啦！"

嘻嘻，我也觉得挺有趣，就像拿着的红薯，往嘴里送时忽然变成白面包一样爽快极了。我停住了脚步，倚在沙面公路旁一棵粗大的桉树上傻乎乎地笑。

对了，我差点忘记说啦，那个时候凤娟没后来这么肥胖，模样也没这么丑怪。凤娟大我好几年，她那年已经十八岁啦。俗话说，十八姑娘一枝花，这个年龄的女人没有一个不漂亮的。

---

① 扑街：粤语，走路摔死的意思，骂人的话。

第二章

我想，我应该自食其力做点事，不能总是依靠别人的施舍过日子。穷人的孩子早当家；人穷不能志短。那是当时最时兴的说法。因此，我读完初中，再也没有报名读高中了。我把书包一扔，一口气跑到樟木头村后名叫崩崖山的岗地，找到刚刚接任的生产队谷队长，让他给我安排农活，希望能像村里的社员一样排工拿工分。

谷队长名叫谷小龙，典型的国字脸，虎背熊腰，当过兵，老穿着褪色的军装，走路一阵风似的。他复员后在我们坑前小学当民办教师，给全校上体育课。我读初一那年，有位女教师休产假，他代课三年级算术。他的计算水平差得离谱，曾闹过一段笑话。那天是南岭墟镇的墟日（集市日），他收割自留地的番薯藤，骑自行车载到南岭墟镇摆卖，一过秤，六十九斤，两分半钱一斤，他算来算去，摸着脑袋算了半天也算不出来。刚好，买番薯藤的是他学生的家长。这位平时经常埋怨学校的家长，当众毫不客气地奚落他："呵呵，我认识你，你是教我孩子算术的谷老师。哼，六十九斤番薯藤值多少钱也算不出来，当什么老师！简直是误人子弟呀！怪不得学生学不到知识！"于是，人们给他取了一个绰号——"番薯藤"，而且这绰号传播速度比现在的高铁还快哩。后来，"番薯藤"改行当了坑前大队治保主任。这个家伙，他妈的总是运气好，当时全国农业学大寨又掀起高潮，上级决定在樟木头村抓出一个典型来，"番薯藤"又被得到重用，兼任我们樟木头村生产队长，带领几百个社员到崩崖山开山凿渠，修筑梯田。

“他妈的，求我时叫我队长，扭转身又叫我‘番薯藤’。”谷队长光着膀子站在小土丘上，手里拿着锄头，一边指挥干活，一边对我说。他手臂上的汗毛沾满泥巴，被汗水划出一道道沟沟。

我发誓说：“我没叫过你的花名。”

“是吗？好，这就好！可是，拉尾，众人皆知你干的蠢事一大筐，你还曾经给那帮臭小子站岗放哨。这么蠢的人，一起干活，大家岂不嫌你碍手碍脚？不过，我喜欢你这种人。”谷队长停住活，双手合起来，紧握锄头木柄上端，下巴枕着双拳，怪怪地望了我一眼，不知是在夸赞还是在蔑视。他说，“你不读书啦？啊，我明白了，读不读书没关系，反正学校经常劳动，回来也是劳动，倒不如早点回家挣点工分，总比只靠借钱乞米好得多。没想到你这蠢猪也晓得想问题，识时势了。”

我问：“你同意啦？”

“山岗正好需要劳动力，”谷队长抬起头，眨眨眼，点点头，笑着继续说，“拉尾，穷并不可怕，‘穷则思变’嘛。我原来也穷得裤穿窿，当初还不是因为穷才卖番薯藤的？拉尾，你是好样的，像我一样有志气。”

我兴高采烈地问：“我什么时候开工？”

“我同意了吗？”谷队长突然变了脸，竖着眉毛，不屑地打量我一番，问我，“你多大年纪啦？”

我说：“十五岁。”

谷队长嫌我年纪小，身子弱，一边摇头，一边握紧一只拳头，卖弄地展示手臂的肌肉疙瘩，哼哈几声，然后指着我说：“你看你，人没锄头柄高，手臂没锄头柄粗，连吃奶的力气也没有，怎能够上山岗干活呀？”

我乞求他，向他保证：“社员干什么，我跟着干什么。”

"说得真好听，你这个瘦马骝，凭什么上山争饭吃！"谷队长摸了摸我的脑袋，拍了拍我的肩膀，一挥手，坏笑地说，"呵呵，拉尾，先别急着拿工分嘛，等你长出屌毛再来找我吧。"

一场空欢喜。我被玩弄似的，有点怏怏不乐，又有点不服气，一路脚踢泥土下山。

没办法，我只好另谋生路。

干什么好呢？我想了又想，决定在房前屋后开垦几畦自留地，种瓜种豆。每逢"三六九"，是南岭墟镇的墟日，我摘瓜摘豆挑到墟镇上卖；曾有一段时间，我通过单车谷的介绍，顶着烈日，挑着两个大木箱，到开山造田的崩崖山山腰卖冰棍，换几个零用钱过日子。可是老天爷没有关照我这个落魄人，偏偏天公不作美，有两次突然台风来临，大雨倾盆，雨下了一天一夜，木箱里的冰棍全部溶化，我挨了一顿臭骂，还把赚来的钱蚀个精光。后来，我还给一位进驻村祠堂干活的木匠当助手。他骗我说，只要我肯替他卖力，他就收我为徒，日后跟着他走街串巷混口饭吃。可是祸不单行，这个油嘴滑舌的汉子没给一个子儿，连夜收拾工具，一声不响地溜走了。我还时不时站在村口，望着前面两排长着葵树之间的小路，傻乎乎地等了他十天八天哩。

真倒霉。人不走运，倒霉的事会接二连三地缠住你。

我并不气馁。母亲说过，天无绝人之路。我凭着偷学来的一点手艺，打算在村里揽工当个小木匠。可是没人相信我，没人上门找我干活，我上门也找不到活干。值得半点安慰的是自造了几张稳当木椅，给单车谷造了一个小巧工具箱，一个摆放衣服的结实大柜。手工不算精致，单车谷却派得上用场。许多时候，我无事可干，像一只被抛弃的小鸭一样在村里东窜西走，可怜巴巴。这段时间，我窝囊极了，乏味透了。晚上，我孤零零地躺在家里的木床上，望着房顶那被台风掀翻瓦片的洞口，痴痴地等待爬进洞口的月亮，脑子里不停地转。不久，社会上接二连三发生了许多大事，首先全国恢复高考，无数中青年奔赴考场。接着，农村分田到户，生产队改回自然村，谷小龙不再兼任村长，继续当他的治保主任。我想了各种各样的门路。最后，我决定到外面闯荡闯荡。

我找到了单车谷。

单车谷八岁时，父母双亡，被南岭墟镇没儿女的老迈夫妇收养，从此过上领取布票、粮票、油票之类的生活，吃上令人羡慕的"皇粮"（那时叫"国家粮"），我经常听村里的唠叨婆娘说，他是吃"米"的，我们是吃"谷"的。言下之意，他高人一等，好像我们不住同一个星球。但是，单车谷从来不会看不起人。养父养母相继去世，在米市街留给他一间房子。房子前面有一大块空地，紧靠最宽阔水面的环城小河，环境挺不错。没多久，国家又出台大政策，允许一部分人先富起来，鼓励承包集体企业，搞个体。南岭墟镇迅速兴旺。米市街一下子多了许多商店，夜里出现几个炒米粉、炒田螺的大排档。单车谷兴致一来，辞掉集体工，另立门户，利用养父养母留下的房子搞个体经营，独撑门面修理自行车。

他爽快地对我说："我需要帮手，跟着我学修车吧。"

这正合我的心意，不过我还是担心做得不好，连累了他，心里不免有点儿忐忑："你不嫌我笨手笨脚吗？"

"你并不笨啊！你懂木工哩。我每天用你做的工具箱。你给我做的衣柜放在宿舍里，有人来我宿舍聊天，都打听衣柜是在哪里买的哩。修车是简单的手艺活儿，并不复杂，比木工活还要容易，一学就会，"他又鼓励我说，"你这人老实，我喜欢。"

我非常感激地望着他："谷哥，你真好。"

于是，我就住在他的店铺里学手艺。

这间店铺的楼层很高，面积不小。他用钢筋水泥搭了个简易阁楼，上面住人，下面修理自行车。我和他都是孤儿，真可谓同病相怜。单车谷从修理脚踏、调刹掣、换车铃、补轮胎，到拆装车轮、换轴承波珠（圆珠）……手把手地教我修理自行车，还手把手地教我用散装零件组装自行车。总之，他乐于教我，我也一丝不苟认真学。没多长时间，我就能独当一面了。

这些日子，我的生活不能说过得很好，也不能说过得很坏，但觉得苦日子总算熬到了尽头。

有时候，单车谷还会在人们面前夸赞我哩。

“拉尾，你真有两下子，干活挺利索的嘛，比许多人都强啊。”他不无夸张地说，“我看呀，给一部烂飞机让你修理，恐怕也难不倒你呀。可是，人们怎么老小看你呢？”

啊，在这个世界上，大概只有单车谷当面夸赞我了。我听了心里甜滋滋的。不过，我还是低着头说：“我也不知道。或者，我是一个傻瓜吧。”

单车谷说：“你不是傻瓜，甚至挺讨人喜欢呢。你只是太老实罢了。老实人时常吃亏，但是我喜欢老实人。如果我将来有大发展，还是用你，和你一起拍档。”

单车谷并非随便说说而已，他不满足于修理自行车，他说赚了钱就开车行。许多时候都出远门做其他生意，有时一去就是好多天。单车谷信得过我，每次出门都让我独自支撑门面。

我的功夫做到家，很多人推着自行车来店铺修理，我从早到晚忙得团团转。

昔日老是捉弄我的同伴也找上门来。

他们——唐泥鳅、豆皮良、鬼头马，没读完初中就辍学了，只有吕沙尘一路读书，高中毕业后，他又重返西滨县城母校补习，继续参加高考。我见他雄心勃勃，说话好大口气，好像大学没有理由不录取他，他一只脚早已迈进大学门槛似的。“回炉”补习期间，他将破自行车寄存在店铺角落。每星期坐公共汽车回来取车，他会歇一歇，喝喝茶，聊聊天，谈论所见所闻。他知道的事可多啦，又新奇又刺激。他告诉我，深圳搞特区啦，港商进来啦，他在县城见过一位有很多官员陪同视察、保卫森严的副总理，出街多次跟外商英文交谈，在电视选美节目里看过穿得暴露的香港小姐。他还告诉我，现在有人给人打鸡血，有人跳“贴面舞”，还有人看“咸湿录像”。偶然间，他会透露他的理想志向。他挥动手臂，不无夸口地说，一般大学根本看不上眼，按照自己的才华，非北大清华不读。总之，他口若悬河，说话滔滔不绝。说实在的，我很羡慕他，明白读多一点书的人就是不一样。

找我最多的是鬼头马。

他有一辆廿八吋凤凰牌新车。那个时候，我们落后偏远山区有一辆自行车，就像二十年前拥有一辆小汽车，凤凰牌自行车就像日本出产的本田。有了这辆自行车，他整个儿仿佛长了翅膀似的，整天招摇过市，一路铃铛。每次见他，他都穿着蓝色花格衬衫，灰色喇叭形牛仔裤，一身精致打扮，嘴里还哼着港台歌曲。到了我们自行车修理店铺，他推着车子往店内一放，便高声呼喝：“拉尾，快帮我修理修理，我赶着用呢！”

鬼头马说完，转身出街闲逛去了。他嘴巴叼着万宝路香烟，悠悠转了大半条米市街，很快又屁颠颠地返回来。他从来不给一分钱，二话没说，直接取车走人，好像我永远欠他的，一辈子都要报答他似的；如果我还未把车修理好，他会发脾气：“怎么搞的？你像小蜗牛一样磨磨蹭蹭！”

我心里有气，可每次都乖乖地帮他把车修理好。唉，我这个人就是这样，不晓得如何拒绝或顶撞他，只会无声地嘟哝几句，连自己也不知道究竟说了些什么。尽管我清楚，这是我的致命弱点；而且我也清楚，我的不幸正在这里。可是，真拿自己没办法。

凤娟也常来这里。不过，她不是来修车的。她没有自行车，她是向我借车用的。可是我也没有自行车啊。

她说："我知道你没有车。"

我说："知道了为什么还向我要？"

她说："这里有的是车嘛。"

我说："车是别人的，我怎能借给你用呢。"

她笑着说："车进了你的店铺，就归你管理了，就像货物进了仓库就归仓管员管理一样，这也不懂？"

这算什么鬼道理！

我十分为难地说："我怎么向人家解释清楚啊。"

她一脸不高兴，用手凿着我的脑门说："你真不开窍，嘴巴长在你脸上，你不会说车还没有修理好吗？"

我还是有点惊慌。我想，单车谷如此信任我，我却做出对不起他的事情来。倘若他知道了，他会怎样看待我呢？但是，我又有什么能耐说得过她呢！我知道，无论什么东西，只要她喜欢，她会绞尽脑汁想办法得到的。我从来不是和她拗手瓜的对手。于是，我只好重复地说："别人看见自己的车不在了，我如何向他交代啊？"

"你这个大傻瓜！"她骂道。哎哟，她居然又爆粗口，溅得我懵头懵脑。我努力搅动舌头，却怎么也说不出一个字来。接着，她蛮横无理地说："你自己动动脑筋，还用我教你吗！"

啊啊，事情好像弄反了，明明是她有求于我，怎么反倒让她教训起我来呢！

就这样，我眼睁睁地看着她推车出门。我站在店铺门口，看着她一条腿踩在脚踏上，一条腿往后一跨，重重地坐在车座上，一眨眼间消失得无影无踪。

第三章

凤娟忽然成了全镇的风云人物，每个角落都传闻她的作风出了问题，风言风语满天飞，说她被人睡了，又被人扔了。

男人是谁？谁也说不清楚，有人说是墟镇某个干部，有人说是墟镇某个小老板，有人说是鬼头马。反正数列出来的人有一卡车那么多。最让人觉得奇怪的是，竟然有人莫明其妙地说是我。那个时候，女子被男人睡了，就是摊档上明摆着的一块臭肉，反正人们都说她是破鞋。是破鞋就没人要，就无地自容。

镇里的人背地里说："谁娶了她，一辈子戴绿帽。"

一天不见她的身影，就会有人说："你们知道吗？她躲到乡下准备生孩子啦。"

修车顾客中有位爱说长论短的人，他笑着说："拉尾，你还不知道吗？凤娟的肚子快要胀破了……"

我半信半疑，但还是说："关我屁事呀！"

他立即认真起来，说得更加荒唐："你认了吧。如果真的是我，我一定敢作敢当！哈哈……哈哈……"

我糊里糊涂地问："认什么？"

"哎哟，你真不明白还是假不明白呀？"他一定觉得我挺有趣，又笑了起来说，"你甭装傻扮懵啦！我是说，你应该好好陪一陪她呀？"

这下可坏了，一听说牵连到我，我顿时心惊肉跳。何况她借了人家一辆挺新的自行车还没还哩！

然而，事情可能弄错了。因为有人说，看见她经常和人在山花酒楼吃饭和玩麻雀。我也隐约记起来，在什么地方看见有人骑着我借给她的那辆自行车。

一天早上，天下着小雨，我果然看见她冒雨骑车过来店铺。这时，她没有穿着雨衣，全身湿漉漉的。头上扎着一条“马尾巴”，上身穿着花格子“的确良”，衣服贴在她那高高的胸口上，两堆肉团左摇右晃，若隐若现。一条灰褐色的牛仔裤，紧绷绷的，把屁股裹得像膘壮的马臀一样。然而，她的肚子一点儿变化也没有啊。知道她来还那辆自行车，我好像什么宝贝失而复得一样，又惊又喜，呆呆地站了好长时间。当我看见车身沾满泥巴，车铃丢失了，光亮的车头也生了铁锈的时候，马上回过神来，一时不知所措。

“我的天呀！”我责怪她，“你干什么去了，怎么把车弄成这个样子啦。”

“这鬼天气，”她不理睬我，一边用手扫着身上的雨水，一边骂骂咧咧，埋怨这个鬼天气。骂够了，才正式回答我，“你晚上在店铺等我，我会把倒霉的事情经过全部告诉你的……”

说完，她摇摇摆摆地迈步出门。她的动作有点儿夸张，高高的胸脯和大屁股晃来晃去，让前来修车的顾客看得眼花缭乱，两眼直愣愣地盯着。他们神兮兮地对我说：“嘻嘻，你那个女人真够骚的……”

“我的女人？”

“就是有一卡车男人的凤娟啊！”

又有人提到我和她，我简直紧张得要命。我连忙说：“我打一辈子光棍也不会碰这个女人！”

傍晚，凤娟果然来找我。我当时正在店铺门前，一边草草打扫卫生，一边紧张地张望，在关闭店铺铁闸之前，我仿佛还在等待着什么事情。

这时，早已雨过天晴。太阳刚刚落山，一片艳丽的晚霞把远处起伏的山峦勾勒得轮廓分明。整个墟镇，街道、骑楼、行人、树木，在夜色和雾霭交融下，如影如幻，构成一幅着色很浓的油画。不远处桥头边上，那座高高的碉楼，西欧教堂式圆形塔顶染上金黄，格外耀目。霞光染红了店铺门前的小河，闪烁着粼粼波光。但是，我却无心欣赏这美丽的景色。

说实在的，这天下午我心事重重。我花了几个小时擦干净沾满泥巴的车身，到百货商店自行车零件专售柜台，自掏腰包买了几个零部件，给那辆自行车换上同一牌子的新车铃、手刹、链条和把手。凡是该换的零件都换了。我还花了很长时间更换了轮框钢线，矫正了两个轮框。更换的轮框钢线铺满一地。可是，无论我如何费神努力，想尽千方百计，效果都无法令人满意。除非瞎了眼，谁也能明显看出破绽来——车头、轮框和其他凡是镀了镍的地方，都锈迹斑斑，再也无法恢复原来的光亮。我整个下午都在为这部车忙碌、发愁，担心修车人随时找上门来，又希望他尽快到来。我心甘情愿承受他的一顿臭骂，好让我尽快了却这件缠绕于心的烦恼事。

这一晚，凤娟的穿着有点特别，像淑女一样清新，层层叠叠褶皱的黑裙子束起素色的白衬衣，黑色的高跟皮凉鞋搭配白丝袜，一副清纯可爱的学生装束。不过，我觉得这套衣服穿在她身上有些别扭。

“拉尾，请你跟我进来啊。”她直接走进店铺，打开顶头上一把吊扇，甩了一下头上的“马尾巴”，向我招了招手。我心里仍然有一肚子气，犹犹豫豫，站着不动。她继续催我说，“哎哟，你还呆着干什么，快些进来呀。”

我慢吞吞地走进店铺。店铺车辆摆放得乱七八糟，各种修理工具散落在遍布灰黑的水泥地板上，我简直没有心情收拾清理。这时，她突然伸手抓住我的手，把我拉到她面前。我一时不知所措。她身上薄薄衣服的下摆被最快挡转速的吊扇掀开，我只感到她身上一股浓郁的花露水香味扑鼻而来。我不由自主地后退两步。她又一次把我拉到身边，尽力压低声音，小声地对我说："我现在就告诉你，请你听我说……"

我心烦意乱，仍然茫茫然地盯着摆放在门角里那辆刚刚修理过的自行车。

她没有理会我，像煞有介事地向我讲述车子被弄坏的过程。她说，这几天她到省城走了一趟，骑车到外婆家坐公共汽车时，一不小心跌落村口的鱼塘里，她不懂水性，不停地蹭呀蹭，费了好大的劲才爬上来。当时周围没有一个人，真险。好在人没有事，但是车子却摔坏了。

她哗哗啦啦地说了半天，说得有板有眼。然后，她缩了一下肩膀说："真是险过剃头。"

我揭穿她："你说谎，你没离开南岭墟镇。"

她勉强笑了一下，又往我胸口轻轻给了一捶。接着，她撒娇似的说："我大难不死，你既不可怜我，也不同情我，反而说我骗了你，多冤枉人啊。难道你这家伙是在野森林里长大的？怎么一点儿也不通人性的呀。"

我说："你把车借给别人了。"

我把所见所闻和盘托出。她静静地听着，不急不躁地等我说完，并没有回答我的问题，而是显得有点惊讶地说："拉尾，你信鬼吗？"

我不明白她的意思。我说："都是骗人的，哪里有什么鬼。"

"我见过，你也见过，"她说，"你想想，那个骑车的人像不像个鬼？那辆自行车一定是鬼变出来的法术。不然的话，你一定是在做梦。”

我摸了摸脑袋，支支吾吾地说：“不可能吧。”

她说：“信不信由你啦。”

说完，她匆匆离开了。

我明明知道她忽悠我，然而我还是相信了她。为什么呢？我也说不清楚。可能是因为见她的样子显得有点委屈的缘故吧。

啊，真奇怪，她今天怎么啦？哪怕我再蠢也会注意到，她从来没有用过这样的语气说话，也从来没见过她这副样子。她一向风风火火、横来直去，现在和以前相比简直判若两人，言行举止略带一丝温情，弄得我左右为难、举棋不定。真奇怪，她今天究竟怎么啦？莫非她心里有愧？倘若如此，我不应该追根究底了，哪怕她在我面前撒野——人啊，通常吃软不吃硬，我拉尾却既怕硬又怕软，有时候觉得自己不能原谅自己——好啦，我拉尾好人做到底，一切后果由我来承担，大不了垫钱赔一辆新车给人家。我甚至想，她完全没必要特意上门解释一番啊。

正思忖着，我无意间发现她在我的工具箱面板里留下一沓用原稿纸抄写的本子。我拿在手上翻了几页。不看犹自可，一看不得了。我顿时目瞪口呆、手足无措起来，一行行惹眼的文字，在我眼前构成一张张女人秘密的实物图画和一幅幅刺激的动画，像影像一样清晰地映显在我的脑海里。

我随即关上大门，拿着本子走上阁楼。

这时，我觉得天气异常闷热。在这个低矮而又宽敞的阁楼里，我目睹了自己平生最难忘的一本书。我既像一只抢食的小狗，又像一只受惊的小兔，在昏暗的灯光下仔细看完这本暗地里流行的手抄本。我逐字逐句地阅读，边看边浮想联翩，老鼠在瓦背上、顶梁上、楼板上吱吱喳喳嚣张地走来走去我也浑然不觉。

看完了，我赶忙把这本手抄本放到填满纸碎、沾满油渍的抽屉里。

这天晚上，我做了一个奇异的梦。

我梦见自己迷途走进深山竹林，在一堆乱石上独坐幽篁，若有所思。不知不觉间，我发觉身后出现飘忽不定的影子，在一根根粗大而高耸的竹子间穿插而来。瞬间，影子越来越多。我吓得毛骨悚然，没命地逃跑。

忽然，身后传来衣服与身躯摩擦发出的窸窸窣窣声，回头看见唐泥鳅、豆皮良、吕沙尘和鬼头马，还有其他几个同学。他们在竹林里并肩而走，说说笑笑。我放缓脚步等候，然而他们只顾互相挥手道别，各走各路，并没有在意前面有我的存在。其中有两位同学和我擦身而过，只是应付式地向我点头打招呼。随后，他们又像不认识似的加快脚步，瞬间离我远去。

无助、失落袭击着我。同时，我清楚唯有孤身没命奔走才能逃脱。说不出走了多远的路，我终于摆脱了身后无数的影子，走出了这片恐怖的深山竹林。眼前出现一个小镇，我看见桥头里的一座碉楼，看见碉楼高高的西欧教堂式圆形塔顶，我认出前方就是南岭墟镇。我终于松了一口气。

“拉尾。”正在这时，一个女人叫了我一声。

我左右顾望，却看不见人影，于是我继续向前行走。刚走了几步，只听到这个女人又叫了我一声。我回头一看，隐隐约约看见她快步跟上。她颇有几分姿色，留着长长的秀发，身穿紧身的“的确良”衬衫，一条黑色的长裙，整个身段裹得凹凸分明。她身上散发出花露水的香味。她的眼睛中有我非常熟悉的目光，异常灼人的目光。

我继续埋头走路，假装回避她。女人来到我跟前，毫无顾忌地和我并肩而行，热情地与我交谈，询问我的近况。我知道她很了解我，相信我们很早认识，至少在什么地方打过交道。而我还不知道她是谁，心里不免有点愧疚。人呀，就是这么奇怪，即使我这个落魄低微的人，也难免觉得尴尬。因此话说了半截又说不出口：“你是……”

她问：“我是什么？”

我只好直接问她：“咦，你叫什么名字？”

她说：“我叫什么名字有什么关系吗？”

我说：“哦，你好像我以前认识的什么人，所以我随便问问。”

她说：“是吗？像谁呢？”

我说：“记不起来了。”

她凑近我的脸说：“拉尾，你真的认不出我吗？”

我说：“那么，你是……”

她贴着我的耳根说：“我是你的同学啊。”

我又不好意思直接问她的姓名了，脑海里将小学到初中课室的座位搜索了一遍。然而，我再怎么努力，始终想不起她究竟姓甚名谁。显然，她比我大好几岁。难道她是凤娟？我又觉得不太像她。凤娟的言行远远没有她如此善解人意，姿色也远远不及她如此丰韵诱人。

我显出恍然大悟的样子，可是一切都是装出来的：“我记起来了。你是——”

“不，我猜你并没有认出来，我并不指望你认出我来。”她边说边叹气，“我近来很倒霉，很可怜，非常凄惨。”

我关心地问：“是吗？说给我听听。”

她摇了摇头：“不说了，说出来没有用。”

于是，她扯开了话题，继续和我一路交谈。一会儿，我随着她进入南岭墟镇，来到了一幢三层楼的员工宿舍前面。

她停住脚步说：“我住在二楼。”

我说："这地方不错啊。"

她指着一个房间，补充说："这是我的单身宿舍。"

我不明白她的意思。

我和她在大楼门前停了一会儿，交谈几句，说些久别重逢而又依依惜别之类的话。我不知应该转身告辞还是应该继续跟随她走进楼去。她一只眼睛眯成一条缝，另一只眼睛也半眯着，反反复复地打量了我好几次，每次打量都狠狠地笑了一下。然后，她扭着身子进入宿舍楼的大门。我似懂非懂，但依然未能肯定她眼神里的含意。她的狠笑让我觉得莫明其妙，让我心里发慌。我觉得应该识趣地离开，又似乎觉得有一种希望在等待。我站立片刻，思量片刻，始终拿不定主意。最后，我还是选择离开。忽然，她出现在我面前，二话没说，一只手提着我的衣服，一只手托住我的腰，猛然把我高高地举起来，就像一个把我当作货物的搬运工一样，重重地撂在她宽厚而柔软的肩膀上。然后，她像扛着一包大米一样穿过一楼，走上楼梯。我此时表现得十分麻木和顺从，在她肩上没有一点儿挣扎的意念。她比我高出一个脑袋，比一般女人都要健壮有力，扛着瘦小的我显得不费吹灰之力的样子。

在这条面向平缓而流的小河的阳台走廊里，低矮地挂满女人们各种各样流行的衣服，白衬衫、花衬衫、牛仔裤、健美裤、迷你裙、连衣裙，浴巾、枕巾、袜子，五颜六色，还有五花八门的内衣、内裤、乳罩。一路芬芳，香气袭人，静寂无声。只要我一伸手，就可以把许多件衣服扯下来。但我还是木木地弯曲在她无比宽厚的肩膀上，任由她扛着，一动不动地经过一间间单身宿舍。

一直来到走廊尽头，在她刚才所指的一扇木门前，她才停住脚步。

接着，她一脚踢开虚掩的木门，又用半个脑袋和一侧肩膀掀开褪了色的门帘，闪身走进她的宿舍里。

她把我重重地放在一张异常宽大的木床上。

她问："你想喝什么呢？喜欢喝茶还是白开水？"

我说："我不口渴。"

她走到门角小茶柜前，拿起暖水壶倒了一杯水，一甩那长长的秀发，仰起头咕噜一饮而尽。我打量着这间宿舍。房间不大，里面有一个大衣柜和一个小床头柜，一张桌子和一张梳妆台，一台缝纫机和一把落地风扇，房间挤拥得几乎没有可以让人走动的空间。随后，她打开桌子上面的收音机，一边收听粤语小说连播《杨家将》，一边折叠胡乱摆放的衣服，收拾梳妆台上零乱的胭脂、香水、电风筒、梳子、发夹之类的东西。然后，她对着圆镜，拆去发夹，梳理披散着的长长的秀发，不紧不慢地化着妆，时而回过头来望我一眼。我侧身躺在床上，有点尴尬地望着正面墙壁上一份香港女明星的低胸艳照挂历，完全不知道收音机里播讲的故事内容，心里盘算着什么。一眨眼，她已经换上了一件粉红色的小睡衣，透明的，可以想象她身上的每一个部位都袒露着。她的脸化着浓浓的妆，双脚穿上橙黄色的人字拖鞋。

我想，我现在真的进退维谷了。

不容我多想，她已经躺在我的身边。

仿佛电影里通不过审核而经过剪辑的镜头，没有任何必须经过的程序，两人已经光着身子躺着。一切悄然而至。我像一只空中燕子一样飞舞，身体轻飘飘的。

突然，床头小柜上响起了电话铃声。这铃声吓了我一跳。我想摆脱，想逃离，猛然挣扎了几下。然而，我的腰却被她一只有力的手箍住，像在撑饱了的肚皮上打了死扣的腰带一样死死地被箍住，箍得我动弹不得，简直喘不过气来。

她的另一只手伸了出去，一把抓起床头柜上的电话机，不慌不忙地接听起来。不知道她跟谁大声说："我现在没有时间，一会儿有事出去，你明天再来吧。”

我估摸她是在跟一个很粗野的男人说话。因为电话里传出的声音很响，语气很僵硬，夹杂着不满和无可奈何的情绪。

我心里觉得很不是滋味。

她“砰”的一声放下电话，转身把我的身子摆平。在得到喘息机会的一瞬间，我获得前所未有的勇气，决定向她发起进攻，猛然翻身，不顾一切地向她压过去……就在这时，她突然鱼跃翻身，狠狠地推开了我，莫明其妙地扇了我一记重重的耳光。她光溜溜地坐在我的眼前，胸脯一起一伏，双手铁锤般在硬床板上敲击了几下，咚——咚——咚，房间里发出在幽森的黑洞里打鼓一样的沉闷声。

“你想找死怎的？”她气呼呼地高声叫喊，“你这家伙真不知好歹，胆敢对我凤娟如此放肆啊！”

我的耳朵并没有一点儿疼痛的感觉。

我是美美的苏醒过来的。我发觉全身大汗淋漓。这时已经是半夜。梦中醒来之后，我再也无心睡眠，眼睁睁的一直到天亮。

第二天晚上，我又躲在阁楼里，借着耀眼的灯光，逐字逐句地重新翻阅那本薄薄的手抄本，字里行间夺目的挑逗与昨晚惊艳的梦境撕咬着我的神经。

“拉尾——拉尾。”

忽然，凤娟在楼下叫唤我。我仿佛从梦中惊醒。这时，天色已经很黑了，我打开窗户往下望过去，只见凤娟站在小河岸边一盏淡黄色的街灯下。她披散着长发，穿着褐红色没袖的圆领薄衬衫和黑色短裙，裙上绣着银色的花蔓，丝绸料子在灯光下反射出滑腻的光。她挺直着凹凸分明的腰身，抬头往上望，一边靠近店铺门前，一边向我招手叫喊，越喊嗓门越高，仿佛担心附近的人听不到似的：“拉尾，你下来开门，快让我进去。”

我问：“什么事呀？”

她说：“我昨天丢了一样东西啦。”

我慌了神，明知故问：“什么东西呢？”

她说：“手抄本呀。”

我顿时心里突突乱跳，整个儿乱了套，竟然忘记这时应该将本子藏在床席底下，或者让人找不着的地方，只是随便地把手抄本往抽屉里一塞，便空着手走下楼梯，半遮半掩地开了门。她立即像一条小狗一样倏地侧身闪了进来。她二话没说，像巡警一样，往昨晚站着说话的地方扫了一眼，又把整个店铺扫视了一遍，接着噔噔噔地走上小阁楼，不由分说，好像在自己家里一样翻箱倒柜。

我说：“你干什么？”

她说：“你懂的。”

她从抽屉里拿出手抄本，先是怔了一怔，然后似笑非笑地望着我。啊，这样的场面，在那个年代出现在男女之间，真是尴尬不堪！我像做错了事的孩子一样低下头，脸面和脖根像火烧一样烫，浑身热辣辣的，冒出了汗粒。

然而，她显得若无其事，屁股“吱呀”的一声坐在床缘上，手里拿着手抄本不停地扇着风。此时，手抄本上工整的文字和昨晚的梦境又仿佛在我眼前晃来晃去。

“哎哟，热死人啦，”她说，“你这间破屋子怎么会像蒸笼一样热呀！”

我不知说什么好，没有回答她的话。她又说：“这么热，你还穿长袖衫干什么呀？”

噢，当时我一直蒙在鼓里，并不明晓她的用意。因为那时正值七月天，七月流火，这间低矮的阁楼的确比什么地方都闷热。这么说吧，倘若把一个鸡蛋放在桌面玻璃上，恐怕不出十秒钟就会被烤熟了。听她这么一说，我于是脱下了衬衣。这时，她将身子贴近我，同时，一只手伸过来摸着我的吊挂内衣说："哎哟哟，你的背衫都湿透了。"

我说："是啊。"

我一时不知所措。她冷不防一把抓往我的内衣说："你看，都能拧出水来了。"

我说："是吗？"

她说："我帮你脱掉吧。"

不知怎的，我光顾坐着，昏头昏脑地高举双臂任由她摆弄。我光着瘦骨嶙峋的上身，额上的汗水不住地往下淌。这时，她把手上的手抄本扔在枕头上，吱呀一声站起来说："拉尾，我也热得快要爆炸啦，不信你摸一摸。"

我一愣，犹犹豫豫地说："我已经摸过了。"

她双手抓住我的肩膀，侧着脑袋问："你什么时候摸过？"

我说："几年前。"

她说："傻瓜，我要你现在摸。"

我还没来得及说话，她便嚯地站起来，在我面前一件又一件地脱去身上的圆领衬衫和肉色内衣，露出一对颤颤悠悠的大奶子，扭动了一下微胖的腰身。顿时，我双腿发抖，全身酥软起来。她又说："你摸摸我。"

我说："我说过，我已经摸过了。"

她说："摸过我哪里？"

我说："摸过你的大屁股。"

"你怎么这么蠢！猪比你还要聪明，"她说，"我现在不要你摸我的屁股。"

我仍然怔怔地坐着，心里十分紧张，瞠目结舌地望着她。我说："我……你……"

她轻轻地说："你真没用。"

说完，她重重地坐在我身边，拉着我的手往她胸上摸，往她的肚皮上摸，往她的裤裆里摸……哎哟，在我六神无主的一刹那，她顺势伸出双臂把我抱住。我想挣扎，想脱身逃跑，身子却不属于自己似的不听使唤。她越抱越紧。然后，我脑子一片空白，只知道她动手摸我的大腿，脱下了我的短裤，捏住我的什么。我束手就擒似的任由她摆布，只觉得全身软软的、痒痒的、怪怪的。当然，这又似乎是我早就期待得到的，虽然跟我希望得到的不一样。接下来，她脱下了我的内裤——我的衣服全被她剥光了——顿时，她睁大眼睛，一只手往我脸颊轻轻一扫，娇嗔地对我说："哗——瞧瞧你那个东西——真是人细鬼大啊！"

这时，我想起小时候在竹林里给他们站岗放哨的情形，我的下腹有点胀胀的感觉。我这时真想尿尿。但是我还是忍住了。顷刻间，我被什么冲昏了头，一咕噜儿把我昨晚梦中的结局和此时此刻的疑虑不安抛之脑后。管他呢，反正是她送上门来的，天上掉下馅饼，不要白不要啊。

这样一想，我忽然觉得喜从天降，真没想到我拉尾今天也有艳福！于是，我用尽全力紧紧地抱住她。接着，她像摔跤运动员一样拽倒我，抱得我气喘吁吁。我的肩膀被她咬出了血。一时间，木床吱吱呀呀作响，床边的大衣柜左摇右晃。顿时，我就像被人灌醉的酒鬼一样，迷迷糊糊，竟不知道自己做了些什么。

她望着我，嘴角稍稍一撇，然后笑着说："没想到你真有本领，这么厉害。"

我喘着气说："我有本领？"

她一边穿衣服，一边继续笑着骂道："该死的拉尾，你差点要了我的命啦！"

她走后，我刚才那份兴奋骤然消失。我在阁楼里痴痴地站了许久。

一晚没睡。第二天，我垂头丧气，完全没有半点心思修理自行车，老是担心她会死死地缠住我。我手里一直握着扳手，静静地坐在工具箱上面发愣。前来修车的顾客见我这副鬼模样，问这问那，有人关心同情，有人摇头叹气，有人指手画脚，有人骂骂咧咧。

一位顾客不满地对我说："拉尾，你丢魂了吗！像有人强拉着你成亲似的，人在心不在。"

第四章

一连几天，我在担惊受怕中度过。这种担忧，真他妈的比别人在我身上泼了一盆猪粪还难受。

可是，一切静悄悄的平安无事，我的心情又慢慢地平静下来，倒庆幸事情就这样神不知鬼不觉地过去了。然而，一天晚上，凤娟又突然来到店铺找我。她把我拉到墙角里，神秘兮兮地笑着说：“我有啦。”

我一愣，晃头晃脑地问：“有什么啦？”

她回答说：“我有孩子啦！”

我问：“孩子是谁的？”

她直勾勾地盯着我笑：“傻瓜，孩子是你的嘛。”

我说：“这怎么可能呢？”

我努力回忆当时的情形，实在记不起我们当时做了些什么。我还以为她闹着玩的哩，我说：“我们有那个吗？”

“你敢说没有吗？”她说，“我已经把身子交给你了，你可不能否认啊。只有烂心烂肺、头上长疮、脚底流脓的人才会狡赖。”

听她这么说，我又惊又蒙了：“你没骗我吧……再说也没这么快。”

“你这是什么意思！”她勃然大怒道，“猫吃完腥就撒野不理人啦！难道你不感到可耻吗？好呀，你如果不认账，我就会拉你到派出所告你，我就会见人就说你，我就会跑到大街小巷高声叫喊——你不要脸我也不要脸啦！”

我的脑袋像挨了一枪，“轰”的一声炸裂开来。

她死死盯住我不放，仿佛要满世界找仇人似的。她这种人，想耍赖就耍赖，说变脸就变脸，想号叫就号叫。凶恶起来，眼睛像一对车铃，嘴巴像一把钳子。想起当晚的事情，我捶胸顿足，真是后悔莫及。

我心乱如麻，整天思忖着如何逃避她，摆脱她。但我知道，她什么事都做得出来，要逃出她的手心是不可能的。我不知怎样形容这段日子是如何度过的。反正白天干活心不在焉，无精打采。到了晚上，我又出去瞎逛，很晚才回到宿舍，回来也不敢亮着灯光。我担心她随时会来找我。

我应该怎么办啊！

有一天晚上，我又做了一个梦，梦见这件事已经在街上传得沸沸扬扬。

人们说：拉尾，真是人不可貌相呀！拉尾，真是知人知面不知心呀！我还听到一串串难听的话，说我这个癞蛤蟆不是吃了天鹅肉，而是吃了一只臭老鼠；说我是个浑蛋；说我是个风流傻瓜；说我想女人想疯了。

总之，我总觉得人们都在议论我。我走到哪里，人们就议论到哪里，连街上一条可怜的流浪狗也紧紧跟随，不停地对我汪汪大叫，弄得我夺路而逃。我简直无地自容，脸面不知搁在哪里好。

我不停地躲避、奔跑。我一口气跑到樟木头村，走进自己破旧不堪的家，直接来到卧病在床的母亲面前。母亲平时最爱护我了。她端详着我，给我擦汗，抚摸我的脸蛋，心痛地说我瘦了一圈，劝我注意起居饮食，叮嘱我别累坏了身体。我很想跟她说话。这时，屋门、窗口挤满了人，他们对我指手画脚。我关了门窗，又来到母亲的睡房跟她说了很多话，最后才将这件事明明白白地告诉她。我希望她能给我抓主意。母亲说：你不说我也知道。现在我老了，你已经长大了，婚姻大事应该由自己做主；其实你并不笨，你应该知道自己怎么做的。

听了母亲的话，我的心情平静了许多，真的以为自己已经知道应该怎样做了。

可是，第二天醒来，我心里还是没有主意。

想来想去，我觉得应该将这件事情告诉单车谷。

但是，我怎么好意思说出口呢，而且单车谷走南闯北，不知去向，要找到他并不容易。我站在店铺门前的小河边，望着一天比一天混浊的河水发愣。

正在这个时候，凤娟又来找我。

凤娟问："你想好了没有？"

我吞吞吐吐地说："我还在想……"

凤娟又不高兴了。她说："拉尾，我真没想到你还那么挑剔。"

我支支吾吾："我……我……"

凤娟说："我有什么不好？"

我说："我担心你骗我。"

凤娟说："现在满街巷的人都说你诱骗我，你信不信我立即叫他们来对质？"

我心里发毛，实话实说："我担心你欺负我。"

凤娟说："这是什么话？我会对你好的。我不仅对你好，还会保护你。你这个人老实巴交，不被人欺负才怪哩。你需要我保护啊。"

我只好敷衍说："我想征求谷哥的意见啊。"

凤娟问："你怎么征求他的意见？"

我说："我等他回来。"

凤娟说："等他回来的时候，孩子已经出世了。"

我茫然不知所措，除了一脸愕然，便是脑袋一片空白。结果，这件事，就像当年我在竹林里给他们站岗放哨一样，瞒了单车谷很长时间。

凤娟三番五次来找我。有时一天找我两三回。她每次都软硬兼施，逼我做出决定。好话、坏话、软话、硬话、暖心话、肮脏话一大堆，让我摸不着头脑，反正什么话都被她说尽了。

我的心十五十六，烦恼极了。有时候，我觉得很不甘心，很受委屈，我害怕凤娟的眼神、嘴脸和骂我时的那副凶相；有时候，我也想自我安慰，觉得事情好像没这么糟。我听人说，说什么记不全了，反正说凤娟丰乳肥臀，像这种身形的女人，确凿凿的会旺夫益子。再瞧瞧自己手上的油污，看看自己皮包骨的身子，我漠然惆怅。我想，拉尾，你还是让它顺理成章吧。我有自知之明。其实有人看得上我这个要钱没钱、要长相没长相、老是被人欺负的“傻瓜”，我已经属于高攀啦，我还强求人家什么呢？最不济，就权当是瞎猫撞着死老鼠吧。事到如今，我唯有闭着眼睛将它生吞下去。再说，我也看不出凤娟有那么坏，至少当时对我来说是这样。

人嘛，面对选择，犹豫不决的时候是最痛苦的。

因此，当凤娟再来找我时，我就被她忽冷忽热的言行诓哄了。于是，这个讨厌的女人就成了我的女人。我们择定吉日良辰，商量好婚礼在店铺里举行。

这时，单车谷早已在外地开了一家公司，还在那个地方买了一套商品房。他得悉我和凤娟结婚的消息，专程从老远的地方坐火车赶回来。我知道，他打心底里不喜欢凤娟，担心我掌控不了她，处处被她欺负，但是，他还是腾出阁楼让我们暂且住下来，还主动出钱给我们筹备酒席，请人把店铺打扫得干干净净。

我和凤娟成亲那天，请了厨师，在店铺门前的小河岸边摆十席，楼下摆六席，楼上摆四席，凡是我们认识的人，能请来的都请来了，只有吕沙尘由于又准备参加高考没有来。那一晚，人们把店铺里里外外挤得水泄不通。

单车谷特意在小河旁边留了一片空地，请来了西滨县城的唱戏班子现场助兴。那里吊挂几个大灯泡，挂满彩灯，把四周照得辉煌耀眼。戏班子唱完许冠杰的《半斤八两》，又唱马师曾的《关汉卿》；唱完邓丽君的《甜蜜蜜》，又唱红线女的《昭君出塞》；唱完徐小凤的《今宵多珍重》，又唱文觉非的《拉郎配》；唱完林子祥的《在水中央》，又唱罗家宝和李宝莹的《花好月圆》。单车谷还亲自出马，走到戏班子面前，慷慨激昂地高歌一曲《上海滩》。最后，人们一拥而上，簇拥着我和凤娟，要我和凤娟背着双手，嘴对着嘴咬一只吊挂的苹果。咬了苹果还没完，他们还要我身上背着凤娟做出扭头和她咬苹果的高难度动作，然后，也让凤娟依法炮制，按照我刚才的做法，身上背着我再做一次。接着，他们还推搡着我们走到戏班子里面，面对面地唱了一首陈百强的《偏偏喜欢你》。

大家吃呀，喝呀，我也吃呀，喝呀。场面闹哄哄的。我知恩图报，拉着凤娟的手来到单车谷面前，连敬三杯，我又向他叩了三个响头。

然后，我又和凤娟一桌子一桌子不停地敬酒。每次举杯，我们都说："大家吃好喝好啊！"

他们也说："祝你们白头偕老！"

人们议论纷纷。我听到有人说凤娟的好话，夸她能干，说我冷手拾个热煎堆，说我找到凤娟这种人最合适。说实在的，我当时忘乎所以，觉得自己挺风光。最后，人们都喝醉了。我头昏脑涨，独自歪歪斜斜地来到楼梯口。

有人说笑话，指着我说："拉尾，你以后会不会被凤娟骑在背上啊？”

有人立即搭腔：“还要等什么时候？他今晚就会被凤娟骑在背上啦。嘻嘻！”

还有人狡黠地说：“我说呀，一个精得似鬼，一个蠢得像猪，说不定是一对最佳拍档、模范夫妇哩。”

这倒不算什么，还有让我感到无比尴尬的哩，我听到店铺墙角里有一桌子的人在交头接耳，话中有话。

“大家是否知道，婚宴一定要上红烧肉？”

“为什么呀？”

“嗯，表明新娘是处女啊！”

“哦！今晚也有红烧肉呀！新娘是不是黄花闺女呀？”

“新郎是个傻瓜，他一直蒙在鼓里。谁都知道，新娘早已破身啦。她今天是肚子里怀着人家的孩子来敬酒的。”

这桌子里的人听了哄堂大笑，个个乐得东倒西歪，然后又议论纷纷，说出世界上最难听的话。我听了羞愧难当，却又不好意思发作，真想寻找地方躲避。正在这个时候，我听到楼上有猜拳行令声：“一定中呀……两家好呀……”我一声不响地上了楼，看见唐泥鳅、豆皮良、鬼头马几个人围坐一席，他们个个差不多喝得烂醉如泥了，却还在没天没地起劲猜拳行令。

看见我走上来，鬼头马呼喝一声，立即给同伴使了个眼色。于是，唐泥鳅扯着我的手，豆皮良按住我的肩膀。他们强行让我坐下来，一定要我听他们说的满嘴废话不可。

“拉尾，你真好运，买一送一呀……”

“拉尾，你个龟孙子捡了个便宜货啦……”

“什么便宜货……是人家不要的烂货……”

他们不断地敲击桌子，醉眼迷离地睥睨着我，向我做出极其难看的鬼脸。

真露骨，此时此刻，我痛苦极了。

我从来没有这么强烈的渴望，渴望自己不是那么愚蠢，渴望他们不要不分场合胡闹。我只差跪在地上央求他们了。然而，我越是这样，他们越发张狂，越发笑得打跌，牙齿几乎全都要掉下来。这场面真丢人。可是，嘴长在人家脸上，我又有什么办法呢？难道要我在这个时候用拳头揍他们一顿不成？

哎哟，我只好又吃哑巴亏。

第五章

单车谷对我真好。除了我母亲，我觉得世界上没有比他更怜爱我的人了。岂知单车谷大祸临头。没多久，他因一场意外安全事故死了。那天，他到省城郊区一家化工企业仓库取货时，刚好隔壁的锅炉发生大爆炸，炸穿墙壁，砖头砸打在他身上。不幸消息传来，我立即赶到省城医院。看见他遍体鳞伤，整个脑袋被白纱布包裹着，只露出鼻孔和嘴巴，我哗啦哗啦地哭了，哭得死去活来。

单车谷临终前，吃力地抓住我的手，断断续续地说："拉尾……我的店铺交给你……打理了。"

我紧紧握住他的手，一句话也说不出来。天哪，事情怎么会偏偏发生在他身上呢？我的心碎了。接着，我又一次哗啦哗啦地哭了起来。

我把单车谷埋葬在崩崖山的山腰上。昔日谷小龙带领修造的梯田，因缺水灌溉，早已丢荒，杂草丛生。在哭号声和鞭炮声中，几头没有人看管的老黄牛在梯田埋头吃草。我给他办完丧事，返回南岭墟镇，天色已经很晚了。这晚没有月亮，街灯也显得比往日暗淡。我六神无主，呆呆地望着店铺内各种款式的自行车出神。睹物思人，我感到无比悲伤，觉得单车谷死得很惨，又觉得自己的命真苦。我很想找人说话，于是，我走上阁楼，可是凤娟却很早就躺在床上睡着了。她侧着身子，发出一阵阵呼噜呼噜的响声。我很想摇醒她，可我还是把伸出的手缩了回来。她很贪睡，如果把她弄醒，她一定会发脾气的。我望着身旁酣睡的凤娟，彻夜坐卧不安。

第二天，店门还未打开，凤娟在楼下一边刷牙，一边对我说：“拉尾，我和你商量一件事。”

我问：“什么事呢？

她说：“我们将这间店铺装修一下，改作其他用途，尝试当老板的滋味。”

我仍然处于极度悲痛之中，根本没心思考虑其他事情。我说：“这样太离谱了吧，谷哥尸骨未寒，我们就打这个主意啦？”

“这有什么离谱不离谱的，”她说，“我们是当老板，又不是干见不得人的亏心事。”

话虽然这样说，但她也觉得不妥，说完就过去了。过了两天，她又旧事重提。这时，我的情绪尚未恢复过来，心里依然乱糟糟的。不过，我还是应付她说：“我们现在已经是老板啦。”

她问：“我们算什么老板？”

我说：“修理自行车的老板啊。”

她说：“修破车的算个鸟老板。”

我问：“你想干什么？”

“赚大钱，赚快钱呀，”她这个人就是胆大，她说，“开间游戏机室。”

我一下子呆了。我听人说，许多游戏机室都是靠非法兼营赌博赚钱的。一想起赌博，我心里害怕极了，坚决不同意。我说：“我讨厌游戏机。”

“你嫌钱腥吗？”她说，“这年头，讲究‘蛇有蛇路，鼠有鼠路’。你看人家鬼头马，经常跑港澳、跑深圳、跑珠海，每次都带好几台电视机回来，转手卖出去，赚个盆满钵满。你看他满脸风光，出入油光滑亮的。”

我反驳她：“有人说他在走私，危险得很，警察不抓他算他走运哩！”

“拉尾，你不懂啦，富贵险中求。再说，你看鬼头马出事没有？”凤娟说完，“呸”的一声，一口浓痰吐在洗手盆里。

我一时无言以对。她再次追问我：“你不干这个，你还能干什么？”

前些日子，单车谷正筹划开一家大公司，他曾问我有没有其他打算，是否愿意跟他到外面闯一闯世界。我当时真有些冲动，还有一些自己的想法，可一切因为他的死而落空。现在，对我这个傻瓜来说，可谓前路茫茫。我赌气地对凤娟说：“修理自行车。”

她说：“你真是‘大唔透[①]’，修车能赚几个钱？”

我说：“单车谷将店铺交给我们打理的啊。”

她说：“你啊，人蠢没药医！”

我说：“我又怎么啦？”

她说：“真想把你的脑袋扒掉，把我的脑袋放进去。”

我不是不明白她的意思，只是我听到游戏机这几个字就非常恶心。我说：“如果单车谷活着的话，他是不会让我干这个的。”

“人都死了，你还瞎猜什么！”她说，“再说，他又没说不准你开游戏机室。”

她这么一说，我觉得她的话也有道理，但是我一时还是犹犹豫豫。

我说：“我不懂游戏机。”

她说：“死脑筋，你不懂游戏机，还不懂得坐在柜台里面收钱吗！”

我一本正经地说：“我们可不能经营赌博啊。”

“行啦，行啦，”她倒爽口应承，十分轻松地回答我，“拉

---

① 大唔透：粤语，长不大。指某人虽然成年了，但思想还没成熟的意思。

尾，我们已经是夫妻了，你还信不过我吗？”

没办法，我只好依着她。

于是，我们开始筹办这件事情，改换了招牌，又将整个店铺粉刷一新，还找了算命先生，择定了良辰吉日。我亲自做了一个像样的柜台，十几张木椅。凤娟想办法从外地购买了十台旧游戏机，楼下六台，楼上四台，没费多大工夫，全镇第一家游戏机室终于顺利开张经营了。当然，虽然工商牌照的法人代表写的是我的名字，然而，实际上却由凤娟独揽大权。里里外外一切事情，我都得听她指挥。我呢，其实只是她的一个帮手而已。

不过，我一点怨气也没有，我的确没她有本事，有头脑。她毕竟比我能干好几十倍啊。

噢，这种生意并非可以坐享其成。

山高皇帝远。当时，这地方惹是生非的人特别多。游戏机室是鱼龙混杂之地，没有两下本事真会弄得一塌糊涂。开始的时候，一件件麻烦的鸟事排着队发生。比如说，有的人玩霸王游戏，还趾高气扬或满肚怨言一走了之；有的人借故捣乱，大吵大闹，说我们在游戏机上做了手脚，让他输得不明不白；还有喝醉了酒的人玩着玩着就拿游戏机出气，乱砸一通。总而言之，一不留神，就会倾家荡产，血本无归。店铺整天像枪战游戏一样，嘣嘣哒哒，混乱、紧张、喧哗，让人措手不及，防不胜防。但是，好在凤娟不是好欺负的女人。我真佩服她做事干脆利索，又善于周旋。只有她才能镇得住整个场面。她上上落落，走来走去，遇到这类事情兵来将挡，总有办法将事情摆平。有人实在惹怒了她，她毫不客气，要不就双手叉腰，破口大骂，要不就拿扫帚赶人。

最让人头痛的是黑道里的人，他们每月都会闯进米市街一些门店收取保护费。

我第一次听闻保护费时，愣头愣脑地问其中一个怯生生的小家伙："什么保护费？"

这个小家伙凑过脑袋来，悄悄地对我说："由我们保护你们这间游戏机室啊。"

我问："保护我们什么？"

他说："担保你们没人敢惹事。"

我说："我们已经交了各种税费，连治安费都交了，为什么还要交保护费？"

这个小家伙还算有耐性，不紧不慢却又装腔作势地回答："你每月交了保护费，就没有人敢来捣乱。如果他们敢乱来，只要你告诉我们一声，我们就派人把他们一个个打得鼻青脸肿！比派出所还管用。你如果不交钱，可别怪我们不客气。我们会暗地里叫人拆你的台，让你们终日不得安宁——只有这两种选择。好汉不吃眼前亏，你选那一种？"

按照他的说法，他们俨然是第二个派出所。我明白了，他们跟电影里"打脚骨[①]"的土匪差不多。

我听了不禁毛骨悚然。

没办法，人家是"地头王"，交就交吧，总比整天提心吊胆过日子好。这事我又偷偷地隐瞒凤娟。我想，这个连交税时都黑着脸叨怨满腹的凤娟，让她知道了，非得像孙悟空大闹天宫一样不可。白刀子进，红刀子出。我担心随时会弄出人命啊。

这帮家伙出现在眼前，有时神不知鬼不觉，来无影去无踪；有时大摇大摆，来势汹汹，呼呼喝喝。总之，好像一切都是理所当然似的。倘若有人告发他们，他们便伺机报复。街上经常有某商店忽然被人扰乱，某小老板突然被人殴打的传闻。外人看似不明不白，

① 打脚骨：粤语，勒索的意思。

无缘无故，但老板一定心知肚明——都是那些无赖在捣鬼。在很长的一段时间里，连南岭墟镇派出所也感到无可奈何。结果，警察渐渐地对此类事情爱管不管的。

凤娟知道后，她从早骂到晚，从楼下骂到楼上，又从楼上骂到楼下，把这帮家伙的祖宗十八代骂个十遍八遍。我听了张口结舌、哑口无言，立即来到店铺神龛面前，祈祷千万别将她的话传了出去。我明白，如果让那帮家伙知道了，可不是一件小事情，说不定什么时候招集人马杀过来。然而，凤娟根本没有把他们放在眼内。她破口大骂一通，又指桑骂槐地骂我："拉尾，他们又不是你亲爷爷，你给钱他们干什么？"

每次，她恨得咬牙切齿。痛骂的过程中，她一定会拿我当作出气筒："拉尾，你这个败家仔，窝囊废，我对你真是一点指望也没有！"

真委屈，可无论我如何解释，她都根本听不进去。

有人看不过眼，替我说话："这事警察也管不了，拉尾有什么本事敢跟他们斗啊！"

凤娟哼地叫一声说："拉尾，你可是有眼有嘴，有耳有鼻的人，以后看见他们进来，立即叫唤我。"

然后，她又指天发誓："他妈的！警察管不了，老娘可管得了！"

然而，事情可没如此简单。

有一次，我正埋头发币收银，忽然眼前一黑，抬头一看，只见三个家伙出现在柜台前面。他们黑着凶恶的脸孔向我收保护费。这时，凤娟正在阁楼上。我正要张口叫唤，站在我面前的一个粗鲁汉子说："不准叫喊，快给我们钱！"

我说："这，我不能给。"

他说："给，还是不给？"

我用胸口顶住装钱的抽屉说："不给，我不给。"

他们一拥而上，闯进柜台里。我知道眼下要发生什么，连忙找钥匙扣住抽屉锁孔。没等我张声叫喊，粗鲁汉子已经将一把锋利的匕首架在我的脖子上，吓得我浑身发抖，缩成一团。接着，我被他们夺去钥匙，打开抽屉。我眼睁睁地看着他们拿走抽屉里十几天来经营的现金。

凤娟知道这件事后，骂了我一声“废物”，又大声说：“拉尾好欺负，老娘并不好欺负，谁敢欺负豆腐渣拉尾，就是欺负老娘我！”

说完，立即风风火火出门而去，直到半夜才回来。

第二天，那几个家伙一早就把我们闹醒，他们赔不是认错来了，乖乖地将钱如数交还。我看见粗鲁汉子脸面肿了半边，眼眶也红肿得像大熊猫的眼睛一样，鼻子塌了下去，其他两人也拐着一条受伤的腿艰难地走出店门。

我问凤娟：“昨晚发生了什么事啦？”

这时，凤娟还气在头上。她没有理睬我，追上前几步，指着他们的背影说：“你们是老鼠给猫当三陪，不知‘死’字怎么写的，也不想一想，我老娘是不是你们敢动一根毫毛的人！”

过了几天，我听人说，凤娟当晚找到了鬼头马。

鬼头马真是一个不能小觑的人，他与附近镇不少黑道里的人物混来混去，称兄道弟，还与南岭墟镇派出所的警察常有来往。当天晚上，鬼头马二话没说，就找附近镇的黑道兄弟把这帮家伙狠狠地教训了一顿。

第六章

从此，游戏机室平安无事，生意顺顺当当，游戏机越添越多。楼下二十台，楼上十台，阁楼上面还安装了空调机。为此，我们腾出空间，在阁楼一个角落里，用薄薄的纤维板，非常简陋地间隔了一个小房间居住。这样一来，我们每天都要早起晚睡。

凤娟一心扑在游戏机室里。她真够忙的，简直忙得四脚朝天，稀里哗啦，连上落楼梯也是噔噔噔的一阵风。我呢，许多事情她不让我插手。我只管在自己亲手做的柜台上收钱发币，偶尔也帮她修理游戏机。因为我有修车的经验，游戏机的一般故障我还能马虎应付。然而，我一点儿也没有因省事而省心。看见凤娟整天如此忙累，我不禁为她担心起来。

我说："凤娟，你不要累坏了自己啊。"

她说："没事，紧张什么？"

我说："你不关心自己，也要关心肚子里的孩子呀。"

她听了一愣，然后笑着回答："我知道啦。"

我期待孩子早日降临人世。可是过了几个月，她的肚子也没有见得越来越胀。我知道这回又受骗了。

不过，我还是原谅了她。她说得对，我们成了夫妻，就应该互相信任。过去的事就让它过去吧。我希望一切重新开始。慢慢地，我改变了对她的看法。我们的生活也变得平平静静。那个时候，人们早已把她的风流韵事忘掉了，没人叫她破鞋，社会也早已忘掉了

“破鞋”这个词。人们开口闭口叫她老板娘，或者干脆叫她老板。只有鬼头马、唐泥鳅、豆皮良开始叫她肥婆娟——说来奇怪，她这么忙碌，不是变瘦了，反而长胖了。

他们把游戏机室当作自己的家一样，想进来就进来，想出去就出去。

鬼头马，又是这个家伙来得最多，隔三岔五就来一趟。

这家伙的确更风光了，一身奇装异服，脖子上吊着一个小十字架，嘴里叼着一根万宝路过滤嘴香烟，一副公子哥的打扮。他总是大摇大摆地迈进店门，往往给我说一堆气话：“拉尾，生意不错啊，有没有收钱收到手软呀？”

话没说完，他径直上阁楼去了。

他在阁楼里干什么？我一直不清楚。只觉得他走下楼的时候，总是显得有点疲倦。每次，他走到柜台前停一停，然后对我喷出一串串打圈的香烟，咧着嘴歪笑，再打一个手势，就迈开脚步扬扬得意地走出店门。其他人下楼路过时也对我似笑非笑。

我很想知道鬼头马上楼干什么，可我必须在楼下守柜面。再说，凤娟再三叮嘱我，要求我坚守岗位。我曾向凤娟讨个说法，可她坚持说阁楼不是我的工作范围，除非听到她的吩咐，否则不能乱走乱动，就像工厂规定员工不许擅离岗位一样。对此，我不是一点想法也没有，于是我壮着胆子试问：“你在阁楼里开设了赌场？不然的话，上楼玩的怎么好像都是有点来头的人？”

“谁说的？”她说，“阁楼有空调，上来的是贵客，我们当然要好好招待他们。你不懂，这年头，拳头大的是哥哥，胳膊粗的是爷爷。”

我说：“那么，鬼头马经常来干什么？”

“人家对我们有恩，他保护着我们呢，”她说，“他上来是商量紧要事情。”

我听了半信半疑。

有一次，楼上有一台游戏机坏了，客人急冲冲地下楼找我修理。在这种情况下，我应该有责任处理吧。我不管凤娟究竟在不在楼上，二话没说便跟随客人走上阁楼。我很快修理好游戏机，正转身离开时，忽然看见我们的睡房有白烟，一小股一小股地冒出来。这下可坏了，莫非房间电路出了问题着了火？这一屋子易燃易爆物品，一旦发生火灾可不是小事啊。我顾不得返回楼下找钥匙啦，赶紧走上前去，一脚踹开了门。顿时一股刺鼻的烟味呛得我直咳嗽。啊，我可不想见到这样的一幕，杀了我也不想看到。事情糟透啦。我看见凤娟躺在床上，用薄薄的被单护住身子。鬼头马敞开衬衫，脖子上的小十字架晃晃悠悠，胸口一团黑卷毛又乱又脏，简直让人作呕。让我震惊的是，这家伙居然半弓着身子提裤头，猛然看见我进来，嘴里叼着的烟蒂掉落在地上，嘴巴张成一个丑陋的“O”形，接着惊慌失措猛拉裤链，乱穿皮带，错扣纽扣，像焓熟狗头[①]，龇牙咧嘴。这不是真的，这不可能是真的！我擦了擦眼睛，敲了敲脑袋，看看自己的脑子是否清醒。可是，这是怎么一回事呢？！接下来，我不知道应该做什么了。呵呵，要是别人看到这情形，早就雷霆万钧，大吵大闹，恨不得让全镇人都知道。我也像被人捅了几刀似的。可我不希望家丑外扬。再说吧，我还没有弄清楚这是怎么一回事呢。

这时，凤娟有点慌乱地坐了起来，仍然用那张被单护住身子，但很快显得非常镇定。

她给鬼头马使了个眼神，不慌不忙地说：“你现在快到街上去，帮我买一盒阿司匹林吧。”

---

① 焓熟狗头：粤语，指煮熟了的狗头。

"好的。"鬼头马贼精灵，竟然瞬间恢复了镇定，爽快地答应，不慌不忙地闪身走出房门。

我急忙追出去，只见他落荒而逃，转眼间无影无踪。这时候，楼上挤满了人，他们停住手，观望着我，眼神怪怪的。

我返回来，在快要掉下的半挂门板旁边站着，呆呆地站了许久，茫茫然地看着弄塌了半边的蚊帐，看着已经穿上衣服坐在床上的凤娟，看着地面上的一根根烟屁股，只觉得眼前天昏地暗，好像这里刚刚发生了一场大地震一样。

凤娟啊，你这个烂心烂肺的肥婆娟！真没想到，这里白天竟是你们的秘密，晚上才是我们的秘密。肥婆娟啊，肥婆娟！这回人赃俱获，我倒想看看你如何抵赖。我一声不吭，第一次在肥婆娟面前挥舞拳头，狠狠地盯着她。肥婆娟倒会装糊涂，马上伏倒在床上，双手捧着头颅，哼哼呀呀，一副十分难受的样子。接着，她说自己病了，脑袋涨痛得要命，全身发热，正躺在床上歇一歇，刚好鬼头马过来。

我说："你们为什么不穿衣服？"

她说："你一定眼花了。"

我也但愿她说的话是真的。可是这是明摆着的事情。我说："我看得清清楚楚。"

她说："有谁能证明？"

我又不是木头人，怎能咽得下这口气！我骂道："你干这种见不得人的丑事，还想找人作证吗？"

说完，我狠狠地摔下手上修机的螺丝刀。这是我第一次在她身上发脾气，发这么大的脾气。

她说："人家病了，你还这样对我。"

我说："你装病！"

"我有病，你不关心，反而……你存心和我过不去吗？"她忽然瞪着眼睛看着我说，“你这是疯了还是怎么的？”

我说：“你叫我怎么相信你？”

她耍蛮了，厉声吼道：“不相信就给我滚蛋！”

只要她一吼叫，我的身子骨就软了。我知道，和她争吵，我一点胜算也没有。在她面前，谎言与事实、谬论和真理之间，完全没有标准。我想，再闹下去，她的声音会越来越响亮，会引来一屋子的人围观。噢，我可不希望如此。我知道，这种事情只要一张扬，从来就没有什么好结果，我何必因为这件家事而搞得沸沸扬扬、两败俱伤呢。此时，我只好忍气吞声，努力压制心头的怒火。然而，我一步一步地退让，她却一步一步地紧逼。

我站了许久，这是我一生中最漫长的站立。其实我一秒钟也不想这样站立，这样木讷地站在她面前。我叹了一口气，结结巴巴地说：“你答应过我，你会对我好的。”

她说：“我没有对你不好啊。我什么都帮你，有人把刀架在你脖子上，我帮你出气没有？”

我承认，这一点倒是事实。但是，这两件事不能相提并论啊。

我说：“你怎能这样愚弄我呢，我可是你的老公啊。”

她温和地说：“你呀你，见风就是雨，想到哪儿去啦？”

我说：“我哪里是乱想呀？”

她说：“我不管你怎样想的，反正我不是这种人。如果想让我们这个家过得好一点，你现在就赶快下楼做你应该做的事去吧。”

此时此刻，她一定希望我尽快离开，好让她收拾如此尴尬的现场。其实，这种场面我同样不愿意多看一秒。于是，我气呼呼地回到楼下柜台。整个下午，我像丢了魂魄似的，又气又恼，全身打战。我觉得她像孙二娘。我心想，只有武松才有能力敌得过母夜叉，我算得上什么！但又想，如果连这么离谱的事也能够容忍的话，我真不是一个人啦！不行，我岂能一辈子只配做一个被人欺负，被人嘲弄，被人践踏的废物呢！

我一边收钱发币，一边自言自语："他妈的，我这个龟孙子当够了！"

晚上，我怒气冲冲地出门找鬼头马，要说的话路上已经想好了。我要把他痛骂一顿，把他妈的祖宗十八代骂个稀巴烂。

这晚天色黑沉沉的，没有月亮，没有星星。哪怕有月亮和星星，我也不会觉得它们真正挂在天上。我的心思全放在如何教训鬼头马上去了。可这家伙是一个没尾的飞砣，来去没个定处，我怎样才能找到他啊？我向人打听鬼头马在哪里，他们都摇头晃脑。我找到了唐泥鳅、豆皮良，他俩也说得含含糊糊，一会儿说可能在这个麻雀馆，一会儿又说可能在那个麻雀馆。我找了大半天，墟镇每条街巷、每个麻雀馆，凡是能找到聚集人玩麻雀的地方都找遍了，还有两次来到他在米市街街尾购买的新楼房找他，仍然找不到他，真让我憋了一肚子气。

我不死心，心里发狠：鬼头马，你即使比壁虎藏得还严，我也要把你找出来。最后，我又来到米市街的尽头，死死地守在他住房的楼下。可是两个小时过去了，仍不见他的住房亮灯，也不见他回来的踪影。当时天气很热，没有一丝儿风，我来到他住楼对面的一家农业信用社前面，蹲在两只石狮子中间的花岗岩台阶上。我等呀等，越等越心急，越等越气愤。可是等到半夜还未见他踪影。一时间，我心潮起伏，思绪万千，心想，你这鬼头马总不会因为逃避我不敢回来吧。不会，你这家伙哪里会把我放在眼内！既然不会，你总有回来的时候。一直等到月牙偏西，路灯熄灭，已经夜深人静，只有昆虫刺耳的鸣叫，我才终于等到他在眼前出现。这时，他正在昏暗的路上向我走来，他戴着一副墨镜，嘴里叼着香烟，摇摇摆摆地走着，还一路哼着林子祥的《真的汉子》。我双拳紧握，鼓起勇气，迎头截住他。他摘下墨镜，盯着我说："拉尾，你想干什么？"

我说："我要找你算账！"

他说："跟我算什么账啊？"

我说："你和我老婆……"

他说："我和她怎么啦？"

我说："你睡了她。"

鬼头马这个家伙真是站着说话不腰痛，立即矢口否认，反问我："有吗？戆居居[①]！"

"你简直欺人太甚。"我还想说什么，倒被他截住我的话，说我无中生有，说我生了病看走了眼。接着，他举起拳头威胁我，高声说："你再敢胡说八道，看我怎样把你揍扁！"

我怒火填胸，牙齿咬得咯咯响。当时，即使全世界的恶棍在我面前，我也会冲上去拼个你死我活。这么说吧，倘若当时我有李小龙的真本事，我一定会立即凌空飞起一脚，把鬼头马踢到几十公里外的县城西江河里，恨不得看着他在滔滔急流中立即淹死！我伸出拳头打过去，可是这家伙却后退几步，拍拍屁股里鼓胀的口袋，软硬兼施地说："拉尾，你要识趣一点。老子今晚手气旺，真呀真高兴，我不想摆阵开拳冲了我的喜——明白吗？我今晚放你一马，不跟你这个倒霉蛋、蠢戆家伙斗气。如果你缺钱花，肥婆娟又死死捏紧钱包，我可以给你一张'大团结'——你这个没斤没两的死蠢——想讹我，没门！"

说完，他并没有上楼，只是哈哈一笑，在黑暗中跑了，跑得比风还快，一下子溜得不见踪影。

---

① 戆居居：粤语，傻瓜蛋的意思。

鬼头马不知“死”哪儿去了，一连几天找不着他。我一肚子气没处泄出来。好几次和凤娟争吵，我都被她的淡定自如、若无其事弄得糊里糊涂。要不，她说话绕着圈儿打比方；要不，她直接说我冤枉了她。有时候，她还挺关心我。

“你又不舒服啦？”看见我紧锁双眉，闷闷不乐，凤娟将发胖的身子挨过来，哄了我一遍又一遍，“你呀你，别胡思乱想，疑神疑鬼。我可没有做过对不起你的事啊。”

总之，好像事情根本没有发生一样，闹得我半信半疑。

我应该怎么办啊？

我很想找人诉苦，可我又找不着信得过的人倾诉。要是单车谷还在世的话，他一定会给我出这口闷气的。最谈得来的吕沙尘又不在南岭墟镇，哪怕他在南岭墟镇，我敢不敢找他将这件丑事说出来也是一个问题。

吕沙尘回校补习，花了两年时间仍然没考上大学，最终放弃了高考。那时他回到南岭墟镇，只回樟木头村呆了一天，就在镇政府的文化站上班了。有一段时间，我们还有点来往。后来，不知不觉间，两人渐渐疏远。最后，他竟然一声不响地不见了踪影。只听说他调到西滨县城工作。人家有点文化，命相好，已经是城里人，终归和我们不是一路货色。我也一直不好意思主动找他。

人啊，郁闷在心里憋得慌，如同生吞了一只大青蛙，总要想法子吐出来。我呢，当时见到街上的乞丐也想上前跟他说话。在这种情况下，我只好找唐泥鳅、豆皮良喝酒解闷。每一次喝酒，我们都是在桥头碉楼前面紧靠小河岸边的大排档里。这里一共有四五家简陋的夜市小食店。他们和名叫肥佬膘的小老板混得很熟，几乎每晚都来这家档口消夜。喝着喝着，我就把这件心事透露出来了。他们听了，脸面红得像关公，哗哗叫喊，纷纷为我打抱不平。唐泥鳅抓住空酒瓶往饭桌一击，震得碗碟乒乒乓乓地响，豆皮良也站起来，指天发誓。

“岂有此理！”

“朋友妻，不可欺！”

“他妈的，真是欺人太甚！”

“拉尾，我们找鬼头马给你出口气！”

他们两人摩拳擦掌，这情形让我好感动啊。接着，他们站立起来，又往肚里喝了一大杯酒，对我说：“拉尾，我们现在就给你……给你……找他算账去。”

可是，他们喝得实在太多了，身子歪歪斜斜，像钟摆一样摇晃，最终按扶着椅子，身不由己地坐下来。他们伏在桌子上喷气喘息，很快就呼呼地睡着了。我虽然还没喝多少，但也觉得昏昏沉沉。我结了账，一直等到饭店零时收摊，才把他们一一弄醒。

他们一边跌跌撞撞地回家，一边打着嗝说：“你等着……看看。我们……会给你出这口气的。”

然而，我们日后喝酒再勾起这种事，唐泥鳅、豆皮良却一反常态，好像商量好似的一起劝我说：

“拉尾，算了，算了。俗话说，得饶人处且饶人啊。”

“拉尾，我不知道你在现场是否真的看到什么。哪怕看到，但无人证物证呀。俗话说，清官难审家庭案，即使我们找鬼头马，也不会有什么好结果。想开点吧，权当自己弄错了，还是那句话，退一步海阔天空。”

“拉尾，权当自己当了一回龟孙子吧。”

“拉尾，这种事情可不能闹大。事情闹大了，是好是坏谁也说不清楚。”豆皮良认真而又戏谑地说，“我给你讲个小故事，真实的故事，叫你知道你是多么需要再三考虑清楚，权衡轻重，权衡利弊，我们是多么有道理。你听说了吗？我听说附近有一个镇——哪一个镇来的？现在喝了酒，记不起来了。反正这个镇有一个小干部，叫什么名字？叫——很好记的，哎哟，喝了酒，我一时记不起来了，反正他的老婆被管他的领导睡了，他不知好歹闹翻了天，闹得街知巷闻，最终还不是自讨苦吃？不但没有任何结果，还落得整天被人当作笑柄而谈。”

“嗟，是福是祸分不清，他也得到很好的报答，听说那小干部后来调到一个很有油水的好单位哩。”

“这也不算坏事，就当是让他老婆好好学习经验，让她日后好好服侍他吧。哈哈！哈哈！”

我一甩手，然后紧握拳头说：“简直是浑蛋，扯淡！”

我想，事情没有发生在他们身上，他们当然下巴轻轻[①]了。不过，我承认，听了他们的话，我也有点心灰意冷，就像一只泄了气的皮球一样。

有一次，我们再谈起来，他们来个一百八十度的大转弯，竟然哈哈一笑。笑完之后，他们摸着我的额头，一口咬定我当时一定病了，病得很厉害，发着高烧。说什么人在发高烧的时候，就像那天他们烧酒喝多了一样，完全失去知觉。

他们又说：

“拉尾，我们是同学，是好兄弟，是吧？好兄弟是不会乱说话骗人的。”

“是呀，我们不会骗你。我们骗你干什么呢？”

啊，我很久以后才知道是鬼头马从中作怪。唐泥鳅、豆皮良得到好处，沆瀣一气。而我当时只是想，既然他们都这么说了，我应该再相信凤娟一回。我宁愿他们说得没假。再想想，我执拗较劲，即使他们承认事实，我也拿他们没什么办法。人家当干部的，算是有能力、有本事的人了吧，出了这种事情都落得这样的后果，我闹

① 下巴轻轻：粤语，说得轻巧，但不容易做到的事。

下去又能有什么好收场呢！

有人说，如果你不开心，就想想天上的彩云吧。一切都会过去的。于是，每次和他们喝完酒，在返回店铺的路上，我的心情都平静了许多。

此后，我不再想这件不开心的事情了。

第七章

没多久，凤娟怀孕了，这回骗不了谁，她的肚子渐渐地隆了起来。这段时间，她和平常没两样，照样忙里忙外，活没少干，心没少操。

直到临产期到来，她才把游戏机室交给我暂且打理。她腆着个大肚子对我说：“拉尾，辛苦你，全靠你啦，你要打醒精神啊！”

我点头说：“当然，不用多说啊。”

她接着说：“我还是不放心，我不在店铺，担心有人趁机搞事。如果有什么麻烦事，你就去找鬼头马。千万要记住我的话啊。”

天呀，这个时候，她仍然记住鬼头马。我脸一沉，发狠地说：“打死我也不找这个浑蛋！”

“哎哟，哎哟，”凤娟痛叫两声，断断续续地说，“你……你还疑神疑鬼……”

那一天，她疼痛难忍，双手向蓬乱的头发乱抓，不停地呱呱大叫：“老天爷啊，为什么要这样惩罚我啊？”

尖叫声响彻云霄。她时而在叫唤我，又好像在叫唤他人。游戏机室和路过的人都跑来围观。我急得出了一身冷汗，连忙雇了一辆脚踏三轮车，手忙脚乱地把凤娟送到镇医院。

当时，除了南岭墟镇政府，这家医院是全镇最宏伟的建筑了。可是由于正在筹集华侨资金扩建，到处是施工现场，到处机声隆隆，到处杂乱无章。这一天，医院又特别繁忙，一会儿接受这种检查，一会儿又接受那种检查。医院院长整天陪着上面来的领导走来走去，医生和护士也忙得不亦乐乎。

这一天，大概是我这辈子见过最多官员的一天。

不管怎样，我的心只放在凤娟和孩子身上。第一次要做父亲，我不知道这个时候应该干什么，只在产房外面的走廊里急得团团转。那天正值台风将至的酷热天时，闷热得可以把我的脑袋融化掉——如果我还有脑子的话——空气是热的，墙壁是热的，座椅是热的，到处热气腾腾。我喘着粗气，口干舌燥，头昏目眩，可是只要听到有婴儿的哭喊声，我就来了精神，十分紧张地走过去向护士打听。有时遇上尿急，我也只好强忍着。有一次想呕吐，也直到忍无可忍才跑出走廊。本来，我很想走回米市街店铺拿把大葵扇，带点吃的东西过来。但这家医院离店铺路途远，我最终打消了这个念头。我听人说，妻子生孩子的时候，如果丈夫不在场的话，她会埋怨你一辈子，唠叨一辈子的。因此，我整天待在走廊通道上等候消息，差不多寸步不离。

大概由于忙碌，我发觉这天护士们的心情特别差，动辄发脾气，骂我碍手碍脚，妨碍她们工作。

“你缠住我们干什么！烦不烦人呀？是你的跑不了，不是你的问也没用！”

为此，我遭受了她们许多白眼，惹得走廊里的人都好奇地看着我，他们大概把我当作十足的白痴。

走廊里有不少快要当父亲的男人，他们镇定自若地坐在长椅上，有的使劲地摇着大葵扇，有的枕着椅背闭目养神，有的伏在膝盖上休息，还有几个看上去是在医院相识的男人，他们蹲在一角玩扑克牌。我不知道天底下还有这么多等待孩子出生的男人。当然，还有不少陪人——男的，女的，老的，少的——我站了一天，腰都直酸了，腿都站麻了。可是走廊上的一排长椅始终没有空位。一直到了下半夜，我好不容易才等到身边有人离开。然而，我刚坐下来却又得而复失，眨眼间又被一个家伙霸占去了——说起来，这件事发生在我身上，本是我诸多傻事蠢事里的一桩小事，简直不值一提，但我在这里还是红着脸说出来。说起来真是羞愧难当——哎哟，连我也不敢相信，我已经快三十岁了，还像孩童时期一样，竟然如此容易上当。

这个霸位的家伙二十四五岁，中等个子，小眼睛，塌鼻梁，嘴唇上留着一撇短胡子。我刚刚坐落，这个家伙就从玩扑克牌的人群里走过来，他左瞧瞧，右望望，不时瞟我两眼，然后端详我一番，说在什么地方见过我，好似和我是老朋友一般，问这问那。

说着说着，他忽然说：“我刚刚听到婴儿哇哇落地的哭声啦。”

我问：“是吗，我怎么没听到呢？”

（我的衣角被坐在身边的人扯了一下……她见我没有反应，操着外地口音悄悄告诉我：“你不要相信他。”）

“你只顾打听，所以有（没有）听到吧，”他说，“这次一定是你老婆生仔啦。”

我问：“你怎么知道的？”

他说：“我问过护士，她刚好从产房出来，她说应该轮到叫凤什么的女人生啦。”

我脱口而出：“她是我老婆。”

这时，我的衣角被坐在身边的人扯了一下，显然有人暗示我。我转脸一看，是一位女孩，是个陪人，十七八岁，脸庞圆圆的，穿着一件很土的蓝布衣服，扎着两条小辫子，一看就是农村里的孩子。她见我没有反应，操着外地口音悄悄告诉我："你不要相信他。"

我并没有会意女孩的话，立即离开座位，迫不及待地找护士打听。见周围没有一个护士，我又走到产房前面，从门缝往里看个究竟。

一位老女护士突然走过来，喝住我："你想干什么！"

我说："我看……"

老女护士的声音十分严厉："你是什么人？"

走廊里所有人的眼睛都望过来，连睡着了的也被闹醒了。我不好意思地说："我的孩子出生了。"

"女人生仔，男人偷看，成何体统！"老女护士骂完，再看了我一眼，脸色温和许多，语气也平缓了。她问我，"你的孩子是什么时候出生的？"

我说："一分钟前刚刚出世。"

老女护士说："胡扯，刚才没人生孩子呀。"

我说："有人告诉我听到婴儿的哭声。"

老女护士又用怪怪的表情望了我一眼，骂道："你真是浑蛋，有婴儿哭就是你老婆生孩子吗？"

有一位好心的老太太对我说："这位阿哥别心急，我刚才进去看了一眼，里面有七八个产妇，我都已经看过了，她们都还没有动静，早着呢。"

我只好红着脸返回原地。

然而，我的座位却被那留一撇短胡子的家伙抢占了。那几个男人已经不玩扑克，一直站着看这场戏如何演出。这家伙望着他们，鸡啄米似的点点头，又狡黠地对我笑了一笑。那几个男人朝他竖起拇指。这时我才知道他们在捉弄我。看着他们得意扬扬的鬼模样，我又气恼又羞惭，真想把占位的家伙揪出来。穿蓝布衣服的女孩真是一个好女孩，她见我实在太困了，起身向我招手让座。我只听说过男人给女人让座，从没听说过女人给男人让座的。我连忙上前谢绝了她的好意。我十分感激她，同时也非常佩服她，佩服她一眼看穿这帮不怀好意的家伙。

嘿，我天生就是这样的人。单车谷说，他喜欢我老实，也经常劝我凡事多长几个心眼。不然的话，我的一生就会败在糊里糊涂上。可我偏偏在这方面的智商连一个三岁的孩童也不如。

这还没完，这几个家伙又嘲笑我，拿我寻开心。留胡子男人说："各位兄弟，这个鬼天气，热死人，睡不着——他妈的，已经三更半夜啦，这个走廊还热得好似个蒸笼，为什么一点儿热都散不出去呢——我们不如打个赌吧。"

"好呀，怎样赌呀？"

留胡子男人指着我说："就拿他下赌注。你们说，他生的仔是有柄（男孩）还是冇柄（女孩）的呢。"

"还用赌？俗语都有讲啦，像猴子一样急躁的人，生出来的一定是蚀本货（女孩）啦。"

走廊里又是一阵嘻嘻哈哈的怪笑声。

第二天一早，有女人一阵尖叫，我听到婴儿哇哇哇落地声。我心头一震，却只竖起耳朵倾听，再也不好意思胡乱打听了。一会儿，一位年轻女护士抱着毛巾包裹的婴儿，低头走出产房。她戴着护士帽，戴着口罩，惺忪着困倦的眼睛，憋闷着嗓音叫喊起来："哪位是孩子的父亲呢？"

大家不知所云，面面相觑。我火急火燎地走上前，有几个男人也围拢过来。女护士扫了我们一眼，并没有理睬我们，还是继续叫喊："哪个叫马一通？"

许久没人答应，女护士又高声叫喊了三次，仍然没有答应。这时，我猛然醒悟了，鬼头马的真名叫马一通啊。但鬼头马这家伙还没娶老婆生孩子哩。

女护士又说："谁的老婆叫凤娟？"

我大步上前，应道："我老婆叫凤娟。"

女护士讷讷地埋怨说："你发呆了还是怎的？我刚才叫你三遍，你怎么不答应我？"

我说："我不叫马一通，我叫拉尾。"

女护士说："凤娟真的是你老婆？"

我说："对，我老婆叫凤娟。"

女护士说："这孩子是你的。"

我问："这是怎么回事呀？"

女护士觉得非常奇怪，瞪着眼睛打量我一番，一直把我望得浑身瑟瑟发抖。她说："怪啦，怪啦，你老婆痛得哭爹喊娘的时候，怎么会老是呼喊'马一通'这个名字啊？"

场内人听了她的话，有的惊奇地望着我，有的摇头晃脑，有的抿嘴而笑。昨天晚上那几个捉弄我的男人，个个哈哈大笑起来，笑得前仰后合。留胡子男人简直是胡闹，唯恐显示不出自己开玩笑的才能，面对他的朋友阴阳怪气地说："她为什么不叫你们或我的姓名呢？哈哈！"

又是一番哄堂大笑。此情此景，跟小时候鬼头马要我偷村里的花生交给他分派时有过之而无不及。

我怪女护士的嘴巴没遮拦，一时羞愧难当，恨不得钻到地底里去。啊，世间还有比这更让人觉得羞愧的事情吗？肥婆娟啊，肥婆娟，你把我当作什么人啦！连这个时候也没把我放在心内，鬼知道今后还弄出什么新花样来呀！

可是看见手上胖嘟嘟的孩子，我又把不愉快的事情统统忘掉了。我想，做人嘛，还是往好的方面多想想吧。

孩子顺产，又是个男孩，多么让人开心啊。再看看，这小家伙真惹人怜爱，皮肤白白嫩嫩，刚出生便张开亮晶晶的眼睛，嘴巴一张一合好似要跟人说话，两只小手有力地握着拳头。特别的是，他雪白的肩膀上长出一个硕大无比的黑痣。黑痣在霞光映照下闪闪发亮。最让人觉得奇怪的是，这颗黑痣上居然还长了几根长毛。

当时，有人拍手掌说："富贵痣，富贵痣啊！好福气，真是好福气啊！"

言下之意，似乎他将来一定会行好运。

真是一个清澈透明的上午。我抱着孩子在走廊里走来走去，还乐颠颠地围绕嘲笑捉弄我的几个家伙身边走了两圈。

不管怎么说，我第一眼看见小宝贝，就打心眼里喜欢，就觉得他不同寻常，就有了对孩子未来的憧憬。我心想，有了这个聪明可爱的孩子，我们的生活从此将变成另外一个样子。这些天里，我不仅像往常一样照看店铺门面，还虔诚地照顾妻儿，买菜，杀鸡，煮饭，烧开水，炖补品，天还未亮就起床备早餐，直至深夜还要洗屎尿片。我手不停，脚不停，像接力赛一样，干完一件事情紧接着干另一件事情，差不多成了一部活机械。人们说我瘦了一圈，累得几乎要歪倒，舌头快垂到肚脐眼里。但我却整天精神爽利，心里甜滋滋的，觉得浑身带劲，胡思乱想的时间一点儿也没有。呵，人呵，一旦遇着喜事，即使遇到三颗牙齿都痛起来，也会让人蛮高兴的。看得出，凤娟看在眼里，甜在心上，人也变得温柔许多，偶尔遇事不顺心，也没有拿我出气，脸上还时不时露出感激的笑容。渐渐地，她更加胖了，脸色也更加红润起来。

我活得挺开心，觉得生活充满阳光。

孩子满月那天，我们又在附近小饭店摆了十几席酒。镇里又来了很多人。我抱着孩子在饭厅里走来走去。人们都向我们祝贺，纷纷打听这孩子名叫什么。

凤娟和我爽快地告诉他们："你们叫他谷金吧。"

这个名字是凤娟起的，意思不言自明。我倒更希望他将来精明强干，像吕沙尘一样有出息，受人尊敬，不要像他的父亲一样活得窝窝囊囊。这个时候，妇女们像玩接力棒竞赛一样将孩子传来传去。她们拉开孩子的衣袖，想目睹这个肩膀上长有硕大富贵痣的婴儿。我高兴得快疯了。传到一位"巴渣婆"（八婆）手上，她抱着不放手，端详谷金，端详着我，像哥伦布发现新大陆似的惊叫。接着，她又和旁人窃窃私语。然后，她们一齐端详谷金，端详着我，议论纷纷。莫非她们在比较我的呆板与谷金的精灵？我一味笑得合不拢嘴，根本听不清楚她说些什么。这时，男人们有的谈天说地，有的猜拳行酒令。大家又是吃呀，喝呀，饭厅里像炸开了锅，场面非常热闹。此时，我觉得整个地球都围住我和凤娟转。我更是得意忘形，一个劲儿亲谷金的小脸蛋。

唐泥鳅、豆皮良也来了。

他们又和几个浪荡儿围坐一席，个个很快喝得面红耳赤，早已把一箱啤酒喝个瓶底朝天。他们的声音叫得最响亮，但叽里咕噜让我听不清说些什么。我往他们望了一眼，抱着孩子一步一摇地来到他们面前，有意无意地说："谷金，乖仔呀，笑一笑给爸爸看一看，笑一笑。"

谷金真的笑了，笑得很甜，露出两粒浅酒窝，还用有力的小手抓挠我的脸。

我又是乐得合不拢嘴。

这时，有一个家伙醉醺醺地站立起来，抿着歪嘴巴笑着说："孩子又不是你的，你得意个鸟呀？"

说完，他向我打了一个捉摸不透的眼神。

我一怔，不明白什么意思，嘀咕道："我是他爸爸啊。"

那家伙听了，哈哈大笑，又是唱，又是跳，接着拿着酒杯朝我高高举起，似笑非笑地说：“是呀，是呀，我向你这个尊敬的父亲致敬！”

我终于明白他说什么。我感到一阵心酸，一下子像一只泄了气的皮球。接着我又是一阵愤慨，狠狠地瞪着那个捣蛋家伙说：“我总会比你好。你将来恐怕连个没心没肺的东西也生不出来。”

我又摇着逗着谷金说：“乖仔，努努嘴，给他们颜面看看！”

谷金瞪大水灵灵的双眼，小嘴像水里的鱼嘴巴一样吧唧吧唧地张合，小手在空中划来划去。然后，他哗啦哗啦哭喊起来。哭喊声尖而且响亮。此情此景，我得到一丝的安慰，觉得这是谷金在向那家伙抗议，用奇特的哭喊替我出一口气。我对他哼了一声，说道：“你看，刚出世的小孩也不放过你！”

酒席散后，我们回到了店铺。店铺只有我和妻子。我只感到头昏脑涨，闷闷地坐在床上默不作声。

凤娟奇怪地问：“你不舒服啦？”

我说：“没有。”

她问：“那是为什么呀。”

我觉得应该开门见山，把压抑心头许久的话端出来。

我说：“有人说——孩子不是我的。”

她说：“你别听他们胡说。”

我说：“你告诉我，这孩子是谁的？”

她贴着我的耳朵说：“孩子是你的。”

我希望她的话是真的。不然的话，如此精灵的孩子没有我的血统会让我伤心透顶。是啊，我宁愿又一次相信她的话。我极力想凤娟的优点，努力想凤娟对我的好。有一次，我醉酒不省人事，她在镇医院陪了我一夜。虽然我醒后被她骂得狗血淋头。我不相信这种孬事会出现在自己身上。其实不相信又能把他们怎么样？难道非要我像警察翻箱倒柜找证据，追根究底地审讯，闹得满城风雨不可？

算啦算啦，我心里告诉自己，凤娟是我的老婆，既然她几番劝我不要胡思乱想，我还是相信她，不当一回事算啦——我曾听老人家说，做人嘛，有时需要一只眼开，一只眼闭，遇事就能心安理得，泰然处之——苦情戏，只有上集，没有下集，也罢，无所谓啦。今后只要凤娟不胡来，对我好，我就既往不咎。我相信，只要我和凤娟同甘共苦，患难与共，日子就能过得有滋有味。何况，再退一万步来说，最重要的是，我是孩子的父亲，法律上当之无愧的父亲。或者，或者因为那些家伙居心叵测才有意造谣惑众，才一派胡言乱语哩。

这样一想，我心里暗自高兴起来：我拉尾偏偏生了这样一个可爱的孩子，你们想嫉妒就嫉妒吧。怪谁呢！

谷金满月刚过，凤娟就给他断了奶。她把谷金往我怀里一塞，重新接管了店铺生意，打点机室，既要监管，又要修机，忙得不亦乐乎。有时候，我有些感动，甚至傻乎乎地叩问良心：这样能干的婆娘，打着灯笼找不着啊。

这样一来，我成了孩子的保姆，每天站在柜台前面一边收钱发币，一边看管孩子。

第八章

我悉心照料谷金，看着他一天天长大。见他趣稚可爱的样子，我心里甭说有多高兴。

只要有空闲，我就抱起谷金出门，然后拉着他的小手满街跑。他喜欢吃糖果，我就给他买花生牛轧糖。他喜欢变形金刚，我就给他买擎天柱和威震天。店铺里到处摆放他的玩具手枪、插卡游戏机之类的东西。那个时候，南岭墟镇桥头兴建了几条新街，新盖了不少楼房。弯曲二里长的米市街，骑楼楼下几乎全是店铺。街面重新改建，不再坑坑洼洼，店面也整洁许多。倘若墟日，不分早晚，这里聚集着四面八方的来客，有卖的，有买的，也有只看不买的，有看相算命的，也有耍演各种杂艺的，像煮开了锅一样，人声鼎沸，寸步难行，不一会儿便挤出一身臭汗。谷金总是一个人挤进人群里，全神贯注地观看一位人称江铁牛的民间艺人耍大刀，打咏春拳，卖跌打膏药。

平时，谷金有样学样，经常在人们面前挥手踢腿，连削带打学咏春拳。耍弄梁赞十二式散手，又滑稽又搞笑，因此，非常惹人喜爱。人们都说他学什么像什么，许多人向我投来羡慕的目光。

不过，也时常有人拿他取乐，他们看见我和谷金，并不和我打招呼，而是直接俯下身子问我儿子：

“你叫什么名字？”

“谷金。”

“不，叫马金。”说完又问，“你姓什么？”

“姓谷。”

“不，你姓马。”

此外，他们还有说是自己的姓的，还有说是其他人的姓的。接着他们又问：“你父亲姓什么？”

儿子说：“姓谷。”

他们说：“不姓谷，你再说。”

孩子一时答不上来，往往张开嘴巴疑惑地望着我。

我说：“姓谷。”

儿子说：“姓谷。”

他们哄谷金更正说：“不，姓马。”

当然，他们仍然有说是自己的姓和其他人的姓的。

他们这样跟谷金说话的时候，有的人像煞有介事，有人纯粹开玩笑。不管怎样，旁观者都哈哈大笑瞎起哄。我开始并不计较，我记得小时候也有成年人这样戏耍我，也同样戏耍其他小孩子。闹着玩，图开心呗，说了就散了。但是现在他们穷追不舍，一而再，再而三，非要气得我七窍生烟，我就挥舞拳头吓唬，示威。实在收不到效果，我便立即告诉谷金别理睬他们。可是，他妈的，嘴巴长在人家脸上，天底下有些家伙就是喜欢凿人家的痛处，我又有什么办法呢？

后来，我又想，这又不是要我的命，我何必计较那么多鸟事情呢！他们爱怎么说就让他们怎么说吧。

谷金明白了，似乎理解我的感受；倒也学精了，他想起当时电视每天出现的镜头说：“我叫飞毛腿！专打你个萨达姆！”

再后来，他干脆照本宣科，逢人便和他们较量到底。他说跟他们同一个姓，然后指着他们的鼻子，补充说：“我是你爸爸！我是你爷爷！”

他们愣了一会儿，乐呵呵一笑。有人说："你不懂？哪有儿子的年纪比爷爷还大的？"

这倒难不倒谷金。他放高声音顶撞他们说："傻佬！老子生下了你也搞不清楚？回去问你老婆，问你妈吧！"

他们不再笑了。一阵寂静。

嘿嘿，真聪明。这些绝招，这番话，我恐怕绞尽脑汁也想不出来啊。真爽，我咽下一口闷气，是谷金替我出了这口浊气！真痛快啊！

谷金时常叫嚷去外婆家。我外母的村庄邻近樟木头村。那里有山有水，环境优美。一座高山峻岭下，有无数小山丘和大片稻田；宽阔河岸，又有大面积桑基鱼塘，是令人羡慕的鱼米之乡。外母家在小山丘那一带。

谷金每次叫嚷，我都是一阵舒心，一阵皱眉头。

让我高兴的是能让孩子更有亲情。他外公是十足的好人，又十分喜爱他。这份父亲般的爱是我所欠缺的，渴求的。谷金在村里蹦蹦跳跳，跑来跑去，如同进入游乐场般高兴，很快和村里的孩子玩熟了。倘若没有凤娟的弟儿永利在场，他自然成了"孩子王"，这也是我所缺失的，希望的。

凤娟说："谷金给你我争了光，长了脸面呢！"

我不住地点头，事实的确如此。自己小时候受人欺负，现在孩子围着谷金团团转，他的气场，他的威水样，我倍觉千金难买，倘若秦始皇再生，即使拿他一万个脑袋也换不来啊！

而我跟谷金的心情完全两个样，每去一趟都感到很拘谨，还经常带着满脸"伤疤"回来，刺痛刺痛的。

有人说我外母是白鸽眼（势利眼），嘴巴尖利得很，夸人能夸上天，贬人可贬入地。村里许多人都被她的嘴巴伤害过。她有两个儿子四个女婿。在别人面前，开口闭口夸大女婿在县城官府衙门工作，很有颜面；夸三女婿是个精明生意人，走南闯北，赚得盆钵满满，每次前来探望孝敬，礼物吃不完，用不尽；她说我最没本事，一个没用的人，只有一间店铺有用！她说凤娟花里胡哨，惹麻烦，引得闲言闲语满天飞；她说起二女来，嘴里也没一句好话。多年前，有人劝说："你老是这样说她，她怎么嫁得出去呀！"外母听了，收敛几日，却又依然如故。啊，江山易改，秉性难移，真没办法，她的脸色藏不了，嘴巴收不住。二女知道她的脾性，心里有气，时常数落她，但关键时刻依然毫不含糊地尽女儿之孝道。

有道是："家公见新抱[①]，孤寒变阔佬"，"外母见女婿，口水哆哆滴[②]"。说起来，我第一次见外母，她就给了我一副黑脸，让我当时十分难堪。村里有人不提前因后果，对我窃窃私语，说我蠢笨无能，说凤娟千拣万拣，拣了个烂灯盏，说凤娟鲜花插在牛粪上。凤娟听别人议论我，一脸不高兴，遇事不顺心就拿我出气，就像她母亲对待她的父亲一样。

外父是墟镇供销社退休职工，十足的好人。从外父的眼神看得出，他十分喜欢我。但他在家根本没地位，在外母面前抬不起半个脑袋。他经常被外母"捉鸡脚[③]"、挑痛处。倘若商量事情，外父说错了，招外母骂个狗血淋头；说对了，也被外母顶回去；不哼声，外母又责怪他不分担责任。总之左右为难，好像他是外母的出气袋。我总是为他捏一把汗。只要遇事需要商量，连谷金也会如此调

---

① 新抱：粤语，指新媳妇。

② 口水哆哆滴：粤语，哆，鱼嘴张开的样子。滴，滴水的意思。意思是嘴巴像鱼嘴张开那样，不停地滴口水。相当于普通话的"垂涎三尺"。也形容丈母娘见了未来女婿提着礼物求亲，笑得见牙不见眼。

③ 捉鸡脚：粤语，指找缺点或错误。

皮地对我说："完啦，完啦！"

我惊愕地问："什么完啦？"

他说："外公完啦！"

我惊愕地问："他怎么了？"

他说："外婆又骂外公啦！"

我真替外父难过。

对此，儿女们熟视无睹，见怪不怪，明里暗里还说父亲老实巴交，脑袋"不开化"，在职之时不晓得捞他一把。

"以前供销社最吃香，油水足。我的同学同样在供销社，人们都穷的时候，他家不愁吃不愁穿。什么生油呀，大米呀，大豆呀，河鲜海鲜呀，自行车满载而归。连家里的猪也吃得肥肥的。父亲干了一辈子，我们连他一粒花生米也没有吃过。"

"父亲退休前几年，全国各地到处去采购，光想着为单位赚钱，自己一点儿不贪不沾。那几年跑供销，许多人光是吃回扣已经撑死人啦！哪一个没上了岸，不在县城开小车住洋楼的？他呢，结果连新盖这间屋子也靠儿子女婿凑钱盖。人家抽'万宝路'，他抽'大碌竹'（水烟筒）。退休只落得个清高，即使拿块大奖状回来又有什么用？奖状又不能当饭吃。"

于是，外父总是默不作声，常常闷在角落里吧嗒吧嗒地抽水烟筒。只有谷金在身边，他脸上才露出一点笑容，眼睛才放出一点光亮。外父就是这样一个人。别人不懂他，我特别理解他。可惜我生性木讷，不善言谈，虽然很想和他交谈，但说了上句就没了下句。所以，我从内心里敬重他，但能做到的，只是叫谷金多些陪伴他，鼓励谷金缠着他坐在门外龙眼树下的石头上讲故事。

凤娟亲戚多，兄弟姐妹多，饭厅相聚，除了开台玩麻雀，就是说三道四，讲是讲非。认识的、不认识的，他们都要评头品足。

说来说去，无非是谁富有，谁贫穷，谁聪明，谁蠢钝。说得最多的是谁开的厂如何兴旺，拥有打工仔多少，有钱有面；谁进了好单位，工资有多高，福利有多好；谁到澳门葡京转了一圈，手气如何如何；谁结婚生子，来了多少人，摆了多少席……

要不，他们大言不惭，高谈阔论。谈论所谓的“精仔”哲学，个个是“专家”，眉飞色舞，口无遮拦。什么“走得快，好世界”，什么“执输行头惨过败家[①]”，什么“胆大心细”，什么“硬拼不如巧拼”，什么“老实人吃亏”……诸如此类，一套一套的。我听起来，句句话像含沙射影似的针对我这个无能的傻瓜。有些话让我如坐针毡。

要不，他们就列举一个又一个的事例，教育身边的孩子如何学得更精明，练得更胆大，遇事如何钻营，如何出奇招，将来如何捞世界。

他们经常总结说：

“读书好不好不重要。村里最富的大只广，小学未毕业，可现在谁不敬重他？”

“以前吃大锅饭的时候，扒饭夹菜要比别人快。现在干每件事最重要还是要快手。”

“人啊，从小要学精明。精明过人，将来才有出息。”

总之，我耳朵听得长了茧，烦腻透了。

我只是闷闷地坐着，显得特别拘谨，如何努力也挤不出一个笑容来。实在觉得有点丢脸，就答腔几句。然而，我的话不是没人在意，不是迎面反驳，就是觉得我说话幼稚，立即引来几声唏嘘。这时，我那副模样一定难看死了。不然的话，他们不会像小孩看马骝似的望着我。而凤娟呢，她嫌麻烦，一直不喜欢照看孩子，时常打扮得像孔雀一样出门，不知去什么鬼地方，快要吃饭才扭着撩人的

---

① 执输行头惨过败家：粤语，意思是错失先机，落于人后，比败尽家财更惨。

屁股回来。哪怕呆在外母家，也是只顾吱吱喳喳，往往脏话连遍，毫无顾忌，从来没有给我圆场。这样一来，谷金成了我的定心丸，只有他在场，我的心情才算稍微安定。可是，谷金和永利表哥经常出去玩。我倒希望谷金走出去，免得受到他们毫无顾忌的语言污染。不过，可怜我真的觉得自己是一个十足的呆子。

我很失意，又倍觉无聊。哎哟，如何打发时光是我的莫大烦恼。我只好有意逃避，独自一人走出村外消磨时间。不是爬山头，就是走田基。消磨时间如同有事等人一样烦人。时常是，同一条山路，我毫无目的地重复走了三几次，还未到回去吃饭的时候，这时我真是嫌山不够高，路不够陡。

有一次，我不知不觉间走上了一个陌生的小山头，忽然看见不远处有一条黑线，我好奇地走近一看，原来是一群蚂蚁在搬家！我忽然来了兴致，像研究什么似的想看个究竟。

于是，我像小孩一样，悄悄尾随蚁线细心观察。

嘻，蚂蚁搬家可真有趣啊！只见一只只小蚂蚁有的衔着乳白色的蚁卵，有的背着刚破卵的小蚂蚁，有的拖着幼虫，有的抬着其他食物，整齐有序地一列地走动。突然，一只蚂蚁发现旁边有一条毛毛虫，它立即转头奔走相告："有猎物，快点来作战呀！"不一会儿，一群蚂蚁像一条龙似的涌向毛毛虫，争先恐后地包围着，用锋利的牙齿在毛毛虫身上乱咬，痛得毛毛虫在地上直打滚，把几只小蚂蚁摔得远远的，我真替蚂蚁焦急。但那几只蚂蚁不服气，又过来勇敢地爬到毛毛虫身上狠咬，往伤口钻，直到毛毛虫一动不动。然后，众多蚂蚁像身穿黑盔甲、凯旋而归的战士，分别咬着、抬着、拖着毛毛虫，汇入浩浩荡荡的队伍，奋力前进。

我十分佩服这些不起眼的"小黑点"，仿佛听见它们前进的口号："一二三、一二三……"

这个时候，突然有人大喝一声：“喂，你蹲着干什么？”

我被吓住了，站起来望着他。只见一个男人站在我面前。他四十多岁，中等个儿，颧骨高耸，眉毛粗弯，皮肤黝黑，身躯壮实，穿着短衫短裤，手握砖头一样的“大哥大”，目不转睛地盯着我。

我被问住了，许久才吞吞吐吐说：“没……没干什么，在看蚂蚁搬家……”

他好奇地弯腰看了一眼说：“蚂蚁搬家有什么好看的。”

我说：“嘿，多么好看啊！你看，它们多齐心，多勇敢啊！”

“哎呀，你真是‘不够称①’，”他摇摇头，接着问，“你是谁？哪里人？”

我说：“我是凤娟的老公。”

他仔细地问：“凤娟？就是‘国际码头’凤娟？”

我听不懂，纠正他说：“凤娟只开游戏机室，她一直没有国际码头。”

他一愣，又一笑，怪怪地望着我说：“怪不得，怪不得人人都议论你。喂，你不随时看紧她，倒有空闲看蚂蚁搬家！”

我说：“这有什么关系？”

他摇了摇头说：“我没好气跟你这蠢人瞎扯。你走吧，这里是不准人来的。”

我不解地问：“为什么不让人来呢？”

他说：“这山头是我的！”

我问：“怎会是你的呢？”

他不耐烦地说：“我征用了，很快就要开发。”

怪不得路口不远的地方有一间茅舍。我说：“我不傻，我知道

---

① 不够称：粤语，傻瓜的意思。

土地是国家的，你承包了，也没道理不准人进来呀。我不偷不抢，何况你还未开发呢！”

他自知理亏，脸一沉，但还是发怒了，举起“大哥大”，蛮横无理地说：“叫你走，你不走。敬酒不饮，饮罚酒。我叫人来捉住你！”

岂有此理，叫人来捉我！我也被激怒了，想顶撞他，但又觉得没有必要。这种人，不要说斗他不赢，跟他斗本身就没意思。而且这是在外母的地方，事情闹大了，传出去颇不好，还是息事宁人吧。于是，我气呼呼地下了山，许久才平息心中的怒气。

我以为这事到此为止，岂料事情在村子里迅速传开。没人说老板半句不是，却把这件事当作我的笑话来谈。人们纷纷嘲笑我，说我几十岁还像小孩一样看蚂蚁搬家！凤娟听了面红耳赤，当众说我简直傻帽透顶。

羞愧之余，我还不识趣地问村里的人：“为什么你们说凤娟是国际码头？”

他们说：“你问凤娟吧。顺便替我们问一问她，你是不是她那码头的最后一站。哈哈哈……”

真是雪上加霜。这一次，我可真丢尽了脸。我在外母村子里更加无地自容。外母嘴里更是把我说扁，一提起我来就摇头叹气，背地里说我是菜地里的一只“烂冬瓜”！

谷金见人嘲笑我看蚂蚁搬家，觉得很奇怪，无意中替我说话：“看蚂蚁搬家有什么好笑呢。我也很想看。如果有人看见，一定要记得告诉我啊！”

外母出口损人，话凿过来，我心口疼痛好几天。但我承认，她其实心地善良。不久前，我腰间突然出现红斑和水泡，一群一群地长在一起，像一串珠，又像一条蛇，痒得难受，痛得要命。外母知道了，非常紧张，告诉我和凤娟：这是“蛇缠腰”，又叫“生蛇”

（实质是带状疱疹），说“蛇”在腰间缠成一个圈，人会不治而死。她见凤娟大意，没放心上，不顾情面地骂凤娟：“拉尾是你老公，你不好好关心照顾，你还想关心照顾谁呀！你别臭美，想歪歪的。一只鸭仔尾，哪怕最孱弱可欺，也比一匹降不住的野马好一万倍！”当天，她到处找找到一种有效的蛇酒，叫我涂抹，还叮嘱凤娟煲清热解毒的汤水给我调理。我内心对她没有怨，没有恨。不过，我倒想找机会挽回面子。恰逢过几天外母生日，谷金人小鬼大，替我出主意。

他考问我：“外婆最喜欢什么？”

我想了想，一件一件地说出来。

谷金认真地说：“全都买回来，还要准备好钱，堵塞外婆的嘴巴。”

我觉得谷金说得对。逢年过节，外母家里有什么喜庆，儿女们少不了送礼物。永利母亲，也就是凤娟的弟妇，一进门，就把礼物重重一放，一件一件地取出来，一件一件地亮相介绍，好像唯恐大家不知送了什么似的，讨得外母格外欢心。送了几粒国产朱古力，外母走家串巷说这个媳妇最好，一说就说了大半年。我也想送些好礼，但凤娟不同意，而且自己亲自购买。这一次，我提前几天主动提出由我买礼物。

于是，我到百货商店逛了三个小时，像照单执中草药似的买了很多东西。为了一盒朱古力，我专门拜托旅游香港的人。为了等取这盒朱古力，我一天三次上门。最后，我觉得还欠缺什么，想起小时候香港人回乡时，见人派糖果，见亲戚给钱给礼物的热闹场面。我也想威风一回啊！于是，我心一横，悄悄在街边黑市小店换了一张“金牛”（面额千元港币）。

凤娟见我拿着大包小包回来，张嘴半天没合拢。她问：“你这是干什么？我们要搬家吗？”

我说："这些都是给你母亲的呀！"

她呱呱大叫起来："不用钱吗？究竟花了多少钱呀？"

我如实说出来。她心痛得几乎要哭了："哎哟哟！你不如把我们全部家产搬过去！你真没用，准许你做屁大的事，也不能让人放心，我真是嫁错了人。"

我没把她的话当真，只是一味傻笑。因为有谷金的支持，我有点得意。而且，我想着还有一件秘密武器，不禁暗自窃笑了一个晚上哩！

外母生日那天，凤娟一早回村准备去了。我骑着自行车，前面车梁上坐着谷金，后面车架上满载大包小包。一路铃铛，摇摇晃晃地穿过米市街，经过一排新厂房。接着，我哼着广东音乐，疾驰在通过坑前小学的那段沙面公路上。车后一路扬起烟尘。快到村口，谷金说："下车，走路过去！"

我关心地问："怎么啦？你坐累啦？"

谷金一笑说："你别问，听我的没错。"

我似懂非懂，但还是按照他的话去做。于是，我把自行车停放路边，上了锁，卸了货，肩上扛一大包，背上背一大包，脖上挂一小包，双手还各提两个礼品袋，让谷金前面开道，我弯腰上路。

这时，我更加神清气爽，一步一环顾。沿路是一片长势正旺的水稻，插满刚喷洒农药的塑胶袋标记。微风吹过，绿油油的海洋翻着波浪，五颜六色的胶袋随风招展。看上去，一块秧田就是一个联合国。谷金高兴非常，拾了一根树枝当长剑，边走边挥斩路边的小草。我想，表现的时候到了。于是，我沐浴艳丽阳光，望着稻田"万国旗"的飘扬起舞，放声高唱《回娘家》："风吹着杨柳嘛，唰啦啦啦啦啦，小河里水流得儿，哗啦啦啦啦啦……"

这时，谷金停止手上的挥舞，回望着我嘻哈大笑。田间劳作的人都停了活，望过来。路上有位年轻人觉得挺过瘾，接着高声唱和："左手一只鸡，右手一只鸭。身上还背着一个大背包呀，咿呀咿得儿喂……"

进入村牌坊，我一时得意忘形，上坡时脚一滑，大包小包全掉在地上。一个大背包裂开袋口，礼品散落一地，那盒朱古力弹飞了盒盖，有几粒核桃般大的朱古力滚了好几米远。有认识我的人问："怎么回事？怎么回事？"

我连忙俯身收拾，又羞愧又得意地说："今天外母生日呀！"

谷金更加兴奋，指着我的狼狈相，高声唱起来："飞了那只鸡，跑了那只鸭。弄掉送给外婆的朱古力呀，咿呀咿得儿喂……"

路上一直跟随的那位年轻人笑着和唱："哎呀，我怎么去见我的妈！"

众人哈哈大笑。

进了村巷，越来越多的人望着我们。到了外母家，屋内已经挤满了人。我把大包小包满满地放在饭桌上，当众取出礼物，一件一件地介绍。众人定定地望着我，七嘴八舌。有人对外母说："这次'烂冬瓜'变成'金瓜'啦！"

平时听惯母亲难听话的二女高兴了，不无泄愤地对大家说："我妈有四个女婿，给东西最多的是拉尾啊。"

我笑了笑，又随手拿出精美包装的朱古力盒，整盒递到外母面前说："妈，托人在香港买的，金莎牌，外国货，最有名，最好吃的啊。"

二女更加来神了，对外母似笑非笑地说："妈，一粒粒，金灿灿，这回嘴甜了吧？甜到入心啦！"

好戏还在后头哩。我立即悄悄从口袋里拿出一张"金牛"，亮堂堂地递到外母面前说："妈，这是给你老人家的！"

大家全都愕然，不相信似的望着我。

有人说："哗！铁树开花，今天拉尾最出彩。拉尾，你中了彩票吗？”

有人说：“这个女婿真是打着灯笼也难找啊！”

二女又怪怪地对外母说：“妈，拉尾今年给‘金牛’，明年再给你美金，你一定会高兴得昏倒啦！”

外母的确很高兴，一直在笑，笑得有牙没眼。这一回，我听了谷金的话，在众人面前大放光彩。我简直扬眉吐气。

凤娟没想到我有这一招，看傻了眼。随后沉着脸转身走了出去。我沉醉在无比兴奋之中，没被凤娟的难看脸色冲了喜。

晚上回到游戏机室，凤娟当着谷金的面，审问“金牛”的来历，然后像用秤称东西一样，又扭又提我的耳朵说：“礼物已足够多啦，好胆你还送‘金牛’！没钱也摆阔，如果手头有几个钱，你岂不见人就大赠送！”

谷金又“解救”我，他不服气地对凤娟说：“不关他的事，这些主意是我出的。人人都说我聪明哩！”

凤娟说：“小孩懂什么，别乱插嘴！”

这样一闹，凤娟足足骂我三天三夜。落得的后果是：她从此限制我的零用钱。

谷金不叫我爸爸，也跟着人家叫我拉尾。我听了觉得很别扭，就叫凤娟教他叫我爸爸。凤娟劝教不听，谷金反驳她说：“满街满巷叫他拉尾，妈妈你也叫他拉尾呀。”凤娟和我纠正他几次都没有效果，也就随他怎么叫了。哎，无所谓。这个嘛，不就是一个称呼吗？

每餐饭刚吃完，谷金都嚷叫骑马背。我立即双手伏在地上，任由他在我脊背上颠颠悠悠。他挥着手臂不停地呼喝，要我走我就走，要我停我就停，要我转弯我就转弯。我明知这样宠他不对路，可我却神差鬼使般这样做。凤娟看见也乐着鼓掌。

谷金的确非常聪明，小小年纪就能帮手，懂得替我收钱找币，而且分毫不差。凤娟老夸他这么小就有管钱管物的天才。我也觉得他数之不尽的地方的确有过人之处。

谷金经常找永利表哥玩。可是问题来了，永利这人吊儿郎当，鬼五马六，什么孬事都想得出、做得到。有一次，在麻雀台上，凤娟的弟弟手气旺，玩得正高兴，永利不知何故，小小年纪胆敢冲着父亲直骂。骂起来瞪大眼睛，指手画脚。

当时，他父亲只顾摸牌，没听清楚。他问："你说什么？"

永利指着自己的小脑袋，又指着父亲的脑袋，一字一句气愤地说："你这里有问题！"

父亲扭转头，指着自己的脑袋说："你这里才有问题！"

永利反复用手指着父亲的脑袋，接着扭父亲的耳朵说："你这里才有问题，你这里才有问题！"

父亲不耐烦了，大声说："你要玩游戏就玩游戏去，别妨碍我打牌。"

永利说："我不玩，我要打你！"

父亲问："你说什么？你说什么？"

永利来真的，小手不停地打在父亲肩膀上、脸上，边打边说："我打你！我打你！"

父亲又气愤又烦躁，一边继续摸牌，一边侧着脸瞪眼说："你打我！别以为在祠堂学了两晚咏春拳，就不得了啦？看我打你！"

说完，他伸出手想打过去，可手在半空中还是无奈地放下来。他说了一声"滚"，接着继续玩牌。

永利比他更凶，愤愤地指着门口说："滚！"

父亲被缠得要命，终于投降了，拿出钱包，取出一百元人民币给永利说："哎哟，哎哟，我发'工资'喽。"

儿子一下子高兴了，凑过小脑袋，贴着他父亲的脸说："爸爸，爸爸，我不打你啦。"

这时，凤娟的弟妇紧紧地把儿子抱起来，亲他的小脸蛋，夸他伶牙俐齿，夸他勇猛无比，将来一定出人头地。在场人都鼓掌赞他厉害。我看了这让人不可理解的一幕，嘟哝说："哪有这样当父母，这样夸孩子的呢？"

这事让邻居一位退休教师看见了，实在看不过眼，当面耐心劝说一番。他说："你们这样管教太离谱啦，会误了孩子的啊！"

没人理睬他。老教师走后，永利父亲指着他的背影嘲笑说："我的儿子用不着他来管教！没见他很会教孩子，人人都住新楼啦，他还是住老祖宗那间旧房。哼！清高什么！有什么资格说我！哼，要是照他平时说的那套去做，全广东省人人连吃饭都成问题！像他那样教孩子，全西滨县个个都没出息！"

我听了无话可说。我这个傻瓜，也觉得谷金跟永利玩得火热诸多不妥。然而，凤娟还当着谷金的面夸永利聪明哩。我不让他和永利玩，凤娟会对我发脾气。

谷金还有一点让我伤透了脑筋。不知道从什么时候起，他迷上了玩游戏机。这小家伙什么东西一学就会，尤其是玩游戏机更加聪明绝顶，机室里没有一台机是他不会玩的。每次，他都是一玩就玩上了瘾，吃饭也拿着碗到游戏机面前，边吃边玩，玩个天昏地暗，经常叫几百次才依依不舍地离开游戏机。而且，他一玩就玩出水平，经常前来光顾的高手也败在他手下。

啊，这可不是我想看到的结果。想起我父亲的死，想起那年在竹林里站岗放哨的情形，我心里不寒而栗。

然而，我又拿他没办法。我不让他玩，他整天又吵又闹，不停地叫嚷。我求助凤娟管一管他，可她老说自己忙不过来，哪有时间管教孩子啊。她从我身边经过，总是匆匆忙忙的，边走边随便应付我。

要么，她护着他："不贪玩的孩子才怪呀。"

要么，她扔给我一句气话：“如果小孩子不淘气，长大了岂不是像你一个熊样！”

凤娟不管谷金是否在面前，照样揭我的伤疤。她击中我的要害，刺痛我的胸口，让我一时手足无措。但我又不得不承认，她的话不无道理。我也不想让谷金像我一样懦弱无能啊。因此，我每次只好咧嘴苦笑。可是，我有时也弄不明白，我们又不是训练特工，将来加入恐怖组织，哪有这样教育孩子的呢？

谷金越玩越疯。我发觉他不是偷柜台抽屉里的游戏机币，就是克扣别人退还的机币。看见他将又圆又硬的机币一个一个地塞进机孔，就像锤子一锤一锤地敲打在自己的胸口上。最后，他还经常站在别人身边，一边看一边指指点点。一转眼工夫，我就看见他与别人调换位置，坐在椅上玩起游戏来。他每天都帮人打游戏机，从中抽取提成，把每次赢得的机币分给自己一半。

有一次，有人少给他一个机币，他竟突然在人家手臂上狠狠地咬了一口。这事还了得！于是我经常搜他身。可是，每次缴获了他的机币，简直要了他的命。他又哭又闹，骂我欺负他，还骂我是小气鬼，有时还用小手打我。他出手不知轻重，倘若躲避不及，恐怕会被他打得鼻青脸肿，牙肉出血。

第九章

谷金四岁的时候，我们突然时来运转。

说不清什么时候，南岭墟镇开始躁动起来，米市街小河对面的小山丘推平了，平地冒出几家港台商人投资的印刷、制鞋、灯饰大型企业。接着，工商企业像雨后春笋，越来越多，像滚雪球一样，越做越大；楼房越盖越高，越盖越气派；说普通话的越来越多，女人穿得越来越少。新街老街人来人往，到处是小摊小贩，有卖衣服的、卖小食的、卖水果的、卖VCD的、卖八卦杂志的，还有多档像江铁牛一样耍拳弄棒卖中草药的，甚至还有卖什么杜蕾斯、印度神油之类的，简直让人眼花缭乱。下班时间，几家大型企业员工排着长龙走出工厂大门。入夜时分，华灯初上，街上更是人多。总而言之，到处一派欣欣向荣、热闹非凡的景象。

怎么说呢？这年头，连街上卖瓜菜的老太婆也学会几句半咸半淡的普通话。钱财呀，好像铺满一地，俯首可拾，只要够胆量，哪怕阿猫阿狗也能穿金戴银——噢，这句话过于夸张，我只说对了一半，并非够胆量就能飞黄腾达。如果胆量过了头，也照样会破产败家。比如，鬼头马就是这样，他生意越做越大，胆子也越来越大，最后和朋友一起做走私汽车生意，结果竟然被朋友骗了很多钱，栽了一个大跟头，落得两手空空，不得不在南岭墟镇消失了好多年哩。

活该！真是恶有恶报。

话又说回来，这个时候，游戏机室的生意越来越红火。钱财嘛，像店铺前面的那条小河，流水从四面环绕的山溪里汇集而来，挡也挡不住，哗啦哗啦地流入我们柜台的抽屉里。钱多得我掰手指数也数不过来。不出一年，我们摇身一变，成为南岭墟镇众人皆知的富有人家。

每晚店铺关门，凤娟就把钱数了一遍又一遍。第二天一早，她迈步出门，几乎一分不剩地把钱存到银行里。

我们的日子变了。表面看上去，最明显的是凤娟更加发胖了，一年比一年身宽体胖。一公里远也能让人认出她来。我这个瘦小个子呢，体重也增加了好几公斤，像一个人的模样了：我有时对着镜子照了又照，又特意在嘴上蓄一撮小胡子，还戴上一副墨镜，穿着一双新皮靴，走在大街上噔噔噔地响，像电影里的成龙一样显摆威风。看见街上的叫花子，我会快步上前，毫不犹豫地放下几个硬币。看见弱者被强人欺负，我也大喝一声："住手，不许打人！"恨不得自己是变形金刚，揍那家伙一顿，不在老子面前跪地求饶不罢休。

人们又对我们议论纷纷：

"这世界，风水轮流转。"

"天上掉下大馅饼，拉尾行运行到脚拇指[①]啦！"

仿佛一切从天而降。每晚，我躺在床上想，莫非老天爷保佑？莫非单车谷显灵？莫非谷金黑痣应验？不管怎么说，我满心欢喜。人们说我傻人有傻福也好，说我生了个带来好运的宝贝孩子也好，我听了眉飞色舞。

我知恩图报，决定专门上山拜祭单车谷。凤娟忙于游戏机室的事，没有跟我一起来。不过，她还是替我准备好各种祭品。

---

① 行运行到脚拇指：粤语，行好运，有不太相信的意思。

一路阳光明媚，空气清新。我的心情很复杂。乡村变化真大：沙面公路裁直扩建，铺上沥青，把坑前小学和那片竹林远远抛弃在长年失修的旧路旁。昔日绿油油、金灿灿的一片稻田，如今被菜田、果园、绿化苗木场、鱼塘和工厂所代替。那片旷野沼泽地虽然依旧杂草丛生，苔藓满布，坑洼泥泞，却有了不同以往的生气，终日放养着一群小山羊。过去我曾经救过吕沙尘的那片沼泽地已经挖了三眼鱼塘，旁边搭建了几间茅舍，圈养着大大小小、密密麻麻的鸭子。孩童时期和同伴在这里玩游戏的情形历历在目。触景生情，我不禁增添了几分感慨。

到了村口，听到几条狗汪汪地叫。眼前景色让我不由自主地停下来。樟木头村整洁清静，多了许多小洋楼。碉楼依旧在，但显得岁月蹉跎，像一个饱经风霜的老人，又像一座裸露的石山。太阳照耀下，显得斑驳陆离。窗口生长几棵小榕树，盘根错节。四周杂草茂盛。一群麻雀在碉楼顶上叽叽喳喳，一只麻雀从我头上飞过。祠堂正在维修翻新，前面的晒场堆满砖瓦、沙石、钢筋、模板。两旁并排的小洋楼，有一两个妇女正在自家门前竹架上晾晒花花绿绿的衣服，三两个光屁股小孩在鱼塘里追逐、嬉戏，水花飞溅。

我穿过小巷，爬了一个小土坡，回到坐落在村尾的祖屋。祖屋日显破败。我曾经和凤娟商量，打算花钱修葺修葺，可是一直没有得到她的同意。我觉得反正没人居住，也就不再坚持了。我准备好工具出了门。只见邻里家家大门关闭，没遇见一位村民。只听到蝉的长鸣，偶然几声蛙叫，看见一些鸡鸭在屋前屋后觅食，还有一条老黄狗悄悄跟随。这条老狗身上有几处癞疮疤，一条腿有点儿拐，动作却显得很轻盈。我来到崩崖山山腰，一路上汗水沁满了我的额头。四野静悄悄的。一群蜻蜓在山坳高高低低地飞舞，几只花蝴蝶立在眼前一丛紫白渐变的山捻花上。山坡上，昔日的梯田刚种上速生桉，发出一股新鲜刺鼻的味道。我感到整个大地都在敛声屏气地等着什么。不知什么时候，那条老黄狗又出现在我身边。它摇摆着尾巴，向山下张望一会儿，又发现什么似的，钻进草丛里嗅着、搜索着。我从随手提来的胶袋里取出买来的苹果、面包放在单车谷坟前，烧着香，点燃了黄纸，然后跪下，双手合十，拜了三拜，连磕了三个头。

我说："谷哥，我看你来了。我们有今天，全靠你的恩赐。我拉尾永远忘不了你。今后我拉尾一定会活出个样子来，决不辜负你的一片好意。"

拜祭完毕，那条癞疤老黄狗跟随着我下了山。这时，太阳正值当空。我直接返回南岭墟镇，默默地回到店铺。

这天晚上，我吃完饭，洗完澡，哄睡谷金，我上床倒头便睡着了，朦朦胧胧之中，我梦见了单车谷。他开着一部小汽车在我面前"嘎"的一声停下来。

他真替我高兴，拍了拍我的肩膀，竖起一只拇指，半开玩笑地说："嘿嘿，我早就料到你拉尾也有飞黄腾达的一天啦！嘻嘻，哈哈……"

嘿嘿，好戏还在后头哩。

当时，全县游戏机室一家接一家出事，不是打群架就是聚众赌博，惊动全省，因此证照控制非常严格，规定一个镇只允许开一家游戏机室，如果没有特殊关系和门路，想申办游戏机室，简直比登天还难。

于是，我们机室成了全镇的独家生意。

这样一来，我们的店铺越来越红火，越来越值钱。许多人打我们的主意。有人多次找上门，死缠烂打，想出高价收购我们的游戏机室。呵呵，我这个一直被人看扁的人，竟有人多次请我出去酒店吃饭，谈店铺转让。

我说："你去问凤娟吧，她同意，我就同意了。"

他说："你是法人代表啊，她同意了，最终还不是要你签字？只要你同意，直接签字就行。"

凤娟知道我一直没将游戏机室放在心上，时不时想着改行做其他生意，老是说我又蠢又笨，不相信我还有什么本事。她担心我擅作主张，毁了目前的大好光景，还担心我头脑发热，一时糊涂答应他们，一再叮嘱我别上了人家的当，日日盯住墙上挂着的经营牌照，天天问我与什么人来往。

我明白，游戏机室生意正火爆，我再傻也不会无端端转卖给别人。

我向她保证，信誓旦旦地说："凤娟，你放心好了，即使有人把我灌醉，我也会管住自己的脑袋，封住自己的嘴巴，缚住自己的手指……"

过了一段时间，她还是不放心，又认真地对我说："拉尾，谁知你这个笨蛋会干出什么蠢事来。"

我笑嘻嘻地对凤娟说："请你一万个放心，无论如何我都不会答应。只要我不答应，他们就没有任何法子。他们总不能捆缚着我，拉我到工商所签字吧，总不能像杨白劳一样强迫我按下手印吧。"

有一天，吕沙尘突然来找我。几年不见，他白白净净，衣着整洁，神采奕奕。他先是夸赞我一番，然后吹嘘自己如何在西滨县城立足发展的经历。

最后，他这个穿着光鲜的城里干部竟然向我借钱。

我笑着问："你借钱干什么，难道相中城里漂亮女人，急着花钱结婚不成？"

他说："哪有这回事呀。我是因为读书，准备读大学，以后还打算读研究生哩。"

我羡慕地说："你出来工作了，还有机会读大学，读研究生？"

"我没有脱产学习，又不是上正规大学。既不用考试入学，每科考试也是开卷的，反正混个文凭嘛。这年头，只要你愿意读书，肯花钱，什么学位都可以拿到手，"他补充说，"现在当干部没有文凭，几乎看不到前景。我们单位几个人都报了名，我就跟着他们一起报名啦。"

他有事相求，又是为了读书，我不能置之不理。我说，没问题，不过我要和凤娟商量商量。他听说要跟凤娟商量，知道事情便没有着落，叮嘱我别告诉凤娟，说他清楚凤娟这婆娘一贯小心眼，当上有钱的老板娘也是一个"孤寒[①]"财主，说我这个男人应该顶天立地，应该做主的时候就要拿主意。我拗不过他，也觉得他说得对，最后一句话还击中了我的要害。我像被人掴了一巴掌似的，脸面热辣辣的。是啊，做不了主的男人还算什么男人呢！于是，我只好偷偷动用私房钱——我攒私房钱完全是为谷金日后读书用的，凤娟一点也不知道——吕沙尘高高兴兴地收下我的钱，说了一千句多谢的话，又和我握手，又向我拥抱。

临别时，吕沙尘对我说："拉尾，从现在起，别人叫你拉尾，你不要答应。"

我问："为什么？"

吕沙尘说："你不是拉尾。你还记得吗？读书时有人曾经叫你拉尾鸭，叫你鸭仔尾。包括我在内，所有人都看走眼了。再这样叫你，这个世界就不公平、就离谱啦！你现在不是鸭仔尾，是当当响的鸭王！"

我问："这怎么说呢？"

吕沙尘说："有道是，'终归有日龙穿凤，不信一世裤穿窿'。

---

① 孤寒：粤语，吝啬的意思。

现在你鸿运当头，身价不同了，难道还是‘拉尾’吗？你早已经成了世界第一，是美国啦！”

老实说，这话我可爱听，觉得他说得对。于是，第二天，我就把自己当成美国。我在人们面前高声声明：“你们不应叫我拉尾……谁叫我拉尾，我不会答应的。”

他们问：“叫什么？”

我既得意又赌气地说：“叫美国。”

他们问：“为什么？”

我觉得无须解释。他们终于明白了，阴阳怪气地说：“是啊，你发财啦！发了财就不知道自己姓甚名谁啦！”

一时间，我飘飘然的，走起路来昂首阔步。

可是，别人却不这样认为，过后还是叫我拉尾。我说：“我叫美国。”

“对啊，对啊，你叫美国，你叫美国！”说完，他们一齐拍着手掌，哈哈大笑起来，“这个傻瓜，拉尾……”

我也傻乎乎地陪着他们笑。

有人说：“你老婆才是美国！”

有人说：“你老婆不仅是美国，还是个女皇哩！”

我想了想，觉得他们说得也对，我老婆才是美国，也是我的女皇。

他们说：“拉尾，听说你自己有大计划啊，说出来让我们高兴高兴。”

我脱口而出：“开公司，开大公司。”

他们说：“拉尾，你是在做梦吧？”

我不服气地说：“谁说我做梦！”

他们哈哈大笑：“呵呵，好大口气啊！你这个熊包蛋一觉睡醒就不知天有多高地有多厚。我们看死你啦，没有你老婆点头，你什么也做不成，你永远只是修理自行车的料。”

凤娟知道后，责备我说：“俗话说，钱财不露眼。拉尾，你如此张扬干什么，恨不得让全世界人都知道我们有几个钱似的。”

没多久，吕沙尘又来找我。上次借钱未还，他又找我借钱。这一回，他没有说明理由，只是说借钱大有用途，待手头松一些，一定如数归还。他不想说清楚，我也不想多问。他可是一个有身份、有地位的人，我相信这种人一定会有口齿[①]的，反正借的数目也不算太多。

这段时间，我和吕沙尘称兄道弟，交往密切。他有时欢天喜地，说话噼噼啪啪；有时脸有难色，说话支支吾吾。我问他为什么会这样。他说起来总有一大堆理由。

“你还记得全校在竹林里听中央文件的事吗？昨天林彪还是最最可靠的接班人，今天一眨眼就叛国投敌了。”他又叹气说，“人嘛，谁也说不准，你有没有炒股票呢？人生嘛，就像股市，一时天天向上，一时天天向下。”

他真厉害，说话一套一套的。我佩服他，甚至想起他的好。的确，在同伴之中，我真找不着第二个信得过的人。我为他的喜而喜，为他的忧而忧。看见他脸色不好，我就知道他缺钱办事。不知道为什么，他每次借钱我都满足他。他也口口声声[②]以后一定归还，还拍心口扬言日后只要用得着他，他一定报答什么的。其实，我从来没有想过图他的报答。后来我才知道，吕沙尘向我借钱是为了托人送礼，打通关系。他说，这年头都这样，没有办法啊。再后来，他真的交上了好运，当了什么小官儿，再也没来找我了。我估计他很忙，也不想干扰他，更不会责怪他。我们虽然有了钱，虽然有了

---

① 口齿：粤语，说话算数的意思。

② 口口声声：粤语，信誓旦旦的意思。

面，但总觉得和他相隔十万八千里似的。一段时间，我反而因为曾经帮助过他，心里觉得有点自豪。至于他借我那么多钱一直没还，我倒也就不计较那么多了。

那一年，我们在镇上买了房，搬到新房居住，同时将店铺阁楼小房拆除，又一次将整个阁楼改成了贵宾房。事情由凤娟一手操办，她喜欢干什么事根本用不着和我商量。

那个年头，谁有钱了，就有单位找上门拉赞助。

可是，凤娟却是一个肚脐眼里也长眼睛的人，真的出了名的一毛不拔，她一概谢绝。即使我们读书的坑前小学、谷金出生的镇医院找上门捐点什么，凤娟也想方设法打发他们。实在不行，她只好施舍似的从口袋里拿出几十元随便应付，让我很看不顺眼。

我对她说："市场摆卖瓜菜摊的一位同学，她也给坑前小学捐了两百元。"

她瞪眼望我一眼，满不在乎地说："她捐多少不关我们的事。我们不是李嘉诚，也不是慈善家。"

她越有钱越小气，把钱捏得越来越紧，每天亲自把抽屉里的钱翻个底朝天，甭指望我能从中拿出半个子儿零用。我给谷金买一件衣服，她都要心疼半年。她天天想着赚更多的钱，每晚在梦里也叫喊钱。

有一次，我看见有一个残疾妇女领着五六岁的小孩子在店门乞讨。小孩子衣衫褴褛，满脸污垢，又渴又饿，有气无力，只有一双水汪汪的眼睛闪闪发亮。我立即想到自己小时候的可怜相，悄悄从抽屉里拿出十元递给这母子。没想到，刚将钱递过去，却被凤娟看见了。她风风火火地走上前将钱抢回来。接着，她对我破口大骂，粗言滥语溅了我一身，闹得我无地自容，连那位残疾妇女也摇头叹气地离开。

日子一天天过去。慢慢地，我发觉凤娟有点不对路。她越来越神气了，胸膛挺得老高，晃着肥厚的屁股走来走去，说话的嗓门也特别高。

这还不打紧，要命的是凤娟越来越不把我放在眼内。她对我横看竖看不顺眼。她怪我没本事，甚至还骂我混饭吃，骂我是个败家子。啊，天底下竟有这样的老婆。要是我顶撞她，她就用离婚来威胁我。

我弄不明白，她为什么这样对我。

于是，全镇人都知道我是一个有钱女人的老公，一个怕老婆的鸟男人，还有人说我是一个脑瓜发热、不掂斤两想开大公司的疯子。他们当着我的面说了一大堆嘲笑我的话，说什么凤娟要我站着，我不敢坐下；凤娟要我坐下，我不敢躺着。我并无异议，即使老天爷在面前，我也承认这个事实。怎么说呢？在事实面前，我总不能“死鸡撑饭盖[①]”吧。别人爱怎么说，就让他们怎么说好了。

① 死鸡撑饭盖：粤语，死撑的意思。

第十章

我把满心希望放在谷金身上。他是我的生命，我爱他胜过爱自己。我可不想让他在游戏机室里学坏。于是，我三番五次地向凤娟提出，把谷金安顿在西滨县城，让他上一间好学校。可一提到花钱买房，凤娟好像割她的肉似的！为了谷金，我死缠烂打千百回，甚至和她争来吵去，才让她最终同意了。于是，我们在县城凯旋路购买了一套新房，住在305房里。我又费了一番周折，把孩子弄到附近一家幼稚园。为了照顾孩子，我也搬到县城居住。

我一走，游戏机室只好聘请员工，凤娟一位二十多岁的表妹代替了我的位置，还请了一位机修工。

我闲不住手脚。再说，我应该给谷金做个榜样，不能游手好闲。于是，我暂且重操旧业，在县城居住洋楼附近的小巷里，租了一间铁皮小屋，暂且栖身，做老本行修理自行车。这方面，我不傻不笨，我打算一步一个脚印，找准了机会，将来再图谋发展。我对谷金说，你要听老师的话，好好学习。平日，我悉心照料孩子，既当爹又当娘，把他当作皇帝的干儿子。只要孩子学好，我甘愿做牛做马。

只有星期天，我才回南岭墟镇走一趟。每次回去，机室都变了样，游戏机逐步更新换代，一台机比一台机先进，发出的声响一部比一部刺激。那个时候，北京那位“三起三落”的高龄老人坐上南行列车，视察了一圈，最后挥手坚定地说了一句：发展才是硬道理。于是，各地建设热火朝天，南岭墟镇快马又加鞭，企业越办越多，人口迅速增加，机室里的人气十分火爆，楼上楼下挤满人，各款游戏机发出的声音，汇成紧张激烈的战场，几百米都能听到。

人们说，小别当新婚，可是我每次回来，凤娟很快就没给我好脸色，甚至视我如同陌路人，不是顾不上看我一眼，就是无端端地破口大骂，好像我是她的出气筒。按道理，凤娟应该感到生活很惬意，很满足，可是她却变得更加心烦气躁，动辄发脾气。唉，真是女人心，海底针。她的话总是夹杂太多脏话，怎么说呢？我的祖宗十八代都被她骂得体无完肤。倘若我分了神，一时听不明白，向她弄清楚她的话的意思，她要么说我装聋作哑，要么把刚刚骂过的话重新骂一遍。倘若我顶撞她一句话，她就数十次用离婚来威胁我。真见鬼！只要我和她在一起，我就有数不清的苦恼；可是离开一段日子，我又想起她来了。我以为她整天忙忙碌碌，气喘吁吁，实在太劳累了，心里有一肚子苦水无法倾诉，才借故冲着我发泄情绪。因此，她说什么我尽量不惹她生气。每逢星期天，我都买些东西带回去。如水果、酱油、生油、饼干等。她要减肥，我就到药店买了好多种牌子的减肥药和减肥茶给她。她爱吃海鲜，如果我有足够的零用钱，我就在市场给她买不含胆固醇的海参，滑溜溜的海鳗，黑咕隆咚的石斑，带刺的海带鱼。我理解她，体谅她，然而这又正是我的不幸。我费尽心思也没有获得她的好感，她依然对我爱理不理。晚上，我们躺在床上无话可说。我回来前积聚的能量，左冲右突企图喷发的所有冲动，总是被她不冷不热的态度扼杀了。我思忖什么话题，想一味说些让她高兴的话，可一眨眼，她便睡着了，睡着睡着就打呼噜，呼噜声如同敲击破铜锣一样让人难以忍受。

总之，我经常想着回去，又害怕回去。在墟镇的每个晚上，我都觉得怅然若失，心里戚戚然，只好躺在床上发呆。

我应该怎样做才对呢？难道要我在她面前跪下来求她不成？开

始，我们偶然间也来一次，但后来她干脆用累死人呀，心烦胸闷呀来推脱，要不就干脆说“大姨妈”来了，闹得我心里很郁闷，这段日子真难熬。我只有躺在床上，眼睁睁的对着蚊帐顶生闷气，即使热血沸腾也不敢摇醒她，向她表露什么。实在忍无可忍，我就穿着短裤，光着膀子出门。我以这种无言的方式向她表示抗议。

有一次，我回到南岭墟镇，晚上怏怏不乐地出门，不知不觉来到桥头碉楼前面的大排档。这里灯火通明，夜市摊档又开多了好几间，一直延伸到二百米远的厂房工地旁边。猜拳行令声、迪士高乐曲混合交响，热闹无比。我在肥佬膘夜食店里遇着唐泥鳅、豆皮良和他们几个朋友。他们看见我，先是几个脑袋凑成一堆，叽叽咕咕密谋什么。我老远就听出他们的话的意思。

“拉尾，过来喝两杯。”

我明知他们没安好心，目的是找我说笑逗乐，但还是不自觉地走过去。我心里烦闷得很，又没有解脱的办法。再说，我这时也的确想喝点啤酒麻醉自己。

“拉尾，这么晚了，怎不陪老婆睡觉呢？”

“看你这副蔫样，一定有什么心事呀。”

“你现在不愁吃，不愁住，不愁穿，还愁什么啊！”

“你是不是被那条肥腿一脚踢出门了呀？哈哈。”

我不明白，我的心事没有告诉谁，他们怎么会知道的呢？我没有说话，没有点头，也没有摇头，举起啤酒杯就跟他们碰。我可从来没这样痛饮的。他们不知何故，一脸愕然。

“拉尾，你是不是没本领整治肥婆娟呀？”

“只要今晚由你埋单，只要你付账漂亮，我们就教你一招。嘻嘻，包管用！包管用！哈哈！”

“我们经验丰富，有得卖啊。”

他们谈起这类话题劲头十足，眉飞色舞，不分场合。他们告诉我，肥婆娟是个“大食鬼”，她一定嫌我满足不了她。

“你是不是个缩头乌龟呀？”

“你想收拾肥婆娟，就要像一辆四驱车，前后驱动。”

我一时一头雾水。我说：“什么缩头乌龟呀？什么四驱车呀？我不懂。”

“蠢货！枉你还是男人。”他们又一阵嘻哈大笑。笑完，他们要我首先埋了单再说。我说没带钱，他们就吩咐老板记我的账，改日再归还。他们又要了一箱啤酒，加了几碟菜，把这些钱也加记了上去。这时，他们才像煞有介事地对我说：

“拉尾，你竖起耳朵听我说。女人躺在床上就是一块软绵绵的土地。你甭管肥婆娟平时泼辣，她在床上也不过是一块土地，大不了是含有沙沙石石的土地。你要把自己当作一辆推土机，加大油门，开足马力，不管三七二十一往前冲，铲它个天翻地覆。总之，你越是能把她闹得天翻地覆，她就越觉得高兴，越是佩服你，越是听你的话……”

“这办法包灵，包灵！”

“今晚要你破费，值不值呀！”

“岂止值得，有赚啦！”

“嘻嘻……哈哈……”

他们笑弯了腰，轮流拍我的背，拍得我背脊肿痛。这时，淡黄的和幽蓝的灯光，河水闪烁的波光，映衬在他们通红的脸上，如影如幻。说罢，笑完，他们又一人一句地起哄，怂恿我赶快回去立即见诸行动。其实他们的话也正合我心意。这些年来，我也不时听到人们谈起男女之事，也想起多年前看过的那本耀眼夺目的手抄本，一切记忆犹新。我觉得他们的话并非一派胡言。我想，今晚我请他们吃，又陪他们喝了那么多酒，不就是为了这种鸟事吗！我忽然间明白了许多。

当然，老实说，如果不是喝了酒，就算给我一座金山银山，给我当上一个皇帝，我也不敢这样对待凤娟。这晚我借着酒气，倍增勇气。我一路打着嗝，跌跌撞撞返回家里，看见在床上侧身熟睡的凤娟，就起了古怪念头。说得俗一点，我就像一个饿鬼看见一团食物一样。我用力将她的身子翻转过来，还强行把她按住……我不说下去，你也知道会有什么后果了。因为这一顿夜餐，因为听了唐泥鳅、豆皮良他们的鬼主意，我吃了她一个又一个耳光。

接着，又挨了她一顿臭骂："拉尾，你不想活啦？你要是不想活，就找个没人的地方，找一棵树把自己吊死算了！"

很快，谷金就要读小学了。我做梦也希望他入读好学校。可是，我问了好几间小学，都因为我们的户口问题而拒之门外。如何是好？我想起吕沙尘，想起他曾经拍胸口说有事就找他。于是，我上街买了一套新衣服和新皮鞋，特意打扮了一番，匆匆来到吕沙尘的办公大楼。

大楼外面是一堵用花岗岩砌的围墙，大门有一道不锈钢电动铁闸，还有一道小铁门。这幢办公大楼好气派啊，外表全用一块块浅蓝色的玻璃包裹着。楼层高耸入云，抬头仰望顶楼，翘高的脑袋像铁锤子一样与脖子成了一个直角。

我踏进小铁门，走过值班室，门卫突然喝住我，把我吓了一大跳：

"站住！你干什么？"

我被门卫的一番厉声盘问吓出一身冷汗。当他知道我是吕沙尘的同学时，立即改变原来逼迫的语气和生硬的表情，还热情地引领我坐电梯来到吕沙尘的十八楼办公室。

当我来到吕沙尘办公室时，刚刚九点钟。一位穿蓝制服的年轻工作人员给我开了门，用怀疑的目光望了望我和门卫。门卫不得不花很大的工夫说明我和吕沙尘的关系，我也不止一次地说明自己和吕沙尘是同学，工作人员才疑惑地挪开身子让我进去。吕沙尘的办公室大得惊人，装修豪华，要进两道门。第一道门是我刚进来的很有气派的独立接待室。门卫在接待室将我交给工作人员之后，一声不响地退了出去。

工作人员显然担心出错，于是问我："你要见我们'老板'？"

我困惑不解："老板？"

"'老板'就是'老板'，这也不懂？"他满腹狐疑地说，"你有事找他？"

我说："是的，我有事。"

他说："我有责任先禀报，需要得到'老板'的同意才让你们见面。"

工作人员吩咐我在接待室里稍等，转身敲第二道门进去吕沙尘真正的办公室。一会儿，他从里面出来，脸上的肌肉松弛许多，也有了笑容。他先是安排我在接待室里坐下，给我倒了一杯热茶，然后说："我们'老板'正忙着，他叫你在这里等他。请原谅，我是看见你这般光景才这样问的。'老板'经常——几乎每分钟都有人找他。不是来访就是电话。我曾经犯过错误，把一位半疯半癫的人带进去，结果那人大吵大闹，要惊动保安才把他架出去；我还让一位身无分文、浪荡成性的无赖流浪汉进来，他死活赖着不走，结果……你穿着光鲜，但是……如果可以的话，我斗胆请问，你不是求'老板'接济的吧？"

"哦，"我说，"我的确有事求他，但请你完全放心，我不是求他接济的。"

我一边等候，一边很不适应地观望。偶尔也借机向这位接待的工作人员打听吕沙尘的情况，知道吕沙尘如今混得风生水起，步步高升，已经是当地一位有权有势、响当当的人物了。

我真替他高兴。工作人员见我如此动情，贴近我身边说：“看得出来，你和其他来找他的人不一样。我的意思是，莫非你们的关系非同一般？”

我坦然而自豪地说：“我们从小聊得来。”

工作人员说：“那你和他不仅是同学，还是铁杆兄弟喽？”

我左右顾望，对他小声说：“我告诉你一件事，但是你要答应我保密。”

工作人员说：“什么事？”

我话到嘴边住了嘴。然后说：“你还没有答应我。”

工作人员凑近我说：“你放心，我不会乱说的。”

我悄悄地说：“我曾救他一命。那时我们还是未上学的娃娃。那天几个同伴在村前的沼泽地里玩枪战游戏，大家分散躲藏，我在草丛中发现他越过一片苔藓搜索时，突然陷入沼泽，像一只捆绑双腿的小鸭一样挣扎，双手胡乱扑打，身子越陷越深，眼看连小脑袋也快沉下去。在危险关头，我急中生智，拾起路上一根破竹竿，奔跑过去，用尽全身力气把他拉了上来……”

“这么说，不仅是同学、铁杆兄弟，你还是他的救命恩人啊！”工作人员这一惊非同小可。

我点了点头，差点儿要将借钱给吕沙尘的事告诉他，但犹豫许久，最终觉得不妥。于是，我说：“我们彼此之间心照不宣。只要他有事，用得着我，我对他有求必应……不过，你千万不要把我救他的事传出去。这事对他来说毕竟不很光彩，我从来不张扬，他也从来不挂嘴边。”

我见他忽然变得一副热情的样子，心情完全放松了，于是一边解开令我有点儿不舒适的新衣服的扣子，一边趁机说：“现在你不需要去禀报，干脆让我直接进去好啦。”

“我并不反对，不过，他没叫你直接进去，你还是在这里等候为好。”他盯着我解开扣子，看见里面的衣服，重生疑虑，用尽可能坚定的语气说。

找吕沙尘的人络绎不绝，有的和工作人员熟络地打招呼，有的直接大摇大摆地走进去。他们来去匆匆，有人表情很轻松，有人表情很严肃，我知道吕沙尘的确忙得不亦乐乎，同时知道人们似乎很敬畏他。这倒让我有点担心，他会认我这个下里巴人吗？同时，我弄不清楚，他明明是局长，找他的人却没有一个不叫他“老板”的（啊，后来才知道，原来当时全中国对领导都叫“老板”，我还以为只有生意人才叫老板呢）。

想见他一面真不容易。时钟已经到了十一点。这一等，足足让我等了两个小时。工作人员也替我着急。我感到事情不妙，难道他出来给我打个招呼的时间也没有吗？分明是不把我放在眼内。我甚至觉得找他是一件愚蠢的事。要不是为了谷金，我早就不辞而别啦。

我硬着头皮等待。时间一分一秒地过去。这时，吕沙尘一边打着手提电话，一边打开房门出来见我。刚才坐着和我说话的工作人员有点不自然地挪了挪身子，想站起来，但最后还是觉得自己的谦恭太显眼，只好怪不好意思地坐着，不过，他也只有小半屁股坐在座椅上，看上去像竖立的骨牌随时要歪倒似的别扭。吕沙尘看了我一眼，点点头，立即又忙着应付电话。好像这个电话对他来说生死攸关。打完电话，他并没有坐下来，高高站着对我说：“真不好意思，拉尾，你看我真忙——你找我有事吗？”

他的眼神飘忽不定。看来，他没有打算给我多少时间。于是，我抓紧时间说明来意，拜托他帮我大忙。

“这事好办，包在我身上，”他想也没想，马上拍着胸口对我说，“我记住了，会给你找间好学校的。一会儿我就给校长打电话，你等我的好消息——不，明天你直接找第一小学校长办理吧，就说是我交办的。”

我惊奇地问："是第一小学？"

吕沙尘说："还有假？怎么啦？"

我连忙说："好极了，我想也不敢想，不知道怎样感谢你。"

吕沙尘摆摆手，笑着说："免啦，免啦。"

工作人员附和说："你放心吧，这件事'湿湿碎[①]'啦，只要我们'老板'一个电话，就可以马上给你搞掂[②]。"

我无限感激，点点头。第一次求助吕沙尘，他这么爽快就答应了，见面不过几秒钟就让我吃了定心丸，而且就读全县一流的重点小学，多少家长梦寐以求啊。我们不愧是好同伴、好同学、好兄弟啊！吕沙尘仅和我待了半分钟，又匆忙转身，掩门返回自己办公的地方。在这半分钟时间里，我几乎还未来得及看清他的模样哩，只觉得他的脑袋比过去小了很多，身上的肉比过去多了很多。

我兴高采烈地迈步走出来，一口气跑到新华书店，打算给谷金购买课外读物和文具。

这一天，西滨县城新华书店里人头攒动，就像以前在樟木头村祠堂晒场放电影一样热热闹闹。高高低低，都是些家长和学生。书店设有各年级学生课外读物专区，琳琅满目，应有尽有。我挑了几本儿童故事书和其他辅导书，花了一个小时排队交了钱，又来到学习办公文具专区。这里更是人多，一个个家长携着孩子排起了长龙，服务员个个忙得团团转。

我身后一男一女两位家长，显然曾经是同学，他们排队时谈论自己身边的孩子。

男家长说："你夸我孩子学习成绩好，打听有什么好经验，真

---

① 湿湿碎：粤语，小意思的意思。

② 搞掂：粤语，将事情办妥的意思。

让我叫苦。实话实说吧，你不知我花了多少心血。我成了孩子的陪读生，空闲时间全花在孩子身上，每晚都在孩子身边辅导他，从来不敢和朋友出去饮茶、卡拉OK，白白地浪费自己拥有的大好时光。多无奈啊，现在的孩子是家长时间的消耗品，家长成了孩子的牺牲品。”

女家长说：“你这样做值得，值得！你辛苦得来有成果。可惜我的孩子，‘细路仔煨番薯连皮咬’的货，我不知怎样形容他，是懒还是蠢？或者又懒又蠢？反正成绩老上不去，既花我的时间又花我的钱，让我们头痛得很。你知道吗，我这个不生性的儿子，哼，仅小学、初中就花了十万八万元的择校费！你说，这是不是等于捉一只老鼠放进米缸里？算盘一拨，清清楚楚，我们做父母的不仅要替老板打工，还要为孩子打工，而且是打工一辈子。”

他们一面责怪，一面叹息，也不管自己的孩子尴尬地站在身边。我听着两位家长口没遮拦，怨声载道，看着他们孩子的一副苦脸，连我也替他们的孩子感到难过，心里不禁叹叫一声：“有道是言传身教，他们是怎样当家长的呀。”

当女家长知道我的小孩即将读第一小学，她显出非常惊讶的表情，然后羡慕地望着我，看得我怪不好意思的。

我又花了一个多小时排队，给谷金买了一个新书包和许多学习用品。想到谷金很快就要上重点小学，我心里甜滋滋，脸上喜洋洋。谷金上了好学校，又有好老师管教，我这个糊里糊涂、教导无方的父亲就千万个放心了。我自言自语道：“拉尾啊，拉尾，你这个没读多少年书的乡巴佬，居然也有能力让孩子读上重点小学。呵呵，莫非前世积了德？”

不管怎么样，我对吕沙尘充满感激之情。

走出新华书店，一路阳光灿烂。我春风满面，哼着粤语流行歌曲。我到肯德基买了谷金最喜欢吃的东西：一份风味炸鸡，一份汉堡包。我一手挽着装满书籍和学习用品的书包，一手捧着炸鸡和汉堡包，又一路哼唱着粤曲小调《赛龙夺锦》。推门进屋，我把手上的东西递到谷金面前。谷金朝书包瞧了一眼，一手把炸鸡和汉堡包抢在手上。看到谷金蹦蹦跳跳的高兴模样，我咧嘴笑了又笑，抱起他亲了又亲。

但是，世上没有如此便宜的欢乐，总有不妙的事情夹杂进来。事实证明，吕沙尘只让我空欢喜了一场。

第二天，我找到第一小学的校长。校长说，吕局长根本没有给他打过招呼。我急得像热锅上的蚂蚁，出门找电话打给吕沙尘，他说事情太多忘记了，叫我明天再找校长。我第二天找着校长，他还是照样回答我。而且说现在学生早已超员，即使县长打电话来，学校怎么想办法，也塞不进一个学生了。我听了彻底失望，如同五雷轰顶，几乎站立不稳。吕沙尘啊，吕沙尘，你这是怎么啦？说得好好的，却完全没有这一回事，千不该万不该，也不应该拿我小孩读书的事开玩笑呀！我顾不上吃午饭，连忙四处奔走，找了一间小学又找另一间小学。我百般哀求，幸好隔几条街的地方有一间小学终于同意接收，不过，需要交高价学费，又要交一笔可观的赞助费。

校长说：“今天算你幸运，恰好仅剩一个名额。你再犹豫，我就将名额给了别人啦。”

我二话没说，点头同意了。谢天谢地，好险啊！一想到整个过程的艰辛曲折，我又被吓出一身冷汗。

第十一章

第二年春天，凤娟又生了一个孩子，是个女孩。这回骗不了谁。事情明摆着，我们这些年已经没干那种事情了。

我问她这是怎么一回事，凤娟心知肚明，但仍然淡定自若，看不出她有半点儿心虚。她并没有和我争吵，而是像当年谷金出生的时候一样哄骗我。她说："你想到哪里去了。孩子是你的。"

唉，说真的，倘若要求一个女人承认这种事情，恐怕难于上青天。凤娟百般狡辩，死活不肯认账，我也无可奈何。事情过后，我虽然没有旧话重提。但是，只要想起来，心里不免戚戚然，总觉得不是滋味。

有一次，我和唐泥鳅、豆皮良到墟镇桥头肥佬膘大排档吃夜宵时，谈到游戏机室的火爆生意。耳热酒酣之间，他们透露鬼头马对游戏机室垂涎欲滴，说制造什么"美人计"。我莫明其妙，不知他们葫芦里装的什么药，把眼睛瞪得大大的，耳朵竖得高高的，心中像浪涛拍岸般涌起一股子愤慨。我把酒杯一摔，狠狠骂道："难道这家伙打主意，施诡计？"他们对视一下，觉得不对劲，慌忙自打嘴巴，猛给我倒酒，邀我碰杯，口口声声说完全没那么回事，还尽说鬼头马的好话，恨不得让我把所有的愤怒都尽快地扔进眼前汩汩而流的小河里。

迷迷糊糊之中，我又透露心事。

"我怎么一点也想不起来了，我和她做了什么？"

“拉尾，这种事情说得清楚吗？比如说，你当时昏头昏脑，比如说，你当时喝醉了酒……”

“我可很久没喝醉酒，啊，只有听你们说的那一次，”我口硬地说，“做了什么我很清醒。”

“拉尾，酒这东西很神奇……这么跟你说吧，酒是魔术，是神仙药。没有的事可以变有，像刚才我们说起鬼头马一样；有的事可以变没有，像你……像你那晚喝醉了酒，还记得和肥婆娟曾经发生过的事情吗？”

“记得，她打了我，还骂了我一夜。”

“你敢说真的没有碰她吗？”

他们一起替我分析，异口同声，说我疑神疑鬼。我只好自认倒霉。无论真真假假，慢慢地，我对这鸟事淡然许多，不那么放在心上了。俗话说，眼不见为净嘛。不过，从此以后，凤娟每次对我无端端地发脾气，实在逼急了我，我也顶撞她几句，有一次我还和她毫不留情地算起账来。

我愤愤不平地说：“想当年，如果不是你骗我肚子里有孩子，我决不会娶你的。”

我这话已经够客气的了。然而，我承认那时候对她最激烈的反抗大不了仅此而已。

“哎哟哟，你还好意思说。你拿块镜子照照自己脸吧。”她的脸顿时红得像肉摊上的一块猪肝，她哼了一声说，“如果日子能倒转过来，哪怕你拉尾抬十抬大轿，彩礼有三台宝马，也休想娶我凤娟。说不定我会嫁给李嘉诚哩！”

哼，真不要脸，还想嫁给李嘉诚哩？观音菩萨听了，一定会笑破肚皮的。这时，我想笑，却又笑不出口。我真想说，我还想娶香港小姐哩。但是，我还是把这话咽了下去。

我实话实说：“如果不是单车谷留给我这间店铺，你我哪有今天啊……”

这番话在我心里憋闷了许多年。一直没机会表白。每当她蛮横无理，我只有欲言又止。现在说出来，真有一种畅快淋漓、一身轻松的感觉。我一心等着凤娟忏悔。可是，凤娟却板起面孔说：“你今天怎么啦？长了翅膀怎的？在我面前逞什么能！你算什么鸟东西！没有我，你什么也干不成！说不定你会做乞丐呢！你这个傻瓜，你这个蠢货，你这个猪头，你只配低下头来闻我那个。”

她的话凿过来真痛，谁也难以抵挡。但我又不得不承认，她说的是事实。我一时无话可说。

可是，过后我仔细一想，却觉得完全不是那么一回事。法律没有明文规定，有点本事的女人可以辱骂丈夫，给丈夫戴绿帽，生私生子的！

日后，凤娟变本加厉，整天又喊又叫，老对人说我是一块死砖头似的东西，又笨又蠢。这么说吧，她越来越像个母老虎，反正只要一天没有又喊又叫，她会觉得很难受，比一个月没有拉屎还要难受。

我和凤娟这样争吵了几次，始终没有好结果。无论我多么有理，我都是一个战败者。天晓得这是怎么一回事。在她面前，我就是不争气。我好像前世欠了她的债，在她面前注定一辈子抬不起头来似的。

每次争吵，她必用离婚来威胁我。

够了，我受够了，再这样折磨下去，我要崩溃了。

有时候，我也真的想豁出去。离就离吧。我不是没有这个胆量。要不是为了谷金，我和她早已闹翻了。我沦落做个乞丐不要紧，可是我要好好供谷金读书啊，我拉尾不容忍不行啊。看来，这个死猫还得往肚里咽。何况，这个死猫不咽下去，我又能把她怎样？其实，烦闷之中，我也想到她的好处，想到她日夜辛劳打理店铺，竭力支撑整个家庭的种种功劳，她也挺不容易的。这样一想，我心里又平复了一些。只要她愿意回心转意，我就既往不咎，无论她过去如何对不起我，我都可以原谅她。

一句话，我对她还抱有幻想，觉得我们之间尚未到山穷水尽的地步。

星期四，记得是凤娟的生日，刚好学校要求儿子拿户口簿登记什么。我收拾好东西，特意买了生日蛋糕和其他生日礼物，准备乘客车赶回南岭墟镇和她一起吃晚饭，好好庆祝一番。可是，这天真倒霉，到了县城汽车客运总站，平日客源不多的汽车站，一个个售票窗口摆放着客满的告示牌。我一打听，才知道今天是冬至。“冬至大过年。”许多人都乘车赶回老家吃汤圆。我更加归家心切。

我决定乘坐私营中巴客车回去。于是，我提着生日礼物走出车站。几辆到南岭墟镇的中巴客车停靠路边，各辆车的司机助手（乘务员）不停向路人叫唤招客。我上了其中一辆中巴，车上挤满了人，司机助手喝叫站着的乘客靠后移动，给我在车门旁边挪出一个站位。我终于舒了一口气。可是等了半天，车子仍迟迟没有开动。有乘客不满地说：“怎么还不开车呀？我们已经上车老半天了。”

“快啦快啦。”司机助手显然应付乘客，说完又下车向路人呼喊。

又等了半个小时，上了两个乘客，车内更加拥挤，人们胸贴胸，背挨背，然而车子还在原地停留，站得我腰酸背痛，拎东西的手早已发麻。好在是冬天，不然的话，我想仅车内人们呼出的热气就会挣爆车窗。乘客怨声载道，有人发脾气了：“还不开车，我们就下车啦。”

司机助手早已习惯，忽悠我们说：“走啦走啦。”

然而，汽车还没有发动，助手看看还可以挤出站位，只顾叫唤抢客。

好不容易又挤上两个乘客，发动机依然没有响动，有人高声呼喝，真的要下车，打算上另一辆车。不少人也在呼应，有人叫乘客闪道，真的往车门里靠。司机和助手见情况不妙，只好开车行驶起来，车内的气氛才平静下来。

汽车开得很慢，慢得像蜗牛爬行。一旦路上看见有人等车的样子，司机又刹掣停车，助手伸出脑袋招手揽客。我从人缝中往窗外望去，汽车又回到原来停靠的地方。原来，不知不觉间，车子兜了一个大圈，又在汽车总站前面的人潮中继续招客。人们知道上了当，车内一片骚动，愤愤不平地叫骂。司机和助手早已心中有数，不声不哼，毫不理会。方向盘、车门开关掌握在司机手上，你着急有什么用呢？何况这时路上没几辆客车，即使你下了车，这时也有可能找不到车回家了。

又挤上两三个乘客，车内不能再上人了，这辆中巴在一片叫骂声中，终于加大油门正式行驶。

中巴很破旧，很脏，车厢内外铁皮油漆剥落出许多斑点，一张张土灰色灯芯绒布座椅穿了许多小洞，车窗布满一层厚厚的灰尘，几乎看不见窗外的景物。发动机轰隆轰隆地响。脚下铁皮湿答答、黑乎乎，还有一摊不知谁在什么时候吐出来的脏物。车内空气十分难闻，简直令人作呕。我脑子涨痛涨痛的。路上，中巴走走停停，途中小站有客上上落落。好在下车的多，上车的少。路程走了一半，终于空出座位，我坐在后座靠窗的位置，打开窗缝呼吸新鲜空气，一阵冷雨斜打进来，我才知道外面下起雨来了，连忙合上窗口。这时，我打着呵欠，只想瞌睡。这些天没睡好，这时我真想好好睡他一觉。路况极差，车子颠簸疾驰，这一切倒没有搅乱我的睡意。一会儿工夫，我便睡着了。

突然，我被下腹的一阵胀痛闹醒，勉强忍受一段路程，终于忍无可忍。我站起来大声说："司机，请停车。"

车内一片嘈杂，大概司机没有听到，中巴继续疾驶。我离开座位走上前，再次对司机说："司机，请你停一停。"

司机没有理会我。他留着分头，一边抽烟，一边开车，一边和一位长发女乘客聊天。两人车头并排而坐，显然十分相熟。司机一路说着脏话，每一句话都带着脏字，什么什么的——我在这里真不好意思说出来——越说越起劲。长发女乘客三十来岁，时髦打扮，妖艳十足，说话刁钻，显然也不是一个好惹的。她毫不示弱，什么顶你个肺呀，什么死人头呀，什么冚家铲呀，什么发噏疯呀，什么黐总掣呀，一个个骂人的词语噼噼啪啪地直往外蹦。这么说吧，如果有人将他们的话记录下来，可以编一本粤语脏话大全。他妈的！刚才一直一言不发的司机，这个时候说话却口若悬河，滔滔不绝。他们聊起来没完没了，我很难找到插话的机会。

我打断他们，高声说："停——车——。"

司机不耐烦地说："他妈的，想死呀，你想干什么？"

我想再次高声说话，但说出来的声音却很微弱："我要尿——尿。"

司机问："他妈的，你说什么？"

女的大笑起来，她说："这个傻瓜的'水箱'（膀胱）快爆裂啦。"

"太差劲啦。"司机正想寻乐趣，显然找到了开玩笑的对象，"忍住啦！"

我说："我太急了。"

司机说："你一定是肾亏啦。回去叫你老婆炖一条牛鞭给你饮啦。不吃一餐劲的，好好享用，真是大笨蛋啦，哈哈哈哈！"

女的回过头来望着我，笑着附和说："你这个离奇古怪的家伙，听司机讲冇有（没有）错。"

我羞红了脸，但还是强忍着一肚子气。我央求他，说话的声音已经有气无力了：“司机，我受不了啦。”

司机还是没理我，只是稍微加大油门，他嘴里叼着烟说：“你给我忍住啦，好不好，好快要到下一个站啦。”

女人说：“你真绝，你不怕他谷爆（憋破裂）了吗？”

司机喷了一口烟，咧着嘴说：“你不用愁，实在忍不住，他会用矿泉水瓶搞掂啦，他谷爆（憋破裂）了关我屁事呀！”

人人都说我懦弱无能，不够狠心，一点儿也没有说错。这个时候，我没想过采取行动，只希望出现一个和我一样忍无可忍的憋尿人，最好是一个天不怕、地不怕的鲁莽汉子，好好整治这个不通人性的司机，我甚至希望全车人都憋尿，集体拥上前勒令司机停车。人多势众，司机可不敢乱来。可是似乎没有一个尿急的人，也没有一个人替我说话。我感到孤立无援，甚至觉得有人埋怨我，大概他不希望车子停下来耽误时间。难道真的没有人尿急吗？我眼睛盯着身旁一位戴近视镜的中年男人，他全身打着哆嗦，脸面涨红，非常痛苦的样子。凭我多年的憋尿经验，他不是生病，而是被尿憋坏了。可是他一直忍着不吭声。汽车在颠簸路面上踽踽前行，时而像兔子一样蹦跳，时而像风雨中的帆船一样摇摆不定。

这时，我的小腹更加胀痛。我快要憋不住了。我几乎哑言失声：“停——车——”

忽然，汽车遇着一个小坑，一个急刹掣，把我撞在身旁一个高个子身上，我的脚踩在另一位小个子的脚上。他们大叫大骂，在挤拥的车厢里将我推来推去。

没办法，我只好重新回到原来的座位。

朋友，车上憋尿的滋味真难受。怎么说呢？我宁愿挨机关枪一梭子弹，也不愿意憋他一秒钟。我一肚子怨气都被憋着的一泡尿消解了。

直到有一个小女孩憋得哭叫起来，她的母亲大喊大闹，高声说："出人命啦！再不停车，我让女孩尿在车上！"

司机这时才当一回事，把车停在路边让人解决。车门一打开，一个个乘客迫不及待蜂拥而出。这时已是傍晚，天色昏沉，雨还没有停止，只是雨势小了些。我按着小腹走出车门，跟随着解手的男乘客，一拐一拐地来到公路旁一间破旧泥砖屋的背后。人们一字排开，草草解决。我也畅畅快快地尿了半天。冷不防，一盆冷水忽然从窗口朝我泼过来。我躲闪不及，被淋了一身。哎哟哟，我一看傻了眼，原来这破旧砖瓦房屋竟然是居住人家的住房，我们还以为是猪舍哩。

得以躲避的乘客，有人幸灾乐祸，有人见我一副狼狈相，不禁哈哈大笑，指着我说："这家伙真走运，我们出去放轻了二两，他出去回来却重了几斤。哈哈哈哈。"

真倒霉，人不走运，尿尿也不放过你。

我冷得全身发抖，只想赶快回镇，结束这段倒霉的行程。

然而，中巴驶到一个人流密集的墟镇却停下来。

大部分乘客到站回家，车内只有我们几个未到站的乘客。中巴不再往前走了。他们又把我们"卖猪仔"转到另一辆小型面包车里。刚转车，我立即醒悟：坏了，我买给凤娟的生日蛋糕和生日礼物丢在那辆中巴里哩。我只有一个念头：追，赶快把东西要回来。我跑步跟着正朝另一个方向行驶的中巴。跑呀跑，跑得我大汗淋漓。我不停地招手、叫喊，我穿过一条正在建设的新街道，迎着寒冷的北风小雨，踏着污泥浊水，跑呀叫呀。最后，我终于在一个长途客运站追上了这辆中巴，把我遗漏的东西要回来。我又拼命跑步赶返原地。好在那辆小型面包车还在小街转圈兜客，刚好被我截住上了车。

啊，这一趟路程如同万里长征，似梦非梦。我被弄得昏头昏脑，几乎辨认不了方向。

到了南岭墟镇，我精神恍惚，头痛得要命。这时，天色已晚，我冒着冷雨，不停地咳嗽，三步并作两步赶回家，一心想给凤娟一个惊喜。

开门进入客厅，眼前一片陌生。

噢，这是我家吗？只见厅堂犹如垃圾堆，有吃剩的鸡爪、喝干的啤酒瓶、切削的水果皮和用过的杯盘碗筷，地砖上充满污垢，还有男女皮鞋和臭袜。邻居一只又肥又大的波斯猫仰着脸望着我，像在主人家里一样，毫不生疏惧怕，目光里透射着倾诉的渴望，好像生怕我被什么蒙在鼓里似的。几条蜥蜴在墙上攀爬，很多蟑螂在电视柜上面乱窜。我完全蒙了。这是什么地方？我瞠目结舌上前，岂料刚好踩在一个空啤酒瓶上，脚一滑，摔了一跤，脑袋“当”的一声狠狠地撞中电视柜边角，啤酒瓶“嘣”的一声碎了。我眼冒金星，脑子嗡嗡作响。波斯猫跳过来，围绕我身边走了几圈，发出几下哀伤的叫声，然后驯顺地伏在我的怀里。我站起来，抱着剧痛的脑袋，拾起掉落的蛋糕。

忽然，听到一种奇怪的叫声。我环顾四周，侧耳聚神倾听，发觉声音是从睡房里发出来的。而且声音越来越清晰，越来越不寻常。我打开门走进睡房一看，凤娟在昏暗中伏在床上，全身正在抽搐，被子上面露出光光的肩膀。我用手往她额角上模，往她身上摸。她什么都没穿，我的手心沾满了她的汗水。我问她是不是病了。她的嘴巴好像塞了一块碎布似的，说话闷声闷气，支支吾吾。我低头看见被子里面好像还有一个人，掀开被子一看，我立即惊呆了。哎哟，天呀，真见鬼，又是鬼头马！黑暗中，他像一只刮了毛的死猪一样，一丝不挂地躺在床上。顿时，我的脑袋炸裂开来，仿佛掉进无边无际的粪池里，简直无法脱身，脚下被无数可恶的蛆虫包围着。

事情落到这种田地，相信佛都会发火。

噢，我火冒三丈，想狠狠臭骂鬼头马，骂他狼心狗肺，骂他禽兽不如，把他碎尸万段；想骂肥婆娟是“烂货”，骂她臭不要脸，立即把她揍扁，把她扫出街去。否则，我一定会拿自己的脑袋撞在墙上。然而，此时此刻，我却如鲠在喉，什么也说不出来。接着，我脸面僵硬，心中绞痛，一时手足无措，手上拎着的蛋糕“咚”的一声掉在地砖上。看来，我只有用自己的拳头说话了。可是手一挥，手又在空中僵直不能动一动。瞬间，我脑子一片空白，两眼发黑，眼前景物模糊。

最后，不知怎的，我却竭尽全力挤出了一个笑容。我猜我的笑脸一定像行将就木的老人一样十分难看。啊，如果我的母亲出现眼前，我一定连她老人家也认不出来。这时，我不知道自己还能想什么，能做什么。我傻乎乎地站着，只觉得口渴死了，如果有人递一杯水过来，我一定会跪在地上叫他一声干爹。啊，我想我当时真的傻了，傻得简直让人啼笑皆非，竟然莫明其妙地放声大笑。笑完，我主动伸出手来和鬼头马握手，蹦出一句我这一辈子说得最潇洒的话。

我说：“你们继续吧……”

然后，我歪歪扭扭地转过身来，“嘣”的一声关上门，失魂落魄地离开。我摇摇晃晃地走下楼梯，来到家门口狭窄的小巷里，仍然像丢了魂似的独自徘徊。

没有月光，没有一丝儿风。小巷中间有一个个长方形小花坛，从小巷的一头伸展到另一头。花坛一棵棵新种的细叶榕，懒得动一动，一簇簇粉红色的玫瑰花病恹恹，垂头丧气地打着卷儿。路灯光线很暗，一排新建的商住楼笼罩在夜色中，小巷里没一个人影，整条小巷静得像个深山古洞。住户的咳嗽、说话，小孩子的哭喊，听得真切，像近在眼前，又像在遥远的山涧。我的脑袋空荡荡，只知道自己已经无家可归，孤苦伶仃。当时，天气很冷，我却感到很热，热得我像发高烧一样大汗淋漓。稍微冷静一点儿，我又觉得很冷，我可以感觉到自己的心怦怦地跳动，双手又冰又湿，只想找个地方缩成一团。

真不可思议，这不是真的吧，一切仿佛是一场梦。许久，当我清醒过来以后，我突然放声大哭。我是蠢猪、笨驴，一个愚蠢无比的东西。我又觉得自己命贱，比蟑螂、苍蝇还要贱，眼巴巴地看着别人将一盆屎尿扣在自己头上！我怎能容忍这一莫大的耻辱啊！我万般无奈又悲愤交加。他妈的，好你个鬼头马！你这个人性被狗吃掉了的家伙！几年没有看见你，一看见你就在我老婆的被窝里。肥婆娟，你还是人吗？你这个没心没肺的婆娘为什么这样对我啊？你们简直不把我当人！

是可忍孰不可忍！我蠢，我笨，我傻，但也不能让你们将屎尿往我头上扣了一盆又一盆啊！

我越想越气愤，牙齿咬得咯咯响，恨不得将鬼头马的脑袋砸个稀巴烂，恨不得将鬼头马那东西砍了喂狗！我正准备再次冲上楼和他们大闹一场，恰在这时，远远看见鬼头马从楼下大门溜了出来。他穿着一套黑色的皮革，脚上穿着一双黑色的皮鞋，脸上戴着一副墨镜，嘴里叼着一根香烟，一步一摇、活灵活现地出现在我的面前。

我快步上前把他拦截，大声说：“鬼头马，你站住，我和你拼命！”

鬼头马先是一怔，后退几步，看见是我，又空手赤拳，慢慢地镇定下来了。他一摊手，狡黠一笑说：“啊啊，拉尾，今天你怎么啦？你想干什么？”

我说：“你天打雷劈！不得好死！”

鬼头马说："今天究竟吹什么风啊，你拉尾竟然也有发火耍威风的时候呢。"

我怒火攻心，一股热流腾腾往上冲。我紧握双拳，脑袋和双拳往他胸口上猛然撞过去。我烂命一条，不管你死我活了。我说："你不想我过日子，我也不会让你过日子。"

鬼头马毫不退让，一把紧紧地抓住我的双手说："拉尾，你乱说什么，要把话说清楚。"

我说："哼，干的鸟事，你自己最清楚。"

鬼头马说："我不明不白，是你搞错了吧。"

他把我的手捏得更紧，捏得我喘着大气。我忍着痛，狠狠地说："你睡了我老婆，还耍赖！"

鬼头马又若无其事，镇定自如，好像什么事情也没有发生过一样，还没有让我把话说完，他便说："拉尾，你又生病了吧？"

我说："我没病。"

鬼头马说："我来问你，这是什么地方？"

我说："我家门口。"

鬼头马说："你再看清楚。"

奇怪，这里的一切既熟悉又陌生。我定睛一看，眼前是两只张着嘴巴的石狮子。我站立的地方竟然是他住楼前面的农村信用社，我的手正放在冰凉冰凉的狮子耳朵上。我又蒙了，今天怎么啦？我怎么会来到这个地方啦？难道我眼花了？难道我真的有病弄糊涂了？我摸了摸脑袋，全身松软了下来，含糊不清地说："不对啊。"

鬼头马说："什么不对啊？"

我说："这是哪里？"

鬼头马说："你真是一个懵人，不然就是中了魔。这是我住的地方啊。"

我一时无言以对。许久，我才问："你和凤娟究竟是怎么一回事呀？”

鬼头马反问我：“你以为是怎么回事？”

我一五一十数落他一番。然后骂道：“你简直不是人，我要把你揍个半死！看你们还敢不敢鬼混！”

说完，我扎好马步，准备又向他猛扑过去。

鬼头马左右张望，语气平缓地说：“拉尾，屁可以乱放，话可不能乱说。我警告你——”

我说：“你警告我什么。你死到临头，你有狗屁就放出来！”

鬼头马说：“拉尾，我警告你别跟我闹，不许你胡言乱语，不许你再提这件事。你摊上大事了，你跟我闹没益处。”

我说：“你不要吓唬人，我拉尾是被你们吓大的！”

鬼头马变了脸色，一字一句地说：“你敢再说，我也不认你这个老同学了，我控告你。”

我奇怪地问：“你告我什么？”

鬼头马说：“我有你的把柄。”

我不相信自己还有什么把柄被他抓住。我说：“你胡说，血口喷人！”

鬼头马说：“我告你们聚众赌博！”

这下真让我领教什么叫作反咬一口、恶人先告状了。我说：“我们没赌博！”

他缓和了语气说：“老同学，肥婆娟没告诉你吗？不信，我和你到店铺二楼看一看就明白了。”

我说：“明白什么？”

“很多人都知道你老婆肥婆娟是一个‘大耳窿’。”他假惺惺地说，“要不是我打通关系，你们早就进了监狱啦。你多谢我还来不及呢，还胆敢教训我。哼！”

我说：“赌博的是你们，关我什么事？”

他说："你可不要忘记，工商牌照上写的是你的姓名。你是法人代表。"

听他这么说，我顿时如五雷轰顶，觉得背上发烧。小时候，母亲对我说："你千万不要赌博，因为他们（指警察）会把你关起来的。"

我真没想过事情会弄成这样。本来，我觉得自己烂命一条，坐牢就坐牢吧，谁叫我的命这么苦呢！可是我想到了谷金，我坐了牢，谷金怎么办啊？一想到谷金的生活和前途，我害怕得要命。啊，这种恐惧和屈辱可不容易忍受。

我又一时哑口无言，呆呆地站着，看着鬼头马扬长而去，又像风一样消失在茫茫的夜色中。

夜幕在空气中燃烧。他妈的！我想，如果我完全相信鬼头马说的话，那我真是傻帽透顶，不可救药了。我觉得不能就此了事。一句话，我没病，也不相信什么魔法，回想刚才发生的一切，仍然历历在目，肥婆娟的支吾声仍响在我耳边，我的手心仍粘着肥婆娟身上的汗水。鬼头马光溜溜的身影还残存在我脑海里。这一回我相信自己，事实就是事实，不可能鬼头马说是真的就是真的，说是假的就是假的。我必须把事情弄个水落石出。我倒想看看这回肥婆娟如何抵赖。我承认，我是一只小蚂蚁，但蚂蚁也有坚硬的牙齿。要知道，我拉尾的忍耐是有限度的啊。

我气呼呼地返回家，噔噔噔地跑上楼，"砰"的一脚踢开了家门。

这时，肥婆娟正坐在厅里看电视。屏幕正播放香港电视连续剧《富贵冤家》[①]。堂厅里的灯光全亮了，明晃晃的光芒耀眼，地砖上一堆垃圾小山一扫而空，电视柜、茶几、座椅少有的洁净亮堂，乱七八糟的场面不见了。只有那只又肥又大的波斯猫不知所措地趴在窗台上，脑瓜低垂，用怜悯而慰藉的目光望着我，时不时叫喊一

① 《富贵冤家》：香港明星沈殿霞等主演，2000年在中国内地热播。

声。肥婆娟双腿架着看电视，同时吃我买回来的生日蛋糕。虽然，她的神情淡定自若，但看上去又似装模作样，又似早已预料着要发生什么。

她只是用飘忽的眼光望了我一眼，并没有说话，又重新抬头看电视，低头吃蛋糕。然而，仅凭她这一眼，我便知道要对付她是多么艰难。

我指着她说："哼，你还有心情装傻扮懵！"

她扭头说："装什么傻扮什么懵呀？"

我说："我可是亲眼看见的。"

她说："你说什么呀？"

我说："你和鬼头马鬼混。"

她说："这种事能开玩笑吗？上次你冤枉了我，今天又来冤枉我，你这人成心和我过不去。"

我说："那么，睡在床上的那个人是谁。"

"是猫。"她指着窗台说，"隔壁的猫。"

我说："你骗人。"

她说："拉尾，你说我讲真话也罢，你说我骗你也罢，反正你不信任我，我也不想和你过日子，我们这样在一起生活有什么意思？我们离婚算了。"

我倒想知道她的真正原因，我说："你给我说清楚，你为什么老和我闹离婚呢？"

她说："我不愿和你过日子。"

无数无情的事实让我学聪明了。我要让她知道我并不是好欺负的男人！我说："离婚就离婚吧，你收拾东西给我滚出去。"

她惊讶地说："你说什么？"

我毫不含糊地说："你一个人滚出去，滚出去跟鬼头马过吧。但是，你别老以为我软弱可欺，我早已识穿你的诡计，你甭打店铺的主意，我宁愿将店铺所有游戏机砸个稀巴烂，你也别想搬走一台游戏机！”

显然，她没想到我会使出这一招，一针见血揭穿她，抽取了她的软肋，而且我态度如此坚决，如此铁石心肠。我想，她真的万万没有想到。

我的话果然生效。她站立起来，眼睛瞪得大大的，好像不认识似的望了我很久。这是从来没有出现过的局面。这么说吧，我在她面前昂首挺胸，以一个男人的屈辱和沉重的代价，第一次战胜了她。

第十二章

返回西滨县城，除了修车，接送谷金，我半步不出家门。有时候，我走出阳台，长时间地仰望天空发愣。

有件事让我十分为难。谷金年纪尚小，不知道我和肥婆娟之间发生的事，时常嚷叫到外婆家去找永利表哥。

他说："我要上班。"

我莫明其妙地问："你还读三年级，上什么班？"

他说："去外婆家上班。"

我傻了："为什么？"

他一本正经地说："表哥的爸爸有工资发啊。"

我愕然了。一问，才知道永利只要在麻雀台上纠缠他爸爸，就能轻易得到钱。这还了得？我不答应，他就三天两头缠住我。他这人，十足肥婆娟的性格，想做的事情，一定要实现才甘心。否则，会把你逼到墙角无路可退。我被他缠得喘不过气来，心也软了，那儿终归是他外婆的家。我虽然同意，但是提出条件："你可以去，快点回来，不能学表哥领'工资'。那是害你的啊！"

我讲了很多道理。他一口答应了。

这绝对不是一件好事情。谷金从外婆家回来，异常得意，身上都揣着不知怎样弄到手的几个钱。哎，逐渐变好的一个人，又打回原形，甚至变本加厉。我只好想办法不让他再去。

于是，我买了一台电视机。可新的烦恼又出现了。这小东西迷上超人电视节目。放学回来，书包往饭桌一扔，就迫不及待地打开电视机。看得天昏地暗，有你没我。看到兴奋之处，还学超人的动作挥舞。为此，每逢召开家长会，我就请教坐在我旁边的家长。岂知他们也为此而烦恼。我只好偷偷拔掉电源。可是他回来又马上插上电掣。有一天，乌云密布，整个天空像巨大的黑锅似的。接着电闪雷鸣。我叫正在看电视的谷金马上关电视，拔电源。可他看得正着迷，说什么也不关。突然，一道闪电划破长空，霹雳一声雷响，电视机被雷电击中，屏幕黑了。我一点儿也不心痛，反而暗自高兴。

谷金没电视看，不管三七二十一，只顾无理取闹，大发脾气。骂完老天爷，就催我赶快抬电视机出去修理。我说他半句不是，他就拿我最操心的事情相要挟，扬言不吃饭，不读书，要去外婆那里“上班”。我本来就不懂家教，对此束手无策。我虽然对肥婆娟气在心头，简直不想见她，但为了谷金，还是忍气吞声向她求助。我懂得，“国难”当头，只有统一战线，不能搞内战啊。

我硬着头皮到南岭墟镇找到她，诉说我的担心。说着说着，我的眼眶有点湿。最后，我哀求她说：“事到如今，就当我求你吧，谁也不想眼睁睁看着谷金这样发展下去呀。”

凤娟像往常一样，表面上无动于衷。在教育孩子问题上，我和她有重大分歧，这也是我对她最大的不满。说了也白说，一直弄得我有口难言。她说：“你又杞人忧天了，问题没这么严重。而且，孩子好坏全靠自觉，你担心什么？”

我说：“事实如此。谷金去一次，就抵消一次苦心教育。”

凤娟向来对说她自己和家人的不是尤其敏感。她瞪眼说：“呵呵，你怪我家人来了？”

我无话可说，垂头丧气地回到县城。

话虽如此说，凤娟还是有行动。然而，她到娘家一趟，弄得她一鼻子灰；她也到县城找谷金，可是一点效果也没有，谷金同样不听她的话。我再去找她，她还是说我的担心是多余的。说多了，她反倒责怪我无能："什么事都找我，我最看不起你这种男人！"

啊，日后我在谷金身上花了多少心血，采用了多少办法，我一下子也说不清楚了。

就这样，我变得寂寞孤僻，郁郁寡欢；生活杂乱无章，简直乱了套。时常丢三落四。晚上，我翻来覆去睡不着，眼睁睁地望着天花板到天亮。

我经常喝酒解闷。遇事不顺心，就用酒来麻醉自己。没有酒，我简直一天也不能生活。然而越喝越让人歇斯底里，甚至精神崩溃，浑浑噩噩，忘记自己姓甚名谁了。有一段时间，谷金经常向我索钱买这买那，我明知他这样做不好，可我没心情理会他。因为我心烦意乱得很啊。为了摆脱谷金对我的缠绕，他向我要多少钱，我就给他多少钱。哎呀，倘若他要我的存折，说不定我会亲自打开保险柜让他拿去的。

有一天，刮起台风来，结果一下子刮了十几场台风。

看来，连老天爷也生气了，也替我抱不平了。这段时间，我经历了各式各样的台风。先雨后风的台风，先风后雨的台风，只有风没雨的台风，风雨雷电交加的台风……有的台风把广告牌吹得东倒西歪，树木连根拔起，连不远处的旺角大酒店也摇摇欲坠似的。总之，什么台风我都经历了。

然而，我又估计错了。这鬼天气仿佛是和我作对，冲着我这个可怜虫而来的：我望天打卦，连续多日没有一个顾客光顾。我只好干脆关了铁皮屋的闸门，回到家里，在阳台独个儿喝闷酒。无休无止的风雨，让我备感孤独，倍增烦恼。

每场台风过后，必是倾盆大雨，全城泽国。这个时候，街上到处泥泞，随处积水，遍地杂物。环卫工人打开沙井盖，加速排灌。风雨声、排灌口漩涡吸吮的嗥厉响声交织一起。有几个沙井口，因排灌渠水倒流，小土堆似的突兀地拱起黄澄澄的浊水。

有时候，雨点噼噼啪啪地打在阳台地砖上，激起带尘的水沫，溅到墙根，溅湿了我全身，然而我却浑然不觉。我一边自斟自饮，一边茫茫然地望着街上匆匆而过的行人，望着高耸入云的旺角大酒店，望着新建的龟山公园。当我看见一对老夫老妻，女的撑着雨伞，推着坐在轮椅上的老公，小心翼翼地过马路，甚至看见一对年轻恋人并肩而行，说说笑笑，相依相偎，我都会触景生情，感慨万分。感怀身世，我无比慨叹：我拉尾为什么没有人痛爱呢？！

我多么羡慕他们的幸福生活啊。

酒这东西真是怪物，有时会越喝越激情奔涌。我心有不甘，不相信人海茫茫的西滨县城没有拉尾一席之地；喝着喝着，我拉尾忽然间变成上山武松，浑身是劲是胆，发誓一定要为自己争口气，给鬼头马、肥婆娟他们来点颜色看看。然而，酒醒了，梦也醒了，希望破灭了，我什么也没有了，只觉得头痛欲裂，万分茫然，整个儿深陷沼泽，双手双脚被死死地浆住，动弹不得，像一条没有腿儿的可怜虫，全靠身子的弯曲，一拱一拱地向上移，往前爬。

啊，酒醉如入梦，可酒终归解决不了问题。梦境与现实越对立，我就觉得越烦恼，我便越是靠喝酒来解脱。

我回到南岭墟镇，每当肥婆娟转弯抹角再提离婚，我态度坚定地说，离就离吧。但我还是死死咬住游戏机室不放：“你想我放弃，除非有人把我拉进监狱吧。”

她听了低头不语，心事重重。呵呵，她也有今天！这可不像她啊。

我不清楚哪一个才是真实的她！她鬼迷心窍，相信她会悔过才是傻瓜呢！我发了狠，让你独个儿承受老天爷的惩罚吧，哪怕你有孙悟空大闹天宫的本事！你就闭门思过吧。你简直不是我的老婆，而是一个搅得我意乱心烦的妖精。我有充足理由对你不理不睬——

我已经够宽容了。

我再也不相信她不再鬼混，不相信她不再赌博。

我想，我迟早会和她一刀两断的。

我不再跟肥婆娟说话，一个人来到街上瞎逛。唐泥鳅、豆皮良知道我回来，特意请我到酒楼吃饭喝酒。

呵呵，这两个吝啬鬼竟然主动请我，而且请我到墟镇档次不低的酒楼，可是天地间头一回啊。这家酒楼在桥头碉楼乱哄哄大排档的另一头，填田沿河兴建，一共三层。一层饭厅，一层卡拉OK，一层桑拿。这家酒楼名叫客如云，但顾客寥寥无几，几十张饭桌空出大半，显得冷冷清清。我们刚刚坐下，酒杯一碰，唐泥鳅、豆皮良就谈女人。说着说着，眉飞色舞地谈论他们常上三楼桑拿潇洒的心得体会。他们边喝边说，肆无忌惮，浪浪的笑声此起彼伏。几个顾客扭身望着我们，他们的浪笑声更加响亮，连我也感到羞愧难当。可是，喝着听着，我心里痒痒的，充满好奇，慢慢地便没那么拘谨了。

唐泥鳅说："拉尾，你憋了这么久，那东西早已生铁锈了吧。拿出来让我们检查检查。"

说着，他们凑近过来，动手动脚合力扯我的裤子。这种事，只有大人找小孩寻开心时才见过。我再傻，也傻不到这个程度啊，我连忙拨开唐泥鳅、豆皮良的手。

豆皮良说："做人嘛，可别委屈自己啊。"

唐泥鳅说："想不想试试那东西还管不管用呀？"

豆皮良说："不管用也没问题。这世界只要你肯花钱，没什么不行的。你想做什么，怎么做都可以。什么服务都有，就算你七老八十也有本事弄得神魂颠倒，快活赛神仙呀！"

恰在这时，酒楼老板走过来。他的身子很胖，横着走路。老板显然是外地人，他和唐泥鳅、豆皮良好像老相识似的，远远便打招呼，又向我笑眯眯地点点头。然后，他重重地坐在唐泥鳅身边的椅子上。

唐泥鳅说："老板，你来得正好。我们谈得正在兴头上，你有什么好介绍呀？"

老板双手一拍，神秘地说："你们来得真是时候，今天的确有好介绍。"

唐泥鳅说："来，大家干一杯再说。"

唐泥鳅殷勤地给各人斟满酒，大家一饮而尽。

老板继续说："今晚很特别。"

唐泥鳅问："此话怎说？"

老板说："来了一位富婆。"

豆皮良说："我只听闻，没有见识过。"

老板问："够特别吧？"

唐泥鳅、豆皮良不住地点头，异口同声地说："真是特别啊。"

"这位富婆很会哄人，又温柔，又体贴，又有风情，比杨贵妃还要靓，标致极了，简直让人流口水。她不要钱，只图开心解闷，说不定还要倒贴钱给你……"老板眉开眼笑，说得唾沫四溅。他横扫一眼说，"你们……"

唐泥鳅、豆皮良一齐指着我。老板也斜着眼睛，狡黠地打量着我。唐泥鳅拍着我的肩膀，笑着对老板又对我说："好东西介绍给他，他现在需要散心、解闷、放松，最需要这种女人安慰安慰啦。拉尾，我们够意思吧？"

豆皮良拍着我另一肩膀说："拉尾，不要'蚀底'，肥婆娟有初一，你有十五。"

说得我有点心动。是啊：肥婆娟啊，肥婆娟，你不把我放在眼内，我还不把你放在眼内哩！我又干了一杯。喝多了酒，我可顾不得什么贼心贼胆啦。这个时候，狗如果会说话的话，它叫我做什么，我也会做什么的。于是，半醉半醒之间，我像贼一样跟着他们去寻花问柳。

我们上了三楼，来到桑拿沐浴中心大堂。我一看，腿肚子立即发软了。只见厅堂虽然装修讲究，但灯光幽暗，一时静得要命，只有服务台里一名收银的男服务员。他面无表情，嘴里暴露永远合不拢的一排牙齿，腮帮上有一大块灰暗的胎记。随后进来一两名顾客，他们神色紧张，来去匆匆。我不禁心里扑腾乱跳。怎么说呢？我想起《水浒传》里孙二娘的客栈，想起当时热播的电影《红高粱》“我爷爷”提刀只身闯进土匪窝。我修理自行车的时候，听闻过什么“宰人”的传言。我一直寻思如何退出去，但一切已经身不由己了。唐泥鳅、豆皮良他们说说笑笑，若无其事，向老板叫唤熟悉的小姐。我又害怕，又觉得肮脏，又感到羞愧。我喘着气跟随他们，一边走一边小心张望。老板领着我们到了桑拿各间单人房，他对我似笑非笑，脸色阴阳怪气。然后替我关门离开。我觉得他的眼光如同一根麻醉针，一时让我心跳如鼓。

这间房窄得不能再窄。昏暗的灯光下，只见有一张小床。面对这情形，如果不是喝了点酒，打死我也不敢在这里多待一秒。因为实在喝多了，我躺在床上，迷迷糊糊地睡着了。但很快被隔壁的怪叫声闹醒。唐泥鳅、豆皮良正与女人打情骂俏，放浪地喧哗，哼哼呀呀。我睁开眼睛，醉眼蒙眬地望着低矮的天花板。

一会儿，木门打开，一个女人随着一阵风走进来。我闻到一股刺鼻的香味。醉眼蒙眬中，只见她站在我前面。她二十多岁，一头短发，身材苗条，唇红齿白，细眉大眼，穿着单薄，却并不暴露，一件短袖的白色纱衬衫，一件深蓝色的百褶绸裙。不过，紧身的衬衫遮不住高挺的胸脯，是那么惹火勾魂；而那双红色的高跟鞋走动时发出清脆的声音，又是那么冷峻，让人心里直打鼓。

她似问非问：“你跟刚才那两个人一起来的？”

我点点头，嗓音颤颤地说：“唔。”

她扫了我一眼，似笑非笑，让我猜不出是引诱还是轻蔑。这一眼足以把我看得全身发抖，心里猛一阵狂跳，身子缩成一团，满脑子是逃脱的想法。

她冷冰冰地问："你怎么啦？"

我吞吞吐吐地说："我要出去。"

她愕然地问："为什么？"

情急之下，我想出办法了。我借故说："我要尿尿。"

她说："真好笑，这里是套间，哪用得着走出外面呢？"

这时，我才发现有一堵透明落地玻璃墙，里面间着一个不大的洗手间。我暗自叫苦，脑子嗡地响叫，起了床，身不由己地开门进去。其实，我一点也不尿急，即使尿急也尿不出来。我在里面做着假动作，思想里全是如何逃走。她的脸背着我，还是一根柱子般站着，我感觉自己是她的一个猎物，一只待宰的羔羊。

想了半天，我还是胆战心惊出来。她看见我这副窘态，忽然间脸露浅笑，语气缓和地对我说："你好紧张啊，经常来这种地方吗？"

我摇了摇头说："不是，第一次。"

她问："第一次？只有鬼才相信。你们男人没一个不说谎，不鬼混。"

我说："真的，以前没有来过。要不是喝醉了酒，打死我也不敢来。"

她问："你认识这里的老板吗？"

我还是摇头说："不认识啊。"

她犹豫了一下，忽然样子显得既娇艳又妩媚。她嘻嘻地笑了几声，轻轻地走过来，坐在我身边的床沿上，上下打量我一番。

这个时候，我差不多醒了酒。我也坐了起来，怪不好意思地又瞟了她一眼。她的样子不娇不妖，没有做作。要不是在这种场合，谁也不会认为她是一位放浪的女子。

啊，说句实在话，要是她这个时候稍微卖弄风骚，要是她这个时候表现得令人讨厌一点，我一定会拿定主意，连头也不回地走出去。但是，她忽然显露温柔大方的转变让我犹豫了一下。在这犹豫的三几秒之间，我变得十分清醒，十分镇定，还有一种从未遇过的说不出来的感受。这么说吧，她忽然像一只雏鸟，让人舍不得动一根毫毛似的。

我和她沉默对视了一会儿，这时才晓得首先问她叫什么名字。她说她是外省人，与这家酒楼的老板是同乡，因为自己住在城郊的唐代村，人们都叫她"唐朝西施"。

她问我："你叫什么名字？"

我说："我叫拉尾。"

她扑哧一声笑了起来："傻瓜，为什么这样叫啊？"

我解释说："真的，我叫拉尾，阿猫阿狗都叫我拉尾。"

她说："笑死我啦，这是什么意思？"

我说："'拉尾'是粤语，一大群鸭中最弱小可欺、被抛弃的那一只，总是找不到吃的意思嘛。"

这一问一答，一欢笑一沉默，一下子拉近了我们的距离。我的心情稍微放松了。

我问："你这么漂亮，为什么要来这种地方？"

她说："说来话长……没人愿意听。"

我说："你说吧。"

她告诉我，她读书不多，初中未毕业，小时候贪玩、调皮，经常逃学。他还告诉我，她丈夫是个混球，靠征用土地发达了，在西滨县城购置了无数店铺，仅是出租收入，每天可以全世界奔跑。但是，她丈夫除了去桑拿，找妞儿，就是离不开酒，借着酒意打她骂她。她一怒之下跑了出来。同病相怜。如此说来，她的确够凄惨的，真可谓石头听了都会落泪。我刚才的担心变成了同情，甚至觉得她怪可怜，怪可爱的。尽管她的话我当时半信半疑。

不管怎样，我还是随便地说："我还以为自己是这个世界最惨的人，谁知有人和我一样惨。"

她说："你也很惨？说来我听听。"

这个时候，我不再胆战心惊了，在她面前变得无拘无束。我不理会她究竟是好人还是坏人，说的话究竟是真是假。我没必要逢场作戏，因此我没想那么多。她轻柔地、滔滔不绝地诉说，尽管真假难分，但我喜欢听，还喜欢说。总之，我乐意向她吐露真情实感。我把自己的不幸境遇和烦恼一五一十地告诉她。

我们兴致勃勃地聊了很长时间。她给了我这辈子从未有过的感受。是什么感受，我一时又说不出来，反正我喜欢和她相处的时光。此时此刻，我倒希望和她多聊一会儿，待的时间长一点。这么多年来，我无比孤独，没有和谁说过那么多的心里话啊。我不清楚接下来要干什么。就在这个时候，不希望发生的事情发生了。我听到一阵急速的脚步声，我和这个叫"唐朝西施"的女人惊慌地站立起身。

突然间，房门被撞开了。

"别动！"

有几个警察冲了进来。一束手电筒光亮亮地把我照得耀眼昏花。我吓得魂飞魄散，半死不活，浑身哆嗦，牙齿咬得咯咯响。"唐朝西施"也张皇地闪开，瑟瑟地龟缩一角。

我许久才明白发生了什么事。

这下完了，我极力申辩，但说话结结巴巴，连自己也不知说了些什么。然而，他们却不容我们分辩，二话没说就拧着我走出酒楼，上了一辆农用车。

第十三章

他们把我带到偏僻陌生的地方，关了三天三夜。

这三天三夜，我好像待了整整三年，我一辈子也忘不了。他们先是给我按指纹，拍照，然后审讯。审讯室里只有一张桌子，三张椅子。两个警察，一胖一瘦，并排坐在桌子前。胖警察负责问话，瘦警察负责记录。

胖警察指着墙上说：“你认得字吧，请你念读那几个字。”

我侧面看了一眼，说：“坦白从宽，抗拒从严。”

“好，我来问你。”胖警察咧着一排暗黄色的烟屎牙，每说一个字都不轻松。他问，“你是怎么样将她骗来酒店的？”

我颤抖着说：“我没骗她，是老板安排来的。”

胖警察立即制止我说：“什么老板安排，你老老实实地交代，这样才对你有好处。”

我点点头说：“我会老实交代的。”

我如实交代了事情经过，最后在记录本上签了名。瘦警察合上记录本，胖警察打了个呵欠站起来。我以为这事也就完了，可两位警察对视一下，摇了摇头。

胖警察说：“你一点都不老实，我们会给机会你的，你要好好想一想啊。”

我不知道还遗漏了什么。我应该说的都说了啊！接着他们把我推进一个小小的禁闭室。

胖警察说："里面很舒服的，好好享受啦。我们给你舒舒服服地边享受边想。这里有一个门铃，什么时候想好了，就按铃叫我们啦。"

警察走出去，关上门。

里面一片漆黑，没有一丝光线。我像掉进深深的洞穴里，分不清白天黑夜。死老鼠味、坑渠味、尿骚味和说不出的异味袭来，刺鼻、刺眼、恶心，真难受。更可怕的是，墙壁高挂一部冷暖空调机，咯噔咯噔的，不停地响转，也不知怎么做到的，一会儿送出冷冷的强风，一会儿输出闷闷的热气。我一忽儿冷得浑身哆嗦，一忽儿热得大汗淋漓，分不清春夏秋冬，真要命。要是别人，一定早已扛不住了。他们想要你说什么，你就会承认干了什么。

不过，我还是强力支撑，竭力忍受如此莫大的苦楚。我只想着谷金。谷金给了我最大的希望。为了他，我能解除所有困苦。不然的话，我一定早已经崩溃了。

第二天，两个警察变了脸色，不再随和客气，根本不让我辩解。他们在桌子面前坐下来就直接发问。

胖警察强调说："我们又审问了'唐朝西施'，她什么都说出来啦，不许你狡辩。"

我倒想知道"唐朝西施"说了些什么。我问："她怎么说的？"

"她怎样说不关你的事。我们只需要你回答问题。"胖警察露出满口往外突出得十分厉害的牙齿问，"你是怎样将她按倒在床上的？"

我愣住了，纠正说："没有啊。"

胖警察涨红着脸，一本正经地说："你休想抵赖，她的衫裤都被扯烂啦。"

我一头雾水地问："怎么回事啊？"

胖警察厉声说："你扯烂了她的衣服！"

我慌忙说："我没有碰过她啊。"

胖警察狠狠地骂道："你骗人——他妈的，你这个禽兽，下手真够狠啊！"

他们骂我是禽兽。什么意思？事情有那么严重吗！难道派出所是这样审问犯人的吗？我似乎听懂了什么，又似乎什么也不明白。想来想去，觉得他们故意捉弄我。真会开玩笑，但这种玩笑能随便开的吗？我只能实话实说，将事情经过重述一遍。可是，他们一句话也听不进去。好在我当时什么也没干，不然的话，我说话的语气一定没那么坚决，态度一定没那么坚定。

沉默一会儿，胖警察又咧嘴问："好啦，你想继续回答问题，还是想继续回忆？"

我说："我想尿尿。"

我坐在审讯室里已经大半天，尿急得快要胀破了。他们押着我走出去，在洗手间门口等着我尿完。我希望再回到审讯室里继续提问，可是，狗屎，他们却又把我关进禁闭室里。

经过两天两夜冷暖交加、漆黑一片的禁闭，我患了重感冒，头重脚轻，脑袋像要炸裂。我有时很脆弱，恨不得尽快放我出去，他们要我怎么回答就怎么回答；我有时很气愤，变得异常坚强，觉得无论如何也要挺住，哪怕天塌下来也要和他们论战到底。

第三天，两个警察又把我带到审讯室。他们表情轻松，还交头接耳说说笑笑，气氛一点也不紧张。他们好像不是在审问我，而是像在向老朋友询问男女间感兴趣的话题似的。有时候，胖警察提一个问题，瘦警察也按捺不住了，全身躁动，一边记录一边发问。

胖警察又龇牙咧嘴地问："'唐朝西施'穿什么衣服？"

奇哉怪也！他们为什么这样审讯？似乎不对路啊，但我懒得多想，倒希望和他们周旋一番。我想了想，回答说："衬衣有花格，裙子是蓝色的。"

"给机会我过瘾，由我来审问他。"正在记录的瘦警察忍不住了，望了望胖警察，得到了他的允许，显得十分高兴。他拿起笔，淫笑着问："她的内裤是什么颜色的？"

我没想到他问得如此仔细，问得如此离奇。我连"唐朝西施"的手也没有摸过，哪里知道她穿什么颜色的内裤？但是，我觉得他们的提问很有想象力，挺撩人。关了几天，我实在闷得慌，我愿意想法子和他们周旋到底。再说，想起封闭室里无尽的夜和忽冷忽热的温度，我巴不得在这里能待多长时间就待多长时间哩，我不希望就这样草草结束审讯，再回到封闭室里活受罪啊。于是，我耸了耸肩，仰望着天花板，故意想了很长时间。

然后，我慢慢吞吞地说："黑色的，不是……不是，是红色的，哎呀，或许是蓝色的，真是的，我一时被弄糊涂了，或者说我当时没看清楚，我不知道啊。"

瘦警察继续问："她的胸罩是什么款式，什么型号的？"

我又想了想，说："我知道——不过，让我再想一想——不确定。"

胖警察说："顶你个肺！你真蠢，真是人蠢无药医，医好都变白痴——咦，你不是蠢的啊——你知还是不知，你不清楚，'唐朝西施'已经替你全讲清楚啦。"

两个警察狡黠地笑了。他们嘲笑我当时一定急躁如猴，急得连女人的穿着也没看清楚。

瘦警察说："接着，你一定会印象好深刻的啦！"

说完，他们又哈哈大笑。笑完，他们一步比一步深入地盘问我。他妈的！他们越问越来劲，好像从来没见过女人的秘密似的。我是过来人，什么没见过啊，如果我想胡编乱造起来，一点也不会觉得害羞。这时，我突然感到自己行为有些可耻——尽管当时非常气愤“唐朝西施”跟他们合伙陷害我，但是我也觉得不能这样对待她，羞辱她，她毕竟是被人利用的无知女人——而且，我终于醒悟自己的回答有问题，我岂不等于不打自招？记录在案，可不是小事啊！一想到问题的严重性，我吓了一身冷汗，马上全盘否定刚才的话：“我是编出来的。你们不能当真。”

两位警察并没有斥责我。微笑过后，面面相觑，继续发问。接下来的时间里，我完全答非所问。

对峙了很长时间，我心里又乐滋滋的，有时竟然得意忘形。我不时站立起来，耸耸肩，用铐着的双手比画着，一时满足于这场答非所问的角逐的胜利。不过，可恨自己这时又想尿尿了。根据上次的经验，我误以为审讯的时候是不能尿尿的。否则，我又要返回可怕的封闭室里。我告诫自己无论如何也要忍住，能够多忍一分钟就多忍一分钟，能够多忍一秒就多忍一秒。

瘦警察注视着我，见我坐不定，站不稳，双腿有点抖动，笑着问：“怎样呀？是不是想起当时的情形好激动呀？”

我好像失去了意识，又点点头，又摇摇头：“是啊——不是——”

瘦警察问：“好爽，好痛快，是不是呀？”

我实在尿憋得难受，没有说话，双手按住下腹，双腿一个劲儿地抽搐，差不多支持不下去了。他们忽然站起来厉声说：“废柴（废物），你怎样啦？真的还是装的？”

我断断续续地说：“我要——尿尿。”

说完，我歪倒在地上。两个警察慌了手脚，立即上前。他们生怕我出事，架着我上了洗手间。我手颤颤的，弄了半天也拉不开裤链。瘦警察只好俯下身来。他一边不耐烦地帮我解开，一边唠唠叨叨：“冚家铲①，真麻烦，好想一刀斩断你的作案工具！”

---

① 冚家铲：粤语，全家死精光的意思。

好在瘦警察躲得及时，否则会尿在他脸上的。我尿了大半天，尿得尿槽叮叮当当的尿花四射。尿完，我终于松了一口气。

胖警察说："现在你爽了吧。"

瘦警察冷冷地说："哪里有他那天作案的时候爽呀！"

胖警察说："呸！你爽啦，痛快啦。但她受罪了！"

没想到，他们这回并没把我关进封闭室，而是继续审讯。我继续饶有兴趣地和他们周旋一番。

最后，他们把口供记录本在我面前晃了晃，要我签字确认。我想，活罪已经受够了，这回总该结束了吧。我有点得意，拿起笔，准备签字。这时，我再得意，也不会忘乎所以；我再蠢再笨，也不至于蠢笨到这个程度。我看见记录根本不是刚才审问的内容，全是一页早已拟好的文字。里面出现几个"强暴""强奸"之类的字眼。我先是一愣，接着恍然大悟……这个世道未免太荒唐了！分明有人陷害我。我气炸了肺。我非得把陷害我的人千刀万剐不解恨。呸，你这个"唐朝西施"也给我来这一招，口蜜腹剑。我当时简直对她恨之入骨。

我把记录本拨在地上，指着两个警察说："你们别当我是大傻瓜，不知道你们挖了一个窟窿，蒙着我眼睛要我往里跳。我才不上你们的当哩！"

两个警察又羞又恼，指着我又哄又骂。我步步后退，坚决不签，他们就用种种方法威胁我，一口咬定我当场被他们逮个正着，还说什么"唐朝西施"已经起诉我啦，说什么我认罪态度不好，足够坐十年八年牢房啦，说什么想减刑，就得老实交代啦……说得我一下子又傻了眼，许久才清醒过来。我明白，如果我签了，等于承认有罪，绝对走上绝路。我死不足惜，死无所惧，但不能不明不白顶着这个罪名去坐牢，更不能让谷金一辈子背负父亲是这样一个"罪人"的沉重包袱。

这字我死命不能签！要诱我落入沼泽陷阱，要迫我跳荒井黑窟窿，没门！

可是，如果不签字，我又如何逃出这鬼门关呢？

啊，我走投无路，叫天天不应，叫地地不灵。天啊，有谁来替我叫屈申冤呢！

第十四章

关键时刻，“唐朝西施”解救了我。她亲自找派出所所长，申辩我们清清白白，什么事也没干，她说不能冤枉人。她觉得事有蹊跷，只是一时不明就里。她发狠誓叫嚷：“谁胆敢利用我，我就告发谁，死不罢休！”

派出所所长心里有鬼，担心将这件事情捅出去，连忙拉开“唐朝西施”，悄悄向她保证把我放出来。

就这样，我好像从死人坑里爬出来一样。

我错怪了“唐朝西施”。很久以后，我才知道这完全是鬼头马干的好事。为了霸占游戏机店铺，他引诱凤娟，买通了派出所所长和老板，串通了唐泥鳅和豆皮良，由老板专门物色，恰好遇到以这种方法报复她那臭男人的“唐朝西施”。那一胖一瘦的两个“警察”是鬼头马在黑道里找人扮演的。整件事情完全由鬼头马一手策划。他企图陷害我入狱坐牢，从而霸占游戏机室。手段毒辣，不可告人！好家伙，真大胆，竟然私设公堂，简直无法无天！

啊，我险些中了鬼头马设的圈套。

鬼头马啊，鬼头马，怎么不让雷劈死你呀！

可是，我当时并不知原委，我闹糊涂了：“唐朝西施”为什么既害我又救我呢。我找到她，问她为什么这样对我。她发誓说没有在派出所控告我。我相信自己冤枉了她。那么，是什么人害我呢？我找到唐泥鳅、豆皮良，他们的嘴巴封得很严，只说什么也不知道，只说这是一场巧合，纯属误会。

人们不分是非黑白，议论纷纷。当面向我吐唾沫，后面戳我背脊。人们什么话都说。一时间，难听的话满街满巷：

“没想到拉尾竟干出这种丑事！”

“他这个强奸犯，真狠毒！”

人言可畏啊！我有冤无处诉，觉得做人最难了。人的嘴是扁的，舌是软的。这种事，哪怕我长了一千张嘴也说不清楚。总之，我在镇上无立足之地，连小孩子看见我也远远躲避。

肥婆娟虽然不相信我会干这伤天害理事，但这一回却抓住了我的把柄，明里暗里到处张扬，说我花心无赖，乱找女人，死里活里闹离婚，分家产。

我理屈词穷，没有申辩的余地，我只好打掉门牙往肚里咽。在肥婆娟面前，我低着头，默不作声，两只脚在地上使劲地画来画去。从此以后，鬼头马和肥婆娟明来明往，闹得街知巷闻。我决定和肥婆娟离婚。他们要霸占游戏机室，那就成全他们好了。祸起萧墙，我觉得游戏机室有股邪气，不是吗？这些年的祸根皆由此而起。可见它不吉利，并不是什么好东西。何况，这么多年来，我已经受够啦。再继续闹下去，不知何为始，不知何为终。

就这样，我做出了最大的让步：只要儿子谷金和城里的那套房子。

办完离婚手续，走出民政局大门，我欲哭无泪。我指着肥婆娟骂道：“你呀！我才做了一件错事，你就穷追猛打。你，你，你他妈的睡过的男人别说十辆卡车，就是地球也装不下了，却瞒天过海，当我是蠢蛋，你好自为之！你……”

骂完，出了这口气，我心里平静许多，觉得遗憾的是愧对单车谷，单车谷交给我的店铺让他们吞噬了。

我们离婚后，肥婆娟果然和鬼头马结了婚。真没想到，这么凶的女人他也要。他图的什么，没人告诉我拉尾我也明白，连三岁孩童也能一眼看穿，还不是那间游戏机室！

这天，我绕道来到崩崖山。在单车谷坟前，我呆呆地站了大半天，心情矛盾而复杂。我跪地哭喊："谷哥啊，谷哥，我拉尾是一个孬种，蠢钝，无能，真是对不起啊，你的店铺败在我拉尾手上了。"

哭完，一肚子霉气吐了出来，我站起来，抹干眼泪，拜了又拜说："谷哥，你给我指条明路，我听你的话，照你的话做人。"

我心事重重，低头看路，步履艰难地下山。我感到心力衰竭，只有抓住身边的草丛才不至于栽倒。太阳明晃晃地高空照着，我眼前发黑了几秒钟，只好站住喘气，一动不动。接着又是一阵发黑，顿觉天旋地转，一下子栽倒在地上。不知什么时候，我的脸颊被什么舔舐，迷迷糊糊醒来，只听到一阵阵喘息的声音，我睁开蒙眬的眼睛，看见一条老黄狗伸着舌头，紧张地围着我转了几圈，又焦躁不安地离去。我翻身吃力地爬到几步远的桉树荫下，坐着喘息。一会儿，那条黄狗又出现在我面前。与此同时，只听前面有人轻轻地叫了我一声："拉尾，很久没见你了——咦，看你神色不对路，脸上没有血色，怎么啦？"

我抬头望着上山的人，犹豫地想了想，问："你是……"

他说："你不认识我啦？"

我不禁呀地叫了一声，一时惊诧不已。啊，他就是怪老头单眼明。只见他身穿短衫短裤，脚上穿着一双褪了色的解放鞋，虽然腰有点弯，背有点驼，但看上去身子硬朗结实。老黄狗摇着尾巴，又是围着我转。我惊叹起来：老人的这条老黄狗的腿只有点儿小拐，身上的癞疤，如果不细心观察，根本一点儿也看不出来。老人手里拿着一根约一米长的木棍，腰间勒着一个小布囊，一看就是上山捉蛇的模样。我不知说什么好，想起懵懂孩童偷花生时，这位头戴破草帽，坐在祠堂门槛上昏昏欲睡的单眼老人！我以为他总是无精打采，一生最大的事情，除了老是半闭着眼睛，就是养他的老黄狗哩！

老人用一只眼睛定定地望着我说："拉尾，你不用多说，我早已听闻你的情况。你的气息很差啊。你一定生病啦，我给你看一看……你不相信我？我祖父生前行医，这一带老人无人不识，我多多少少也懂一点啊。"

我们在桉树荫下面对面地坐着。他又将我的脸仔细地看了一遍，叫我伸出舌头让他看，又不慌不忙地给我把脉，慢慢地跟我讲述村里的人和事，给我分析我身上发生不幸的事情。然后喃喃自语，突突兀兀地说什么"好非真好，坏非真坏"呀，什么"世事如棋局局新"呀，什么"人越老越明白"呀，等等。我听了又是一头雾水，丈二和尚摸不着头脑。他一只没瞎的眼睛却时而放着亮光。那条老黄狗蹲在我们旁边，张着嘴，伸着舌，张着眼睛静静地望着我。老人把完脉，随手从短裤里拿出笔和纸，写了一个中药方子交给我说："拉尾，你的脉搏跳动紊乱，隐藏很深的病根。我不是吓唬你，弄不好恐怕出人命。不过，目前还未伤及元气，尚且可救。你回去照单执药，调理调理，可保你性命。记住，一定要再煲一次，返渣饮。"

听了老人的话，我不住地点头。事情已经到了这种地步，我只有照他的嘱咐去做。老人送我下了山，说了声再见便离去了。而那条老黄狗却一直跟着我走了很远。我不忍心地赶它回去，它掉头走了几步，又转身跟上来，几步远地望着我。我一直催了它三回，它才依依不舍地离开。

事情不知不觉传到县城。隔壁每天到学校接送孩子的邻居老太太上下楼时看见我，马上惊慌失措地抱紧她的小孙女，两人缩成一团；老太太开门看见我，连忙把门紧紧关上。认识我的人对我指手画脚。只要谷金张着小眼睛望着我，我就担心他知道了什么。反正，我总觉得自己很快会臭名远扬。有一晚，我梦见老师上课时，突然宣布要对谷金重新安排座位，把他独自安排在紧挨后门的角落里。为此，谷金耍起蛮横，在课室里大闹天宫，把老师的手咬出鲜血，把同学赶出课室，把所有桌椅掀翻……这个梦把我吓醒了。吓得我出了一身冷汗。

啊，人有面，树有皮。不为自己，也要为谷金。人们叫我“拉尾”，说我穷，说我傻，说我笨，说我丑，一切都无所谓。但是往我脸上抹黑，说我是一个坏人，冤枉我干了这种丧尽天良的事，我怎么也不答应。我反复地想：这个黑脸，无疑是一辈子的污点，跳到黄河洗不清。现在谷金还小，等他长大了，让他误以为父亲是这样的人，我的脸往哪里搁啊，对他的前途有多么大影响啊！

可是，我应该怎么办呢？我总不能买个带电的扩音机到处广播申冤吧。

“唐朝西施”知道了我的心事和烦恼，主动上门找我，似真似假地对我说：“这件事嘛，容易解决。我能帮助你。道理很简单，解铃还须系铃人。只要你和我在一起，可以堵住别人的嘴巴，谗言乱语不攻自破。你敢不敢试一试？”

嘿！这主意她也能想出来！我不禁想起小时候看过不少的枪战片。其中有一部是地下工作者在敌营里假扮夫妻，结果弄假成真的电影，我简直不敢相信她的话：“真的假的？”

她说：“你以为是真的呀？你别想歪了，我们来的是新潮的玩法，做戏给人看的呀。”

我连忙说：“我是说，你真的愿意这样帮我吗。”

她一摊手，呵呵而乐。她说：“你真老土！又不是来真的，有什么愿意不愿意的？”

我一下子又犹豫了。我这人被人欺，被人骗，一辈子吃哑巴亏，不知她这种人图什么，她会不会放个铁夹套老鼠呢？我问：“你为什么要帮我？”

她说：“我算看透了，你们男人，没一个好人。”

我听了愕然。庆幸自己刚才有所提防。我问：“你这是什么意思？”

“我恨你们男人！花心，乱来！我特别恨我老公。他很有钱，却是浑蛋，根本不把我放眼内，乱玩女人。我实在忍无可忍，一时糊涂，才找你们这种男人‘出气’的，”她重复说，“你们男人没一个好人。”

我问：“我是不是好人？”

她说：“说实话，开始我以为你也是那样的男人，那天就是想报复——不——想惩治你们这种男人。”

我试探地问：“你会怎样做？”

她呵呵一笑说：“我并不是你们想象的那种人——难道我会下狠手要了你们的家伙吗？你也别想歪了，你们男人别想在我身上捞到什么好处。”

我似懂非懂地望着她。

她说：“但是，那天遇着你，我心就软了。什么歪主意也被抛在脑后。你是一个非常特别、少有的男人。”

我问：“你怎样看我呢？”

“你老实，信得过。你让我看到其他男人没有的东西。”她接着说，“有些男人是傻瓜、贱格，有些女人也是傻瓜，比如你老婆。她瞧不起你，老欺负你。今天我老娘出个馊主意，帮你出口气。让她看见你找了个漂亮的女人，气死她！”

这个主意还蛮不错。我觉得这出戏还得演。不管怎样，想到这个一举两得的计策，我这时还觉得有些得意哩。不过，话虽如此说，总有点担心什么。我说："我这个人很笨，我被人骗糊涂了，你可不要骗我啊。"

她一本正经地说："你放心好啦，我骗谁也不会骗你。再说，我想好了，我决定离婚了，我会重新找一个好男人。我的好日子像流星一样，看不清究竟是什么，倏忽一下子就消失。我再也不会干糟蹋自己来报复别人的蠢事啦。我跟你说，我不能让坏日子没完没了。"

我相信了她，心里替她高兴。我问："你有什么打算呢？"

她说："其实，我这样做并不仅是为了帮你。我想通了，与其像猪一样混吃等死，不如像杜鹃一样啼血。我会认认真真做事，做正经事。现在，正在物色项目，做市场调查，打算开间公司。在这之前，说'演戏'也好，说你陪我做市场调查也好。这就是我的工作。我这样做，帮了你也帮自己。"

我说："你……真是一举两得……"

她笑着说："呵呵。真聪明，你明白啦。"

我说："要是我聪明的话，猪都会笑话我哩。"

于是，我们时常在南岭墟镇出双入对。我跟她说了很多话，谈话间，她还告诉我，她老公是这里有名的老板，和吕市长助理有交情。吕沙尘有什么事都会找她老公。她老公帮他买通很多关系，摆平很多事情。我听了很惊讶，半信半疑。

这时，南岭墟镇又有了新变化，有了大型超市、豪华酒店、西班牙式别墅商住区、电梯高层洋楼，还多了许多家卡啦OK歌舞厅、桑拿中心。每条街道都有好几家游戏机室和网吧。"唐朝西施"打扮得好漂亮，穿着一件粉红色旗袍，头发上插了朵粉红色花朵。我做梦也没想到她打扮起来是这么美丽。要不是在做戏，我一定觉得自己是世界上最快乐的家伙。呵呵，这一招果然灵验，人们不仅不再说我坏话，反而对我又好奇又羡忌，个个夸她年轻、漂亮，美若天仙。说我前世修了德，因祸得福，抱得美人归。我听说，消息传到了肥婆娟耳里，她真的耍起了醋劲，神魂颠倒。后来，又听说，鬼头马又和一个不清不楚的女人鬼混。肥婆娟像孙猴子一样，大闹天宫，整个游戏机室搞得乱哄哄的。有一次，我和“唐朝西施”远远就听到游戏机室传来肥婆娟和鬼头马的吵闹声。

“你这臭婆娘，给我滚出去。”

“你有什么资格赶我！应该滚出去的是你，你滚出去跟那臭女人过吧！”

“你再说，看我打死你！”

“你这个狼心狗肺的东西！你敢打我？我跟你拼啦！”

吵闹声越来越响亮，最后竟然看见鬼头马一脚把肥婆娟踹出门外。接着，我看见肥婆娟和鬼头马两人在店铺门前厮打。我不知道他们是怎样一起过日子的，但连我这个傻瓜也知道他们会有这一天。当时，我看见肥婆娟脖子变短了，肩膀变粗了，腰变得看不清楚了。此情此景我心里不知是什么滋味。

我真感叹人生会出现这样的事情。这阵子，我才懒得管他娘的呢！

最后，“唐朝西施”向我说了一声再见，便悄然离开了我，远走高飞。啊啊，我有时想起来，觉得她是一个有趣的小魔鬼。我有时候又想，其实我并不很傻很笨，有人比我傻笨不知多少倍——她的老公就是一个十足的蠢蛋，这么好的老婆也不疼爱，不珍惜！

第十五章

我整个心思放在谷金身上。我鼓励他说："你要用功学习，成绩上去了，就没人会欺负你了。"

我向天发誓，一定要把谷金培养成才。

我时常逛新华书店，给他买了很多课外书，一大堆学习用品。光不同款式的文具盒就有七八个。晚上吃完饭，我就催他做作业。他若撒野耍赖，我就哄他，央求他，帮他摊开课本、作业簿，削好铅笔。

倘若谷金的作业得了满分，我就高兴得跳起来，抱着他亲了又亲，立即出街买他喜欢玩、喜欢吃的东西奖赏他。我夸赞他说："你真行，你为我们争了一口气！"

谷金既聪明伶俐，学习成绩又好，老师常常夸他聪明。成绩单上他总是名列前茅。期中期末参加家长会，我这个像窝囊废一样的家长感到无比光彩。这是我最大的骄傲，没有什么比这更值得高兴的事情啦。

老师背地里说："一个笨父亲生出如此聪明的孩子，连老天爷也觉得吃惊的。"

我得悉老师这样说我，这样评价他，不禁咧着嘴，一味傻乎乎地笑。

于是，我更加惯着他。吃饭的时候，我给他装饭、装汤，把好菜好肉夹到他的碗子里。看见他大口大口地扒饭，吃得津津有味，我心里甭说有多高兴；看见他胃口不好，或者因为饭菜不合他的口味，我心里就非常着急。为了他，我可以立即放下饭碗，重新做一两道菜，或者跑到肉菜市场买他喜欢吃的熟食回来。倘若他有病，我可紧张得要命，小小感冒也背着他上医院！

啊，人们说，世上只有妈妈好，我说世界上再也找不到一个像我这样好的父亲了。

现在，他不是要我趴在地上当马骑，不是嚷叫找永利表哥，不是老看超人电视节目，而是经常向我要钱，缠着我上街买这买那。我处处依着他，替他想办法。他要什么，我买什么。有时候，我发觉柜子里的零用钱不翼而飞，明明知道是他偷的，我有时也不吭一声。他骗钱上网玩游戏，骗钱买玩具，我责骂两句便算了，没有好好管教他。肥婆娟的话并非全无道理，小孩子嘛，难免出点诡术，耍点小聪明，并非坏事。我从小老实巴交，不要说欺骗别人，就算别人骗我，屁也不放一个，到头来还不落得个倒霉透顶。

我可不想他将来像我这个样子。

有一天晚饭后，谷金忽然问我除了修理自行车还干什么，我说："我只修理自行车。"

他问："那是个什么官？"

我说："不是官。"

他问："那是不是老板？"

我说："修车的算什么老板？"

谷金听了，一脸不高兴。我问他打听这些干什么，他说今天学校填表。填完表，老师接着提问，要求凡是父母当官或做老板的请举手。他举了手，站了起来，却不知怎么回答，闹得全班学生哄然大笑。

我连忙改口说："我也是小老板，就填老板。"

谷金说："你有没有手机？"

我不解地问："你问这干什么？"

谷金说："当官的、做老板的都有手机。"

这年头没手机的确很不方便，我想了想说："好，我明天购买一部手机。"

谷金和我说话，从来一句是一句。这次对话，可能是这些年来他跟我说过的最多的一次话了。

第二天，我毫不犹豫地买了一部手机，并吩咐谷金请老师更改表格里的内容。

那个时候，学校经常拉赞助。班主任打算从填表里摸清楚学生家庭境况，有目的地物色捐款对象。这样一来，孩子经常带着学校的捐赠倡议书交给我。这年头，钱能说明一切，也能抚平一切。倘若有点权势的家长不捐钱，或捐少钱，有的老师在这位学生面前脸色一时就很难看，甚至会把难听的话传出来。倘若捐钱多，哪怕学生调皮捣蛋，哪怕学生是鸭仔尾，成绩糟糕透顶，有的老师也会刮目相看，这位学生便会经常受到表扬。因此，每次捐款，我出手大方，不敢落后于人。我还担心谷金嫌我吝啬哩。我不想老师和同学看扁了谷金。

有一次参加家长会，班主任在会上发动捐钱，说要给班里购买一台投影机，我带头举了手，在众多家长面前脱口而出，一下子认捐了五千元。我把自己一年的收入全部捐了出去，尽管心痛，可是为了谷金，我觉得自己值得这样做。我们不能低人一等，被城里人看扁。

一句话，我宁可有一千个人看不起我，也不愿意有一个人看不起谷金。我还为此高兴了好几天哩。

一天，谷金放学回来，他没看我一眼，不声不响地闯进厨房，拔起一把菜刀，气鼓鼓地要冲出门，这下可把我吓呆了，一会儿才从梦中惊醒。

我连忙上前拦住他："谷金，你干什么？"

谷金怒气冲天，他说："我要杀人！"

我愕然地问："究竟发生了什么事？"

谷金说："有人打脚骨！"

谷金告诉我，有几个家伙知道他口袋有几个钱，天天按时守候在小巷暗角里，等他放学路过向他勒索。

"你不能去闯祸，"我决定亲自出马，我说，"等我去收拾他们。"

谷金那道火焰降了下来。他不相信似的望着我说："你去？你也敢教训他们？"

我问："他们是什么人？"

谷金说："三个浑蛋。"

说真的，这辈子只有别人打我，我从来没有真正打过别人。即使那天捉奸在床，真想把天打雷劈的鬼头马砸个稀巴烂，但举起的拳头还是放了下来。何况，社会上这些小流氓可惹不起，一旦激怒他们，他们一声呼喝，或一个响哨，便有一大堆帮凶围拢而来，持刀持剑，喊打喊杀。这次找他们算账，我不免有点紧张。但是有人欺负谷金，我可没有不管的理由。我再也不能把伸出去的拳头缩回来。我不想孩子见我一辈子窝囊。像我这样窝囊将来肯定一事无成。总之，在谷金面前，我不能懦弱无能，胆小如鼠，我要像个男子汉。我宁可有五千个人欺负我，也不愿意有一个人欺负我的孩子。我豁出去啦，他妈的，碰它个鱼死网破。我向谷金保证："明天中午你绕道回家，晚上你原路回来，保证没人敢欺负你。"

当晚，我躺在床上，觉得最好不能和他们硬拼。想呀想，终于想出了一个好办法。第二天中午，我穿着油腻腻的衣服，头戴一顶烂草帽，拿着一根破竹竿，提着半瓶九江双蒸酒，来到离家不远的那条小巷，坐在黑暗角落里。我打扮得既像醉酒鬼又像乞丐又像疯子。我觉得，这个世界，只有醉酒鬼、乞丐和疯子没人敢惹。我一边喝着酒，一边等候那三个臭小子出现。

我身旁的垃圾桶装得满满的，周围垃圾铺洒一地。偶然有路人经过，都扭头往这里看一眼，然后掩鼻、闪身，快步离开。我不知他们究竟是躲避我还是躲避这堆垃圾。我可顾不了那么多啦。我忐忑不安地等待。许多蚊蝇咬我，我也浑然不觉。我把烂草帽压得低低的，一边喝酒，一边乜斜着眼睛张望，好像随时准备进行一场生死搏斗。

半晌，三个家伙摇摇摆摆出现眼前。他们穿着印有各种图案和英文字母的圆领T恤和牛头裤衩，嘴里叼着香烟，旁若无人，好像整条小巷都是他们的。在平时，我早已胆战心惊，避之唯恐不及。但酒给了我力量，让我浑身是胆。借着酒意，借着黑暗，我箭步冲上前，冷不防大声喝道："站住！"

三个小家伙猝不及防。他们一愣，纷纷向后退了几步，怔怔地看着我，又互相望了望，一时犯了傻。怪我昨天没有问清楚谷金，原来这三个都是比谷金大不了多少的毛头小子。一看是些不太懂事的小孩，我的心就软了。

"疯子！"他们一齐叫道。然后快步退却。

我说："我不疯！"

他们胆怯地问："你是人还是鬼？"

我高举破竹竿，在他们面前晃了晃说："又是人又是鬼！"

他们一哄而散，拔腿就跑，跑得比兔子还快。我一边追赶一边大声说："别跑，别跑，看你们往哪里跑。"

一个矮小家伙摔了一跤，终于被我逮住。我紧紧抓住他的小手说："快给我留下买路钱！"

其他两个小家伙远远躲避，惊慌失措地望着我。

矮小子弄不懂怎么回事，挣扎说：“什么买路钱呀？”

“不要装傻扮懵。”我说，“你们胆敢向我孩子打脚骨！”

矮小子听了，不挣扎了，他低头认错，另两个孩子面面相觑，不知如何是好。

“你们这些臭小子，不好好读书，斗胆干这种坏事。”我高举破竹竿比画说，“你们再敢勒索，我打断你们的小腿！”

矮小子马上求饶：“不敢不敢……”

最后，我放了他。他们吓得屁滚尿流，落荒而逃。

第十六章

我的日子越来越窘迫。

新的烦恼摆在我面前：城里日常开支大得惊人，而修理自行车收入少得可怜，扣减这种税那种费，养家糊口，维持生计成了问题。何况，我还要独力支撑，供谷金读高价书。肥婆娟，这个臭婆娘早有准备，他妈的做了手脚，打了埋伏。我和她离婚，摊开银行存折，几乎看傻了眼，分给我的钱少之又少。我的私房钱本来不多，一部分又被吕沙尘借去，“老虎借猪，有借无还”。因此，我的积蓄所剩无几，一切从零开始。

竹篮打水一场空！前些年，我风风光光，只不过浮光掠影。

逼入穷巷的狗会拼命跳，猪饿了会嗷嗷叫。面对困境，我只有想法寻找出路。虽然我有自知之明，又经历数次不幸遭遇，但我并不自卑，看到街上人来人往，商店林立，我越来越不甘心，有时还很自信哩。做人嘛，不能心死，不能没有梦；心死了，梦灭了，就跟被泥泞浆住的死黄鳝一个样。为了生活，为了谷金，无论如何，哪怕我拼老命也要试一试啊。

于是，我一边修车，一边思量改行做其他生意，还到处打探消息，找门路。然而，苦苦找了一个多月，仍然一无所得——仅是找间店铺便吓退了我，不是价钱太贵，负担不起，就是地处偏僻，生意难做——最后，我打算先摆地摊，日后视情况再从长计议。

嘿嘿，机会说来就来了。我遇到了一桩好事。

这天，是我心旷神怡的一天。首先，早上谷金自觉起床，不像往日要我催醒几回；吃完早餐，他说自己返学，以后也不用我接送。其次，未打开铺门，有人早已等候修理自行车，而且接着又有人组装自行车，收入比修车高得多，这是好长时间没有见遇过的景象啊。一切顺景顺意，我的心情特别好，我觉得好像有什么喜事要在身上发生似的。

果然，有人自荐上门。这人曾来店铺修过车，是一家玩具店的女老板，年纪三十出头，中等身材，珠圆玉润的脸庞，黑黑的短发，薄薄的嘴唇，说话滔滔不绝。她告诉我，她有一间相当理想的店铺要转让。我开始并不在意，告诉她暂时只考虑摆地摊。

"什么？你想做地摊生意？"她惊讶地说，"这'走鬼'生意不能做啦，以前没人管，现在城管会管。你知道吗？他们会像赶一条狗一样赶你走，不仅会没收你的货品，说不定还会抓你。我劝你还是别打这主意了，还是买间店铺好。"

我实话实说："我是小本经营，可没那么多钱啊。"

"我知道。但是我介绍给你的铺位，位置好，又便宜，包你货如轮转。路近，距离这里只隔三条街，就在旺角商业中心的旺角大酒店附近，我不会胡说八道，随便介绍给你的。你不妨抽时间看看嘛。看看不吃亏，看看才知道有多满意，不看才吃大亏哩。"按照她的话，似乎让人觉得闭着眼睛也能赚大钱。接着，她说了地址，给了我电话号码，临走时还补充说，"你考虑考虑，这可是千载难逢的机会啊。"

我终于被她说动了心。于是来到旺角商业中心。这里有卖衣服的，有卖收音机、影碟机的，有做裁缝生意的，有名叫一元店卖小百货的，有卖零食的，有卖凉茶的，还有补鞋补皮袋的。总之，这里人流如鲫，商品琳琅满目，应有尽有。

我找到了她的店铺。这间和周围几间店铺一样，并非混凝土结构，用角铁和铁皮搭建，造价不高，但位置相当不错，临街，门面阔，人流最多，正面对着一间幼稚园，又靠近我们凯旋路305房住处。说真的，我还是蛮喜欢的。

我打电话给她，约好在店铺见面洽谈。一会儿，她来了。她一边开门，一边说："好呀，好！你真有眼光，找对了人，找对了地方。我没有骗你吧，这地方很多人光顾，生意好得不得了。"

我不相信有这么好的事情落在自己身上："这么好，你为什么要转让？"

她说："说来话长，我告诉你吧。我在其他地方开了一家大公司，把在这里赚到的钱全部投入进去，专营玉器，没人手，又急着用钱周转，所以我才把它转让出去。我不瞒你，这个地方、这个店铺，谁都会撑大眼睛死死地盯着，广告贴上去没两天，我就接到成千上百个电话啦！"

我还是有些不放心："为什么偏偏转让给我？"

她说："人缘吧。没有别的。"

这时，我由犹豫变得坚定起来。我求铺心切，志在必得，也不管真真假假，花言巧语。总之，她越说，我越是心动。

可是一问价钱，我犹豫了。加上货物顶手费，可不是一个小数目啊。

我学会讨价还价："总有个折头吧。"

"这么好的店铺，已经太便宜了，还要打折？"她说，"你看，又有人打电话问铺了。你等一等我。"

她走到一边接电话去。一会儿，她对我说："好啦，我没工夫和他们扯淡了。今天算你好运，见你如此有诚心，如此爽脆，我就打折转让给你了。"

我点头同意。于是，我们清点各种五花八门的玩具。然后，一手交钱，一手交铺，我就这样将这间店铺买了下来。虽然打折仍觉得贵，但我依然满心欢喜。接着，我雇了一辆脚踏三轮车，把用不上的玻璃大橱柜之类的东西，连夜运回修理自行车的小铁皮屋里，待日后再把这些闲置的东西处理掉。我还买了好几个货架，又来到省城文具和玩具专业批发市场购进了一批货品。

这时，许多人都望着我。我以为他们因为店铺易主，即将重新开张而觉得好奇哩。

我心想：我开间店铺，有什么新奇哩！

开张前一晚，我给店铺起了个名叫红太阳的店名，请人写在红纸上，自己连夜亲自贴在这间店铺的闸门上。我又拍门叫醒小卖铺的老板，花了一百元买来一串三千响的鞭炮。我忙碌了一整夜，直到凌晨，我才拖着疲惫的脚步回到家里。第二天，我很早起床煮了早餐，按时叫醒谷金。吃早餐的时候，我对谷金说：“爸爸不再修自行车了。”

谷金十分高兴地说：“那你是大老板啦？是和我们班‘史泰龙’的爸爸一样的大老板啦？”

我不无吹嘘地说：“我不是什么大老板，将来吧，将来一定有机会。”

谷金说：“我们班‘史泰龙’的老爸是房地产公司老板，阔佬，不是捐这样东西就是捐那样东西，放假必请老师旅游，逢年过节必请老师吃饭，给老师派红包。‘史泰龙’威风得很，他是我们全班的小布什，一呼百应，班主任也让着他几分……”

我老实对他说：“我现在还是一个小老板。”

谷金问：“你什么时候也请老师吃饭、派红包？”

我说：“不是请吃饭、派红包这么简单，我是指像你们‘史泰龙’爸爸一样创业。”

谷金问："是梦吗？"

我说："不是梦，是梦想。"

谷金问："那什么时候实现？"

我说："将来吧。"

谷金问："将来？很远的将来吗？"

我说："或者很遥远。正因为遥远，那才是梦想啊！"

这天天气十分晴朗。太阳刚刚出来，挂在高高的旺角大酒店顶楼上，红彤彤的，彩霞缤纷，艳丽似火，照耀着这座喧哗躁动的县城。没有一丝儿风，却让人觉得十分凉爽。我的心情好极了。我来到"旺角"新买的店铺，做好开张前的最后准备。我用一根竹竿将炮头高高挂在店铺顶上，节节爆竹长长地垂下来，一直沿着店铺缠绕了几圈。一切准备妥当。

这时，街上的人陆续增多。过路的人放缓脚步，许多人停下来围观，一双双乌黑的眼睛透出怪异的目光。人们议论纷纷：

"他在干什么？"

"店铺开张嘛。"

"我们有好戏看啦！"

我莫明其妙，不明白他们的意思。

围观的市民越来越多，有几百人，他们对我又说又笑，好像我是丑角卓别林似的。我忽然想起什么，于是，我模仿乱哄哄的市场上卖药之类的地摊小贩，像一只喂食中掉队的鸭子呱呱乱叫一样，笨拙地喊道："各位父老乡亲，今天是我的店铺开张大吉的日子，多谢大家捧场。现在我要烧炮仗啦，别吓着，请大家小心，烧完炮仗，欢迎大家进入店铺参观。"

人群中响起一片嘘声。

我点燃炮仗，站在围观的人群前面，拱手说："希望大家多多关照，多多捧场。"

说完，我又走进人群之中，看着鞭炮噼噼啪啪地响。我听到有人说我：

“这人脑袋渗了水，精神可能有问题。”

“是啊，一定是个傻瓜！”

噢，我倒觉得没有什么值得他们感到稀奇古怪的。我是听这些话长大的啊。多少年来，我对此类话麻木了，因此我一点儿也没有在意他们嗡嗡而叫的话。这时，一位年轻男人来到我面前，拍着我的肩膀说什么，可是由于炮仗噼噼啪啪地响着，我根本听不清他在说话。他又凑近我的耳朵，仿佛用尽全身力气似的大声地说：“难道你大字不识一个吗？”

这是什么话！难道嘲笑我没文化也好意思开文具店吗？我不解地问：“你这是什么意思？”

他并没有回答我，只是猛地摇摇头，不可思议地说：“傻瓜，你捞了便宜啦！”

我陪着傻笑，看着他半嘲笑半气恼地离去。

这时，一位三十来岁的女人从人群里，努力推开前面一个个看热闹的人，火急火燎地来到我面前，接着她又把我拉出人群，指着店铺一侧的铁皮板墙说：“我真替你着急！你看看，看清楚上面写的是什么了吗？”

这个女人好像有点面熟，但我摸着脑袋，一时又记不起来。我顺着她指的方向望过去，这时才发现墙中间画了一个车轮般大的圆圈，圈内清清楚楚地写了一个很大的“拆”字，字迹未干呢！另一侧也不知道什么时候画了一个大圆，满满地框了一个很大的“拆”字。

一会儿，竹竿上面的炮头“轰”的一声爆炸了，炮仗屑飞射在店铺的顶上，飘雪般红红地铺满了一地。

我左右顾望，从人们躲避炮仗闪开的一条道上，发现旁边几间破旧铁皮店铺四侧，同样圈着一个个很大的“拆”字。

我不是又眼花了吧？我问："这是怎么一回事？"

她说："阿哥，你上当啦！"

我先是一愣，随后问："我又上当啦？"

"你遇到一个黑心老板娘。"她继续说，"你不知道？政府早就通知店主啦！"

我问："什么通知？"

她说："拆除前排铁皮店铺，准备扩建街道呀。"

"啊！"我听了惊慌失措，木然站立许久，只觉得天旋地转，眼前漆黑一团。

她立即扶住我说："你怎么啦？"

我清醒过来，深深地叹了一口气。我想起什么，仍抱一点希望："店铺我已经买了下来，我应该有拆迁补偿费。"

她说："我告诉你，请你别太激动——店主已和政府签了合约，早就领了补偿费啦。"

我听了又如五雷轰顶。

有道是：破船又遇顶头风，漏屋偏逢连夜雨。看来，老天爷对我并没有就此罢休。这世界，倒霉事真是防不胜防。我太老实，太容易受骗了，不知道这件糟糕的事情正在等着我，等着我这个不用脑筋思考的人。我这回真是雪上加霜，要知道，现在我可经不起多大的风浪了啊。

我气呼呼地叫喊："我打电话给她。"

女人说："没用，你打也没用，她已经换了电话。"

我问："你认识她？"

女人说："我不仅认识她，我还认识你哩。"

女人告诉我，她名叫田春苗，就是十几年前谷金在南岭墟镇医院出生那天扯我衣角，提醒我那位短胡子家伙抢位，又要让座给我的小女孩。怪不得面熟。两个月前，她曾在城管大队长伍晓天家里当保姆，知道黑心老板娘是伍晓天的秘密情人。不久前，他们两人的丑事败露了，弄得两家鸡犬不宁，简直闹翻了天。他们已经双双离家出走了。伍晓天竟然还欠了她两个月的工钱。她曾经打电话找她，打听伍晓天的下落。

啊，原来如此。但我还是拨了电话。果然，那位黑心老板娘的手机一直传出空号的声音。

显然，她做贼心虚，已经更换了手机号。

一怒之下，我到派出所报了案。

一位血气方刚的年轻警察接待了我。他认真地听了我的诉说，替我愤愤不平，但是接着摇头摆手，耐心地给我解释："这件事情不好办，你手上没有一点证据，连一份合同、一张字据也没有，我们没法办理。"

我问："我有什么办法可以找到她？"

年轻警察说："开店铺必须登记造册。这样吧，我有一位大学的同学在工商所，我立即打电话给他，叫他帮你找到地址。"

于是，他拨通了电话，边说边记录，然后撕下纸条，将黑心老板娘居住的地址交给我。

然而，人去楼空。

事情的确不简单。我找上门来，黑心老板娘的家没有人，大门紧闭。她的邻居告诉我，其实这婆娘与伍晓天已经偷偷鬼混了好几年，她的老公性格懦弱，一直忍气吞声，只在家里与她吵吵闹闹。事情越闹越大，她老公的兄弟知道了，向伍晓天的单位告发，才终于真相大白。如今，黑心老板娘早已搬走，没人知道她搬到哪儿去了。听了这一番话，我又一次联想到自己的辛酸经历，真是感慨万分。

我悲愤交加，对天发誓："你跑了和尚跑不了庙。哪怕你像蝎子一样钻进洞里，我也要把你找出来。"

然而，我到处打听，没有人能够告诉我她的影踪。

返回家的路上，我一路茫然不知所措。街上一切如常，灯红酒绿，车水马龙，人来人往，步伐匆匆，好像什么事情也没有发生过。接踵而过的行人没一个知道我的苦命。然而，想想自己所做的每一件事情，都是以失败而告终，又有点不甘心，难道自己真的不可救药？啊，这又是我人生里惨痛的经历。我百般无奈，心急如焚，终于病倒了。

我这回又患重感冒，高烧不退，不得不躺在医院的病床上，整天吊着针，躺了三天三夜。在医院里，我经常做梦，睡梦中我也想着如何教训无耻的黑心老板娘，追讨她骗我的钱。

几经周折，田春苗告诉我，她终于打听到黑心老板娘偷情住的地方。

这是坐落在西江边大型商住区一幢二十八层高的高级洋房。我和谷金迁来县城的时候，这一带还是一片荒凉的沙滩。现在已经是一座现代国际水准的滨江新区——金融商业商住中心，有可来往港澳的繁忙码头、宽敞街道、大型超市、豪华楼盘。到处高楼林立，各种广告耀眼夺目。总之，胜似香港维多利亚港。临江是一条林荫下几里长的情人路。高处眺望，江水滔滔，一艘艘高速豪华飞翼船穿梭往来。

他妈的，这对黑“夫妻”真会享受啊。

我和田春苗来到这里的时候，天已经黑了。许多人在小广场上，兴致勃勃地观看十字路口巨型电子屏幕直播北京奥运会开幕式。各国运动员正在雄壮的进行曲的伴奏下列队进场。我们穿过观看的人群，转了两条街道，走进这对秘密情人幽会的楼盘。

乘上电梯，田春苗“哎哟”叫了一声，我一看傻了眼：不锈钢防盗门被人砸开，木门被人踢烂，倒在门框旁边。

在十字路口一支高高耸立的乳白色的街灯灯光的映照下，只见厅房一片狼藉，里面堆满了废弃的物件。碎布、碎纸、矿泉水瓶、胶袋、纸盒等等铺满一地，窗户也拆剩门框，像战败的军队刚刚仓皇而逃而遗弃的军营。我们扑了空。原来我还期待有什么收获哩。看见这情形，我只有气愤和失落，一时心里像铅一样沉重。这时，十字路口电子大屏幕上，继续播放奥运会开幕式，某国运动员进场的进行曲，从空空的门窗框里传来，雄壮嘹亮地灌满一屋。

田春苗提醒我说："我们别愣着，看看还有没有值几个钱的东西。"

田春苗的话让我镇定下来。我一边搜查，一边说："事到如今，我们连一根毫毛也不放过。人跌倒了，也要抓一把沙，管他什么狗屎垃圾啦。哪怕将地上的纸屑当废品卖掉。"

田春苗说："你说得对。"

忽然，我想起什么，往门前一望，指着防盗门对田春苗说："这个门估计值几千元，够伍晓天欠你的工钱啦，你拿去。总算没白来走一趟。我们拆了它，搬走它！"

田春苗说："我不能和你争，你损失大，应该归你。"

我说："别说啦，你立即到街上买螺丝刀工具去。我在这里留守。"

田春苗说："好啊。"

说完，她走出客厅，坐电梯下楼。

突然，房内传来嘣嘣嘣的响声，只见外面高楼灯光的闪烁下，在半明半暗中的主人房里，有一位披散头发的女人拿着一根长木棍，像报复一条曾咬了她一口的恶狗一样，狠狠地砸打在一张坚硬的实木大床架子上。她一边砸打这张搬走了弹簧床垫的大床架子，一边破口大骂："老娘让你们快乐！"

这女人大约四十岁，像肥婆娟一样一身横肉，明显又是一个不

（当然，如果不是什么要命的事刺激了她，让她产生绝望般的愤怒，没人能够想象到她会激动得如此难以自控。）

好惹的女人。当然，如果不是什么要命的事刺激了她，让她产生绝望般的愤怒，没人能够想象到她会激动得如此难以自控。只见她满脸通红，气势汹汹，一副像要吃人的样子。不明真相的人看见她，谁都要后退三步。这么说吧，如果眼前有一只老虎，恐怕她能一口活生生地吞进肚里。

这时，奥运会开幕式刚好转换了一首外国进行曲，依然是一首雄壮有力的乐曲。中央电视台主持人在慷慨激昂地解说。女人没有发现我，仍然在乐曲的伴奏下，一边砸床一边大骂：“老娘让你们快乐个够！”

一直砸到筋疲力尽，她才不得不停手，原地站立，一手握着木棍，一手叉着腰，张开奇大的嘴巴喘气。

我不禁后退两步，正考虑应该退出还是上前问明情况。突然，我听到她厉声说：“你别走。”

“啊——”我应了一声，迟疑了一下，站住了。

她并没有看我一眼说：“你来得正好。”

我闹糊涂了，回答说：“为什么？”

她气呼呼地说：“你那个臭不要脸的婆娘在哪里？”

我张口结舌：“我，什么臭婆娘，这是怎么回事啊？”

她回头盯着我说：“你别给我装傻扮懵！”

我说：“我不知道你说什么。”

大概见我样子有点傻，她说：“你连自己的老婆也管不住，戴了顶绿帽子还在装傻扮懵。你不是人！”

我说：“你为什么这样说我呀！”

她将满肚怒气发泄到我身上：“真是窝囊废，你这个没用的男人还好意思问我！”

我一时尚未领悟过来，以为她一直在骂我和肥婆娟呢，我现在才觉得不对路，于是小心地问：“你是谁呀？”

她上气不接下气地说：“我一样是窝囊废，知道吗，我那个臭男人就是臭不要脸的伍晓天。”

说完，她又举起木棍，狠狠地砸在大床上说：“我让你们在这里快乐个够！”

呵呵，这时连我这个呆头呆脑的人也弄明白了，她把我当作黑心老板娘的老公了。

木棍断了半截仍要砸打。她又砸又骂：“我让你们躲，我看你们还能躲到哪里去！”

这样还不解恨，她扔掉断了半截的木棍，用尽全身力气掀翻了这张大木床。啊，要不是我亲眼所见，我还真不相信西滨县城会有如此厉害的女人。这个婆娘要起泼辣来，比我们乡下婆娘还要泼辣一千倍、一万倍哩。

接着，她又来到厅房砸打起来。一时间，灯光下灰尘滚滚。布满碎布、碎纸、矿泉水瓶、胶袋、纸盒的地板上，又增添了被她砸烂的洗手盆、花瓶、烟灰缸、茶壶之类的东西。厅房里，几乎没有一件可以砸的东西了。这样还不解恨，她用力扯下厅堂落地玻璃窗里的两块窗帘布，用穿着高跟鞋的双腿使劲地踏了又踏，把窗帘布盖着的碎片踩得像咀嚼爆米花一样发出沉闷的响声。

最后，她重重地坐在墙角的地板上号啕大哭起来，一时间哭得呼天唤地，地动山摇。

“哭吧，哭吧。”我同情她，理解她，心里说：“如果我没有经历这么多破烂事，我一定会跟你一起哭他个死去活来的。”

女人一直哭到奥运会运动员入场仪式正式结束，中央电视台主持人宣布文艺表演正式开始。我安慰她，简单说明我们的情况和来意，听她的诉说。这时，刚好田春苗回来了。她抬头进门，像有重大发现似的高兴地说：“拉尾，你看你头上的天花板，吊灯！”

我抬起头，只见一盏大吊灯高悬在客厅正中，一粒粒水晶坠子透明、闪亮。我不禁叹道：“真漂亮！”

田春苗说：“这盏灯很值钱，比防盗门还贵。我们也把它拆走，你连铁门一起拿去卖掉。”

我说：“怎能都归我呢？刚好我们一人一件啊。”

田春苗没理会我的说话，迫不及待地走到墙壁，按下电掣。瞬时间，屋内金碧辉煌，彩色的光线洒到天花板上，给客厅带来夺目的光芒。

突然，女人在角落里站起来，嘶哑嗓音说：“你们统统拿去吧，见什么就拿什么。”

田春苗惊叫了一声，望着我说：“她是谁？”

我连忙对田春苗说：“她是伍晓天的女人。她本来够痛苦了，现在更凄惨，一无所有，伍晓天什么都没留给她。我有这种经历，最理解她的心情。不拆了，全留下。我们不应该拿走这里一件东西……我宁愿当乞丐也不这样做。”

田春苗点头说：“你做得对。”

女人听了，抹了抹眼泪，理了理散发，缓缓走上前来说：“你们拆走吧，你们也够惨的。伍晓天这没良心的东西我不要，看了都会‘眼冤[①]’”。

---

① 眼冤：粤语，看不顺眼的意思。

我和田春苗面面相觑，然后对女人说：“你要吧。我们走啦，当我们没有来过。”

随着一阵微风，窗外传来奥运会开幕式中英文《我和你》的主题歌。歌声优美动听。我们三人一阵沉默。这时，我才发现屋里黑了一片，屋里屋外站满了人。人们议论纷纷。

第十七章

现在，我急切想解决小铁皮屋的货物积压问题。不然的话，望着堆积如山的货，我会天天发疯的。俗话说，马死落地行。怨天尤人，于事无补。我不能认命啊。想来想去，我只好做“走鬼”生意。

于是，我买了一个手提小扩音机，扛着两个装满文具和玩具的蛇皮袋（编织塑料袋），来到“旺角”商业中心幼稚园门前摆地摊。

这时，几间写了“拆”字的铁皮店铺已经拆除，街道扩建工程尚未动工，杂物已被清理。天气晴朗干燥，偶然扬起一阵风尘。十天前的一场雨水，淋湿的炮仗屑末染红了一大幅水泥地面。触景生情，我又气恼又心酸，不禁潸然泪下。这时，已有十几二十个小贩在这里摆摊设档。有卖服装的，卖鞋袜的，卖化妆品的，卖羊肉串的，卖小餐具的，卖小电器的……一片喧哗嘈杂，热热闹闹。一个个小贩起劲地叫喊推销，殷勤地服务顾客。然而，一个个小贩又像盗贼似的神色紧张，十分警觉。我选择在炮仗屑末染红了的空地。旁边一位外省汉子，地板胶上铺满鹿顶丹和跌打风湿药膏，围着一层层顾客，他就像南岭墟镇的江铁牛，耍了一番少林功夫之后，拱手作揖转了一圈，手拿扩音机，用半咸半淡的粤语高声叫卖，说得天花乱坠：“各位父老兄弟，来来来，看一看，瞧一瞧。站上一分钟有重大收获，站上两分钟有意外惊喜……少林武术甲天下，打遍各路山头都不怕……见稀奇，看古怪，孙悟空贴过跌打药膏才敢打妖怪，猪八戒吃了补品才去谈恋爱……南来的北往的，去过美国新加坡的，到过中国香港的，走过南的闯过北的，游过山的玩过水的，'旺角'商业中心亲过嘴的，来来来……男的益精益神，女的补气补血！我的鹿顶丹上过电视登过报，全国人民都知道，如果你说没看到，证明报纸派不到，电视没信号……"

我从头到尾，仔细倾听完他三轮数白榄似的吆喝，好不容易记住点皮毛，于是摆好架势，有样学样地叫喊起来："各位兄弟姐妹……走一走，看一看……走过路过，不要错过……咏春拳，始咏春[1]，不一般，恶人挑逗女子就当衰[2]；开派师祖属梁赞，以柔克刚四两拨千斤……说得美，夸得大，不如让事实来说话；天怕乌云地怕荒，谁买水货谁遭殃……"

或许我新的扩音机声音盖过他，或许我实在太外行了，说话吞吞吐吐，表情别扭难看，或许我不知道的原因，岂知反倒吸引人，有人喝起彩来，反正不少人从他那里围拢过来，望着我，指着我，哄然大笑。外省汉子黑着脸瞪了我一眼，喝了一口茶，继续吆喝。最后，他被惹怒了，指着我破口大骂。我听不清楚他说什么，还以为他在叫卖哩。我完全没有理会，只顾更加起劲地叫卖起来。看热闹的人怪怪地看着我们。眼看就要发生争执，这时，真正不妙的事情发生了。忽然，外省汉子的骂声戛然而止。场内一阵尖叫声和嘘声，一个个小摊贩手忙脚乱，瞬间跑了个精光，许多顾客一哄而散，几个顾客站着围观。我一时没有醒觉，不知道这是怎么一回事，还对着扩音机起劲叫卖哩。

有人提醒我："你还不赶快收摊，待在这里等死呀！"

待我明白过来，一切已经迟了。几个身穿制服的城管员出现在我面前。他们二话没说，三下五除二，眨眼工夫便将我的货物全部

---

① 咏春：指传说中的女子严咏春。

② 当衰：粤语，倒霉的意思。

收缴上车。这可是要我的命啊。我连忙上前，向城管负责人诉苦。我将事情经过说了一遍，百般哀求他们，希望他们把这些货物退还给我。

我说："这是我的血汗钱呀。"

负责人一直板着一副严肃的脸孔望着我。他倒有点耐性，认真听我诉说，然而却无动于衷，急得我差不多要下跪了。

他说："编吧，编啦。"

我说："我没有编啊。"

他说："县局有文件，我按章办事，你怎么讲都冇有得（不行）！你们呀，谁都会这样来求我。编吧，编啦，你继续编古仔（故事）吧。我都听腻了啦。不过你的古仔（故事）编得还有点儿乐趣。"

这时，有人替我说话，我觉得声音很熟悉："他说的话是真的。"

我回头一看，正是田春苗。

负责人愣了一下，仔细地望了她一眼，似乎触动了什么，犹豫地说："你是什么人？"

田春苗说："我在你们大院住宅楼里当过保姆。"

"啊，怪不得好面熟。"负责人回头问身边的城管员，"大院只有三几个家庭雇了保姆，你们知道她是哪家的保姆吗？"

其中一位城管员悄悄说："郭大队长，不会是我们局长家的保姆吧。"

负责人听了，态度有所改变，客气地问田春苗："你是哪家的保姆呢？"

田春苗说："我曾经是你们大队长的保姆。"

郭大队长问："大队长是哪一个？"

田春苗说："伍晓天。"

“不要提那个家伙，现在我才是大队长！不说犹自可，你一讲我立即眼火爆（气愤）。听明白有冇（没有）？他妈的，伍晓天是什么东西，是一条狗——你给那个浑蛋家里揾食（打工），更加惹怒了我，还好意思替人讲情？冇得倾（没商量）！”郭大队长立即变了神色，仿佛他与伍晓天有世代冤仇似的。他气呼呼地说完，向几个城管员挥手说：“不要听他们讲废话，我们走！”

田春苗拦住他说：“好啊，我正想找你这个大队长，请你告诉我，伍晓天在哪里？”

郭大队长说：“他被开除啦，揾（找）他干什么？”

田春苗说：“他还欠我工钱呢！”

“他妈的，我正想揾（找）他算账哩。”郭大队长听了，站住了。他又来了兴趣，“这是怎么回事？”

田春苗说：“他欠了我两个月工钱。”

“他妈的，你伍晓天欺上瞒下，只晓得巴结顶头上司，根本冇有（没有）将我们当人睇（看）。伍晓天，老子鞍前马后跟了你八年，八年呀，诚惶诚恐、忍气吞声八年呀，没功劳亦有苦劳。他妈的，出事前你就要升副局长，不提携我就不说啦，反而在局长面前贬我，讲我坏话。我跟你没完！你以为你出了事，一走了之，我就算数啦，我就烧炮仗庆祝啦？我一定要知道你落魄的程度，有什么下场。”郭大队长大骂一通之后，舒了一口气，继续对田春苗说，“我们正查他的账，问题多着呢，我们到处揾（找）他都找不着，现在我有心无力，你的事我冇有（没有）办法解决。”

田春苗自认倒霉，转而指着我说：“那么，你们放过他吧。”

郭大队长哼了一声，又骂道：“我凭什么放过他！”

她说：“他也被伍晓天骗了。”

郭大队长又来兴趣了，他说：“哎哟哟，今日好像县衙升堂，我当了知县大人。这又是什么一回事？你快讲出来让我们听一听。”

田春苗一五一十地告诉他。这时我才晓得事情真相：原来，伍晓天因职务之便，早知政府已经研究扩建那条街道，提前将拆迁店铺的消息告诉了他的地下情人黑心老板娘。这个臭婆娘听了，心里一直盘算，领补偿当天，连夜写转让广告贴在店铺里，又到处找人转让，刚好我拉尾这个倒霉蛋撞上了枪口。这对黑心情人做人真绝，真狠。

"伍晓天，你这个家伙黑心无良，诡计多端，连普通老百姓都冇有（不）放过。"郭大队长搓着双手，眨着眼睛，情绪有些激动。紧接着，他的态度忽然变得和蔼起来，双眉舒展，好像我拉尾、田春苗已经和他结成了同盟，站在同一阵线似的。他对我们说："请记住，你们有他的消息，立即告诉我啊。"

田春苗趁机说："郭大队长，你是好人，好心放过他吧。"

郭大队长想了想，吩咐城管员说："这样吧，你们将东西还给他——他妈的，伍晓天跟那黑心婆娘无阴功、太'折堕（造孽）'。不仅欺负女人，连'不够称'（傻）的人也欺负，还有什么事情不敢做，不去做！哼，这个世界，我什么东西都见过，大蛇屙屎亦见过，偏偏冇有（没有）见过他这种人。他妈的，欺人太甚！"

郭大队长身旁的城管员说："还不说声多谢？"

我连忙说了声谢。田春苗扯了扯我的衣角，继续为我求情："你就让他多摆卖几天，行不行呢？这位阿哥实在太可怜了。"

那位城管员说："我们大队长的话说到尽头了，你们要识趣，别得寸进尺，不知深浅。"

这时候，田春苗又用手肘捅了捅我的左臂。我立即醒悟。于是我跪地乞求："大队长，你高抬贵手，关照关照我吧。我笨头笨脑，很早就成了孤儿，一直受人欺负，被人取笑。结婚后，原先开了一间游戏机室，好日子没过上几年，老婆跟了别人，游戏机室也丢了，又被人陷害进了派出所。之后我找店铺想开一间文具店，结果又被伍晓天的情人黑心老板娘骗了，没办法才摆地摊。现在，铁皮屋的积压像山一样高，人只能闪身而过，惨不忍睹，心痛啊……现在货品没办法处理，自行车又不能修理，逼得我走投无路。大队长，我是天底下最苦恼、最受气、最倒霉的人，接二连三遭受打击。你大人有大量，凭你的仁慈之心，可怜可怜我，给我这个倒霉蛋一口饭吃……”

我低声下气地诉说，连自己也不相信，我这番话滔滔不绝。郭大队长终于心动了，沉思片刻，对我说：“刚才我说你是傻瓜，要纠正，是我讲错了。睇来（看来）你一点儿也不傻。好吧，我好人做到底，通融通融，给你特殊照顾，允许你在这里摆卖三日，只准摆卖三日。”

我说：“大队长，三天时间远远不够啊，给我十天时间吧……”

“你这人有完没完啊？”那位城管员又对郭大队长说，“上级有文件规定……”

“嘿，文件是死的，人是活的。冇有使同我惊（不用替我担心）！”郭大队长倍机灵，板着脸孔说话，又用力地挥了挥手对我说，“好！就给你十日。这十日，我们睁一只眼睛闭一只眼睛。不过，睇见（看见）我们过来，你还得赶快收拾东西，做个样子给我们睇（看），避免为难我们各位兄弟，让我们的局长知道，我们好难交差。”

我连忙点头应诺：“行，行！”

他们走后，我十分感激地对田春苗说：“你真是好人，多谢你又一次帮助了我。”

我起早摸黑，整天在“旺角”商业中心摆地摊。

“走鬼”并没有减少，来往的人更多。这里依然喧哗嘈杂，叫卖呼喝声此起彼伏。我真佩服这些小商贩，他们似乎有蝙蝠一样的感觉，似乎身上装有报警器，城管员尚在远方，人群中连身影也分辨不清，他们便呼啦呼啦地收拾妥当，落荒而逃，动作比猴子还要机灵，跑得比老鼠还要快。

郭大队长遵守承诺，果然对我网开一面，放我一马，路过没有没收我的摊档。第二天，有的小贩看见我一直摆摊设档，也明目张胆地摆卖起来，城管员来到眼前也没有逃避。

郭大队长毫不客气，指挥城管员一律没收。

那几个小商贩不服气了，他们对郭大队长说："大队长，你没收我们的，不没收他的，难道他是你亲戚？"

郭大队长说："我冇有（没有）这个倒霉亲戚。"

他们说："这对我们不公平啊。"

郭大队长说："有什么公平不公平的。世界哪有这么多公平事。不服气？我来问你们，他被伍晓天骗了，你们被那个家伙骗过冇有（没有）？你们一点儿同情心都冇有（没有）！"

没想到，这也可以是我摆摊设档的理由。郭大队长唯恐人们不知伍晓天所干的好事，只要有机会就诅咒伍晓天，情绪异常激动，恨不得马上报不共戴天之仇。当然，我拉尾可不管他们之间有什么私人恩怨，也不管他是否真心实意帮助我。不过，我虽然对郭大队长心存感激，心里却又有一种说不清的滋味。我只好想，既然老天爷并没有把我赶尽杀绝，我就当自己交上好运吧。对我来说，如今最重要的是赶快把积存的货物卖出去。

这几天里，我倒学了两手。人多时段，我抓紧机会，放开嗓门，叫喊起来流畅自然许多："快来看啊，清仓大减价，又平又正，能卖一件少一件啊……一包烟，一瓶酒，半天工夫就没有。一斤香蕉一斤沙梨，吃完只剩一堆皮……曹操诸葛亮，人赞不一样。

我拉尾没有诸葛亮聪明，没有曹操奸诈……拉锦尾[①]，鸭仔尾，奋斗不息不怕死。杨家兵，杨家将，个个都能打胜仗。‘西海老虎’是梁赞，一代宗师数叶问；李小龙[②]，截拳道，双节棍，谁敢欺负给我滚……真金不怕火炼，好货不怕当面检验……过来看一看，挑一挑，选一选；数量不多，手快有，手慢无啊；好机会不多，走过路过，千万不要错过……清仓大减价，买一送一，要买要带，抓紧赶快，不要犹豫不要徘徊，本本书让你心动，件件文具让你行动……读书到三更，为了把气争，快过来瞧一瞧，快过来看一看……”

有好几次，田春苗路过，她也走过来，像我的好搭档伙伴似的帮我叫卖。我感激她帮了我不少忙。

时间像流水一样过去。尽管我竭尽全力，但收效甚微。文具和玩具仍然高高垒积，让我看了发愁发愣，心里又酸又痛。

人啊，走运和衰败两字之差，有时候说变就变，毫无预兆，毫无理由。比如，我们当年开游戏机室，我们哪里想过忽然间时来运转，一夜暴富，又哪里想过顷刻间又被闹得妻离子散，祸起萧墙呢？

---

① 拉锦尾，当地土话，即中国斗鱼，又叫尾斗鱼，分布于中国南方亚热带地区。

② 作者注：西海，这里指广东鹤山古劳和南海九江之间的西江流域。叶问、李小龙均是梁赞传人。

第十八章

人逢绝境，会不知什么叫饿，什么叫累。

第八天，我珍惜这最后机会，发疯似的叫卖，一直叫卖到晚上十点，连晚饭也顾不上吃哩。这个时候，街上灯火通明，许多店铺已经关了门，马路上的行人稀稀疏疏，冷冷清清，我这才收拾摆卖摊档，准备回家。

忽然，有人匆忙经过时停下来，叫了我一声："拉尾，怎么是你呀！"

我抬头一看，不是别人，正是"番薯藤"谷小龙。他穿着一件浅灰色的西装，国字形脸庞红润油亮，头发又短又齐，腋下夹着一个黑色的公文包，俨然一副脑袋有墨汁的生意人模样。多年不见，他并不显得苍老，只是胖了许多。他身边还有一位机灵的小伙子。

我叫了一声："谷队长。"

他摆手说："别叫我队长啦。"

小伙子说："叫他'龙爷'，或者叫他'龙老板'。"

"番薯藤"摆摆手，说大家是乡里，自家人，叫什么爷不爷老板不老板的。他告诉我，他早已不当治保主任了，五年前跑到附近县城开了一家小书店，书店只是个门面，并不怎么赢利，赚钱主要靠批发，订购各种书籍和文具送货给学校，因此，他与当地大大小小的中小学校来往甚密。看他春风满面的样子，我知道他这些年混得不错。

他问："你怎么摆起地摊来啦？"

我说："天有不测风云，人有旦夕祸福。"

他关心地说："我只知道你和凤娟闹翻的事情。还以为你会在县城享福，不知道你沦落到这步田地。"

我说："唉，一言难尽……"

我跟他详细诉说事情经过。他听得认真，一点也不惊讶，一味端详着我。

"拉尾，我如何说你好呢！说你笨，不是；说你懒，更不是。但是，你的人生不至于如此惨败——我这些年研究过命相——其实你是一个有福气的人。是的，你的样子的确有点傻，但不是没有心计，并不妨碍你发达。你眼睛小了点，但也有神；两眉下弯，但眉毛又长又粗；鼻梁崩塌，但宽阔肉厚。如果你胖一点，额头高一点，脖子长一点，就百里挑一，不得了啦！好好丑丑，总体而言是一副富贵相啊。可能缺少了什么。只要有人关照一下，你一定能够风生水起。"他像煞有介事地说，说得我五脏六腑翻江倒海，脸上肌肉一张一弛，两道眉毛蹦蹦跳跳。我还没有听人这样说我哩。然后，他话锋一转，振振有词地说，"我喜欢你这个人，你这个人够义气。还记得当年给同伴站岗放哨的情形吧，你完全可以跑到校务处揭发他们啊，但你没有说！你把什么都掩盖起来了，宁愿自己忍受一切。多么高尚的品格啊！我需要你这种人，我愿意重用你这种人。你明白了吧，我是说。我们有机会合作做事。"

我说："我能为你做什么？"

"我今天来西滨县城洽谈生意，"他说，"你跟我走一趟，一会儿就明白了。"

噢，二十几年前崩崖山找他的情形仍历历在目，我犹豫一会儿，但最后还是听从了他。

他保持一派军人风采，走起路来，身子笔挺，迈着坚定有力的步伐，黑锃锃的皮鞋踏在人行道上嚯嚯嚯地响，让我脑里掠过他过去一身褪色旧军装的形象。我快步跟随，一路气喘吁吁。他把我带进一家名叫“好运来”的餐厅包厢。我被他引到一张餐桌前，那里已经有一位穿着西装、戴着一副金边眼镜的高瘦中年人，看上去文质彬彬，脸上却露出一副疑虑不安的表情。

龙爷说：“拉尾，我带你见我的一位贵人。”

这位中年人看了我一眼，站起来跟我握手，表情依然疑虑不安。

谈话中得悉，这位中年人是龙爷的老战友，刚刚提升为西滨县教育局副局长。他们坐下来，正在列出书单，向学校推荐购买一批书籍作为辅导教材。

龙爷对我说：“拉尾，别做‘走鬼’了，也不要修理自行车啦。你当我的助手吧。”

我做梦没想到会有这等好事。我说：“我能应付得了吗？”

他说：“你负责采购、送货，有什么做不来的呢？况且，若有难事，可以找我，可以找我的老战友，没有搞不掂的道理。现在，我帮你规划人生。首先从小当家做起，负责西滨县经营业务。机会来了，我会继续扩展地盘，还计划办工厂，开公司。你要相信跟我没错。我当了董事长、总经理，还是重用你。到时，人们不叫你‘美国’就真的没有道理啦。这些，有朝一日会一一兑现。现在这世道，什么事情都有可能发生，‘老鼠衔着鸡蛋爬墙走’你见过吗？唔，没见过，我见过——真神奇——又比如说，当初在坑前小学，谁会想到吕沙尘会有今天，他当了副县长，是我们南岭墟镇出的最大的官老爷。吕副县长能有今日，因为他有大本事。我谷小龙本事也不能小觑，我争取成为南岭墟镇最富有的人。不是没有可能。你不相信你自己？我当初带领村民开山造田，把樟木头村变成全镇学大寨的典范，虽然这事如今没人再提了，但我这人的本事众所周知，人们不得不承认。你想一想，我能带领好几百号人马，就不信带动不了你一个人……”

我说：“你为什么要找我呢？”

他说：“我需要你呀！”

我满口应允：“好吧。”

他说：“你必须有一辆摩托车。”

于是，我买了一辆二手嘉陵牌摩托车，接着考了摩托车驾驶执照。

这一回，我自以为因祸得福。或者说，自以为这叫天无绝人之路吧。一切顺顺当当。这段时间，我搭公交车跑省城书店订货、取货，又开摩托车到县城各中小学校接货、送货，生意上我和龙爷合作分成，赚了一些钱，过上了安稳的生活。我将305房简单装修一番，增添了一批家具，有了电视机、洗衣机、电冰箱。我精神焕发，腰杆也挺直了许多。

这大半年，也是我最顺境，最舒畅的日子。嘿，谁还敢说我做事情总是一塌糊涂？这一次我做得多么正确啊。

一天中午，我刚从一间中学回来，龙爷找上门来。

“拉尾，你跟我来，我请你吃饭。”他没有进入小铁皮屋，直接走向“好运来”餐厅的路上。他边走边称赞我说，“我没看错人，我很满意你的表现。”

他一身灰色西装整洁，打着领带，皮鞋油光锃亮，牙齿闪闪发光，看上去似乎有什么大喜事。我们进入一个小包厢，面对面地坐着。

“靓女，叫主管过来。”龙爷向倒茶服务员说。一会儿，主管拿着菜牌进来，龙爷问：“有什么好介绍？”

主管推荐几道乡村风味的特色菜，龙爷摇了摇头。主管又推荐了几道海鲜，龙爷还是看不上眼。最后，他只好拿着菜牌亲自点了两道价格不菲的野味：煲五爪金龙、过山峰蛇碌。

“拉尾，我没有骗你吧？”他对我说，“当初我说的一番话，你还记得吗？我是军人出身，说到做到。现在，我的生意越做越大，而且这仅仅是好的开始。今后更会让南岭墟镇人刮目相看。你今天能过上好日子，靠的是谁？因为你相信我——我才是你真正的贵人啊！”

我点点头，对他表示感激：“多谢你。你是我的救星，真不知怎样感谢你。”

他一摆手，说：“免了，免了，感谢的话还是等你真正发达以后再说吧。”

我丈二和尚摸不着头脑，不知他的意思。我问：“有什么好消息呢？”

他说：“有一桩大生意。”

我问：“什么大生意？”

他说：“啊，我开了一间印刷厂，实际是一间不起眼的小工厂，员工不多，但只要机器一运转，就能哗啦哗啦地把大把大把的钱揣进自己的口袋里，比印钞票还快。”

我问：“那要我做什么呢？”

“很简单，”他说，“只需要将货物放到你的小铁皮屋里，然后打电话到学校派人来取货，来人签个名就可以了。”

我觉得有些玄奥，又觉得有点不对劲，我问：“这么好的一份差事，你为什么交给我？”

“因为你诚实，你为人仗义，”他又旧事重提，“你想想，那时候天寒地冻，你宁愿自己冻坏了也要为同伴站岗放哨，多么伟大啊！你正是我想要的人。”

我说：“那是另一回事。”

他笑着问：“你那东西有没有冻坏？还起作用吧？”

我愣了一愣，有点愠怒地回敬他：“我孩子谷金都已经背书包了！”

“呵呵，我比你还呆，我几乎没想到，”他自嘲一番，又问，“拉尾，你不需要钱吗？”

我说：“谁都需要钱。报酬怎样？”

他说：“你做梦也想不到。”

我说：“呵，好吧，我必须赚一些钱抚养谷金，将来他还要读大学什么的。”

他说：“呵，拉尾，你不仅有足够的钱让他上大学，送他出国留学也没问题。”

听了他的话，我信以为真，一时高兴极了。

晚上，我和谷金来到肯德基餐厅，买了他最喜欢吃的风味炸鸡和汉堡包。看着谷金吃得津津有味，我心里觉得甜滋滋的。我对他说：“我们意想不到的好日子来了。”

谷金问：“你有什么本事啊，难道你会印假钞？难道你去偷去抢？”

“你不能这样看你的父亲啊，”我说，“我跟你说过我有梦想。看来梦想将会提前实现。你只要用功读书，考上大学，我将来还有能力把你送到美国去留学。”

谷金笑了，像我一样傻乎乎地笑了。

小铁皮屋堆放的品种越来越多。学校需要的书籍，包括课本、辅导教材、作业本、文具，还有开家长会时学校推荐的《家长教育指南》，反正我们能做的都去做。暑假、寒假是最繁忙的时候。平时，只要老师对学生推介什么参考书，就有电话不断打来。一时缺货，我给龙爷一个电话，他很快就派人送货过来。

这天，龙爷来电话，又请我到“好运来”餐厅吃饭，他点的全是家乡风味菜，一只炭烧乞丐鸡、一碟蒜蓉豆豉炒番薯叶、一碟紫苏炒坑螺、一碟牛肉爆炒马铃薯、一盆野苋菜鲫鱼汤。

“今天我很怀旧，”他用筷子夹起碟里的番薯叶，颇有感触地说，“过去我卖的番薯藤，人家买回去喂猪，现在却登上大雅之堂喂人；过去吃野菜的穷得光屁股，现在西装革履兴吃野菜。真是风水轮流转。我的算术水平不行，但语文水平却不差。你看，我现在就发明了两句成语——喂猪喂人，‘土豪’野菜。哈哈。”

我说：“没想到我拉尾也有今天。”

“你有今天可不能忘记我，”龙爷说，“我们是乡下出来的，是同乡。同乡就要你帮我，我帮你，我说得对不对？”

“我不会忘记你，”我不解地问，“你有什么需要让我帮你的呢？”

“人嘛，说不定。人一世，物一世，什么也说不准，”龙爷继续说，“现在吕副县长主管文教卫体。只要他开口说一句话，我们的生意就做不完。听说吕副县长是你同学？你们的关系怎么样？最近和他有没有来往啊？”

我想透露谷金读书找他的事，但转念一想，毕竟是同学，人家当了县太爷，还是不给他脸上抹黑好。于是我说：“我们早就没联系了。”

“你真笨，有这么好的关系也不用。既然如此，我就不提他了。不管怎样，你是我用得着的人，”龙爷说，“好吧，你帮我什么，我不明说。现在我还有紧要事找教育局的老战友，然后我再到你的小铁皮屋去。”

龙爷迟迟没有来，我却在小铁皮屋里听到一个消息：龙爷被派出所抓去受审了。与此同时，被警察抓去的还有教育局的战友和他的小舅子。

原来，他开的那间所谓工厂是一间地下印刷小作坊，什么牌照也没有，由他的小舅子打理，专门盗版中小学课本和教材。他与战友串通，从中牟取暴利。结果事情败露，一个接一个学生家长到学校、到教育局投诉，书本不是缺页就是模糊不清，不是散架就是错字连篇，总之漏洞百出。

我听了，十分后悔，心里发毛，知道事情非同小可。倘若当初知道他这样坑害学生，打死我也不干。

我自言自语："按道理，我也应该被派出所抓进去的啊。"

话音刚落，有人在背后说："你说得对，可是，我们现在才来抓你也不晚啊！"

我回头一看，有两位警察出现在我面前。跟随他们而来的，还有几个虎背熊腰的搬运工。接着，他们用农用车拉走了小铁皮屋一捆捆垒得高高的课本、教材。

就这样，我又被带进了派出所。县城的派出所跟镇派出所完全两个样子，大楼又气派，路过看见禁闭室也很亮堂。我颤抖的双腿终于舒缓下来。在派出所里，我看见龙爷和他的小舅子。真奇怪，他们显得若无其事的样子。

龙爷笑着说："你要给我们说话啊，就像当年站岗放哨一样对人忠诚仗义。"

我问："什么意思？"

他直说了："你要给我们背黑锅。傻瓜，不然的话，我们怎么会把这桩生意交给你？"

我说："这岂不是要我坐牢！"

他说："你不用担心，我们会买通警察。只要你答应是自己干的，小工厂是你的，与他人无关，我们日后会找公安、找吕沙尘，一定摆平这件事。你很快就会出来。"

我明白了。我说："我可不想坐牢。"

他说："我会给你一笔钱，意想不到多的钱。"

这事我可不能隐瞒。我要做自己应该做的事情。我说："我不会这样做的。"

只见谷小龙气得全身发抖。我咬紧牙关，没有理睬他。于是，当警察审问我时，我将来龙去脉诉说一番。

"不准诬陷别人，"看来谷小龙早已通了气，只见警察眼珠一转，斜睨着我说，"难怪有人说你是白痴。"

我说："我不是白痴，我现在清醒得很。"

对于警察，我有了应付的足够经验。他们对我什么办法也没有。不久，谷小龙和他的小舅子，还有县教育局的战友副局长都被判坐牢。我听人说，谷小龙那天在牢里大喊大叫："拉尾，你这个傻瓜，我会要你脑袋的！"

最后，警察念我无辜，又坦白交代，终于把我释放了。我出了一身冷汗，耳朵不时嗡嗡地响叫。痛定思痛，我悔恨当时糊涂受骗，又因最终没有上当而庆幸。我自言自语道：拉尾，你做得对。你已经明白这个道理了——天底下，哪有这么大的一只蛤蟆随街跳的呢！你已经四十多岁，不应该再上当受骗了。

是啊，我从此应该老老实实做人。我又重新回到小铁皮屋修理自行车。

第十九章

我对谷金好，谷金却没有对我好。

直到现在，他还没有叫过我一声爸爸。现在，他竟然像呼喝一只小猫小狗一样喂喂喂地叫我，要么干脆叫我拉尾。有时候，我也觉得酸溜溜的不是滋味，可早已习惯了。现在有的孩子就是这个样。我的邻居是有钱人，他的孩子也这样向他打招呼，或者干脆直呼其名。让我高兴的是，谷金越长越大，越长越高，现在读四年级，这小子就快到我肩膀了。不出几年，他就会比我高出一个脑袋来。可是，我又经常为他而烦恼。他一日一日长大，性情却变得越来越急躁，成绩也一天比一天下降。

为此，我经常急得团团转。

谷金依然时常骗我的钱，说是交给学校补课，或者购买学习资料什么的。开始要十元八元，后来要二三十元。反正越要越多，越来越频密。

我相信了他。只要他将钱用于学习上，就没有不给他的理由。直到我发觉他的书桌抽屉堆满一张张游戏卡，才知道他骗了我好长时间。

我对他说："你太贪玩了，怎能够专心学习呢？"

他满不在乎地说："学校很多同学也玩呀，班上成绩好的同学都玩哩。"

我仍然把这个问题当作小事。我觉得，孩子尚小不懂事，好玩好动，偶然间欺骗父亲不要紧。一直到发现他竟然逃学，跑到网吧里玩游戏，我才知道这个问题的严重性。

有一次，我病倒入院，整天发高烧，在医院一住就住了四天，又吊针又吃药。病好出院，我发觉谷金以我病倒入院为借口，向班主任请假，竟然十天时间没有返校，我又被他气病入院，住了两天。他越来越鬼马，我责骂他之后，他准时出去，准时返家，其实在外面的时间全泡在网吧里。要不是我发觉不妥，尾随跟踪，把他从网吧里拖出来，还不知道他会隐瞒到什么时候。

他这样继续下去，不知将来会变成什么样子。我想起来真后怕，觉得应该好好跟他谈一谈，让他知道自己错了。我大道理小道理跟他讲。

我给他说，我父亲，也就是你的爷爷，他是因赌博而死的。

我给他说，我小时候，在竹林被迫参与赌博，连赌皆输，顶替站岗放哨，饥寒交迫，惨状难以形容。

我给他说，你小时候老是打游戏机，每打一次我都非常心痛。我是为了让你学好才搬到县城的……

有人说，人类创造语言是为了沟通的。我一一列举，跟他说了那么多，果然有了效果。他当着我的面承认错误，一段时间表现很乖。我觉得他真的变好了。

五年级放暑假，谷金叫嚷去找永利表哥。我心里着实不高兴，问他："又要去领'工资'？"

他说："他爸爸现在没钱发'工资'啦！"

我说什么也拦不住，就随他去了。毕竟他们表兄弟嘛。我天天盼他早点回来，还打了几次电话过去催他早回，可他就是不听话，一住就住了半个月。他回来之后，我发觉他变了，变得我不认识了：整天呆在房里玩游戏，看网络小说。他告诉别人，他在永利表哥那里看的网络玄幻小说，如果变成书的话，可装满一屋子。

我劝他说：“快要考初中了，你这样怎能考取好成绩？”

他蛮自信地说：“放心啦，我自有绝招！”

他的绝招是永利表哥教的，以为平时根本不用下苦功，考试前几天竖起床板就可以考高分。他这一变化真要我的命，一发不可收拾。从此，他和我顶撞起来，态度蛮横，老说表哥如何如何，我再也说不过他了。我简直后悔莫及，这次暑假让他去表哥家，可是我一生中又一件最失败的事。

事隔不久，他老是跟踪我，像特务小子一样盯着我，盯得我简直莫明其妙。

一天，他终于忍不住了，吃饭的时候，他莫明其妙地问我：“拉尾，你怎么老是这么精神？”

什么精神不精神的，我觉得他问得非常奇怪。

他继续问：“拉尾，你怎么还没有生病呢？”

哎哟，这像什么话！你说气不气人？我听了简直气得发抖，我举手，停了停，但还是一巴掌掴过去。这是我第一次打他。打了之后，连自己也觉得十分惊讶。

“你打我！”谷金大叫一声，好像要还手的样子，却忽然高声哭喊，然后转身跑出家门。

当晚，他没有回来，我到学校打听，又问他的同学，满街满巷地找，始终找不着。我一夜没有睡觉。第二天继续找，找得我双腿发软，脑袋昏天暗地，仍然杳无消息。直到第三天晚上，他才回到家里。只见他身子脏兮兮，头发像乱草堆一样蓬松，脸色苍白，眼眶红红的。我心痛了，心软了。关心地问他到哪里去了。然而他不理睬我，直接进入自己的房间，重重地关了门。他不吃不喝睡了一天，我没有叫醒他。第二天我把他叫醒，他还是怨气未消。第三天起来，他还是不想跟我说话，只是怔怔地望着我，眼眶内好像等待什么似的。

我觉得他太过分，又后悔打了他。真拿他没法子，我这个父亲是怎么当的啊！

最后，我对他说："我承诺以后不再打你了。"

他这才平息了怒气。他说："好吧，我们和解啦。"

谷金上了初中，寄宿在学校里，只有星期天才回来，有时连星期天也不回来。他在学校里的表现，我知道得越来越少。孩子长大了，我想管也管不着啦。

我命途多舛，日感孤寂。生活枯燥得像一根茅草。我不知道找谁倾诉心事。

回想起很多往事，我百感交杂。我正处于人生低谷，这低谷似乎还未有尽头。然而，我并不再羡慕别人。

我知道，鬼头马和肥婆娟没有真正生活多少日子，他们只是名义夫妻而已。不久，两人离了婚，鬼头马如愿以偿独占机室。如今，游戏机室的生意越来越红火。他简直趾高气扬。按现在时髦的说法，他成了南岭墟镇的"雷"人。唐泥鳅、豆皮良早已和我断绝联系。我在南岭墟镇，没有亲人，无牵无挂，更多的是伤感和失落。

有时候，我也想找吕沙尘。可他是个大忙人，哪怕爹妈再给他生多一双手、两条腿，也有忙不完的事。我听人说，坑前学校校长因公事找他，打电话约见，要么老是占线忙音，要么干脆不接。哪怕接通了，他会小声回话：我正在开会，一会儿再打过来。折腾了半天，终于接通交谈了，他就说你不用找我，你去找我的秘书，他会向我汇报的，连问候一句也没有就匆匆挂了电话。

校长也有如此遭遇，何况我和他的差距更是天壤之别。

这些年来，我只有在本县电视新闻里见过他。县长开会，他堂堂正正坐在旁边；视察工作时，他一二三四地做指示。时不时见他在会上发言或介绍情况。我理解他，他是全县忙得不可开交的红人。我和他是两个世界里的人，我找他能谈什么心事呢？当然，谷金入学读书时的遭遇还记忆犹新，但我心里早已不再埋怨他了。

实不相瞒，我倒经常想起田春苗，而且越来越想。可是自从我做“走鬼”上街摆卖，她帮我叫卖几次之后，说了一声再见，我们便失去了联系。其实，这些年来，我一直想找她，可是我没有她的住址，而她连手机也没有。我始终没有她的消息。我不知道她的具体情况。

晚上，我有时候会走到不远处的龟山公园，仰望星空，静静地看见整个天空就那么铺在那里，一次又一次地回忆起我和田春苗的一段经历，想到她一次又一次对我的帮助，我的苦涩生活就有了一丝温暖。

第二十章

西滨县城马路越建越宽，路灯越来越亮，小汽车越来越多。每条街道日夜奔跑的，满眼是上海大众、广州本田、东风日产、长安铃木，还有铿铿亮的奔驰、宝马、劳斯莱斯之类，简直让人眼花缭乱。

然而，自行车却变得越来越少。一天只有三五个人前来修车，许多时候仅一两个人光顾。有时候，竟然连一个人影儿也没有，我整天在小铁皮屋里拍苍蝇。我的小档口落得个惨淡经营。前来修车的人，大多是往返学校的中小学生。他们显得很匆忙，推着坏了的自行车一放，说哪里哪里坏了，就站在一旁起劲地用手机玩游戏，玩累了才催我快点把车修理好。

谷金读高中的时候，物价像刚升空的飞机一样天天长，一天一个价，早晨晚上不一样。我的积蓄差不多用光了，我又陷入困境，变成了穷光蛋，过着紧巴巴的日子。

更让我头痛的是，谷金不断给我惹麻烦、出难题。每逢星期六，他一定要去表哥永利家做作业。每次回来都增添许多恼人的坏习气。我不允许，他不依，还干脆在那里过夜，第二天直接返学。我发觉他经常醉酒。有一次到学校给他送汤水，我闻到了他身上的酒气；我还发现他在学校门前的石级上，醉醺醺地跌倒两次。此外，我在街上发现他抽烟，一边吞云吐雾，一边摇摇摆摆，一边哼着流行曲。老师打电话向我投诉，说他有时无故旷课，与社会闲杂人员混在一起。我决定认真严肃地跟他谈一谈，于是一天晚上自习的时候，我来到学校，把他从课室叫出来。

然而，他矢口否认。

我说："我知道，现在像你这样的学生都会习惯性地说假话，但你已经很离谱了。"

他说："是又怎样？这跟你有什么关系？"

我说："我是你的父亲啊。"

他说："父亲又怎样？"

我说："我是你的监护人。我不希望你学坏。"

他说："嘿，你在监视我吗？"

我哑口无言，不知道还应该说什么。他这个时候性格叛逆，我无法跟他沟通论理，而且我一直脑笨嘴笨。

谷金不把305房当自己的家。学校放假，他也不沾家，开着我那辆嘉陵牌摩托车到处乱跑，经常很晚才回来睡觉，或者干脆彻夜不归。我问他干什么去了，他就说和同学、朋友出去玩。他们究竟玩些什么，他从不告诉我。问他多了，他就觉得我很烦人，要么顶撞我，叫我少管闲事；要么干脆不吭声，鼓着腮帮赌气出门。他和我越来越陌生，说话一句就是一句。我只觉得非常无奈。诸如此类问题，应该怪我，还是应该怪他呢？我搞不清楚。说真的，这种滋味同样让我不好受。

我用每天修理自行车的微薄收入供谷金读书。这种艰难情况我一直隐瞒着，没跟他透露过半点难处。而谷金也从不过问家里的情况。他毕竟还是个学生。

这个时候，我对谷金仍寄以希望。我想，他将来考上大学，花费一定会更多。但我已经拿定主意，无论如何，我将来哪怕省吃俭用，哪怕卖了房屋，哪怕为他累倒，也要供他读书。好在我既不抽烟，又戒了酒。不然的话，这日子不知怎么过。我连看病也舍不得花钱，然而，只要谷金向我要钱，我还是照给不误。

有时候，我也想跟着人们一起奔跑。我一边修理自行车，一边考虑其他门路。

我曾想过重整旗鼓，重新开一间文具店，或者开一间摩托车修理店。可是，城里的店铺租金翻了好几倍，我几乎入不敷出，一点儿资本也没有了，想到今后还要供谷金读书，我更不敢轻举妄动，动用我省吃俭用剩下来的老本钱。更要命的是，我觉得自己的身体越来越差，感到有点儿力不从心。隐约感到疾病似乎正在一步一步地剥夺我奔跑的能力。虽然这个时候我并没有察觉到事情会越来越严重。

有一天，一个微寒的傍晚，我独自来到龟山公园。

几年之间，龟山公园已经建造成全县规模最大的公园，占地一千多亩，有一个很大的人工湖，有两个大型的广场，还有动物园和植物园、儿童游乐场、健身俱乐部、咖啡馆、喷水池等。满眼望去，是一片片绿茵茵的草坪，一片片茂密的森林。我环绕人工湖，沿着树荫下的一条绿道，不知疲倦地走了一圈又一圈。这里的一草一木都勾起我不可磨灭的记忆。

最后，我坐在湖边的长椅上，独自静静地望着蓝蓝的天空，静静地望着微波荡漾的湖面。

我听到母亲的声音：

“孩子，你要注意身体啊。”

我听到单车谷的声音：

“拉尾，你不能死守小档口。要是这样停下脚步来，你这一辈子可真的就完蛋了。你要振作，要加油啊！”

最后，我决定修理摩托车。

平时，有人推着摩托车前来补胎、拧紧螺帽之类的小活儿，我也照干不误。我以前修理过游戏机，自己那辆摩托车遇上一些问题，也是自己亲自解决。事情明摆着，做修理摩托车生意，我自然有把握一些。

我首先考虑在小铁皮屋外面兼营。对，就这么干吧。于是，我到城管找郭大队长。

我一进门就遇见他。只见他肤色更加黝黑，两道眉毛更加粗壮，人明显老了，也明显发胖了。这时，他正在和几位城管员逗乐，大家哈哈大笑不止。

郭大队长一下子认出我来。他收住笑声，并没问我来这里干什么，而是老话重提，指着我对大家说："他就是几年前被死人伍晓天搞到晕头转向的拉尾。"

几年过去了，人事几番新。然而，伍晓天的事，郭大队长仍然常挂嘴边，恐怕在大家面前不知说了多少回。他们颇感兴趣地望着我，个个点点头，然后发出一阵嘘的叫声。

郭大队长关心地问我："你揾（找）到伍晓天这家伙了吗？"

我老老实实地说："大队长，要不是你提起来，我几乎忘记这个浑蛋了。"

郭大队长摆摆手，很认真地责怪我说："这样不好，我们不能够轻易忘记这家伙。哪位伟大人物说的——忘记过去就等于叛变。"

我说："我是小人物，没法找到他。大队长，你有实力，人面又广，莫非知道他的下落？"

"鬼知道他躲到哪里去了，"郭大队长说完，忽然变得客气起来，"念在我们曾受过他的侮辱，可谓同病相怜啊，你揾（找）我有什么事，尽管讲出来——只要我能帮你，一定会帮你！"

我觉得有点庆幸一下子和他拉近了距离。我说："大队长，我准备兼营修理摩托车。"

“很好，很好。湿湿碎，冇（没有）问题。”郭大队长爽快地说。然而，话还未说完，他又聊起伍晓天来。他说，“伍晓天从来冇有（没有）在西滨县城露过鬼脸，这个反骨仔，不孝儿，两年前他老母亲病死了，也冇有（没有）回来！”

我听了紧皱眉头。心想这个伍晓天并非我知道般简单，可能真是恶贯满盈的家伙。但我早已不关心他的死活。这个时候我并不蠢，猪也会利用这个好机会的。看来我还可以把距离拉近一些。于是，我大队长前，大队长后，想办法跟他多聊几句。

我问：“大队长，伍晓天那个女人又怎么样呢？”

“你想搵（找）他们要钱？真是晒鬼气（白费工夫），没门啦，她早已同伍晓天一拍两散，现在他们已经拍手冇尘（两手空空），屙督尿都冇有力（小便也没有气力），一无所有啦。他妈的，真是一对狗男女。”郭大队长说完，继续问我，“你修理摩托车搵（找）牌照应该搵（找）工商所，搵（找）我办什么事呢？”

我一五一十地摆出难处，然后说出自己的想法。我说：“希望大队长高抬贵手哩。”

郭大队长笑呵呵地说：“拉尾，你越来越精叻（聪明），我差点儿比不上你啦。”

我也傻笑附和，又满怀希望地望着他。

然而，郭大队长突然斩钉截铁说：“冇有得（不行）！”

我央求他说：“那么，通融一个月，让我一边兼营一边找铺位。”

“冇有得就冇有得（不行就不行）。占道经营，冇有得倾（没商量）。”他铁面无私，一点商量余地也没有，毫不留情地告诫我别再打歪主意。

郭大队长的话堵死了这份心思。我不能像盗贼一样修理摩托车。于是，我一门心思物色店铺起来。

我到处寻找，还留意收看电视，听收音机里的新闻和广告。不久，得悉县城近郊的公路旁边新建了一排商铺，我冒着凉飕飕的风雨，开着摩托车到达现场。我在那里看中了一间小店铺。因为店铺地处偏僻，没多少人流，因而租金并不贵，几乎大赠送，正合我的心意。思量两天，我终于心动了。我心头一热，打算再次搏一搏，把所有的老本押上去。

第二十一章

一件意想不到的事情又发生了。

这是谷金放寒假的一个晚上，天气已经很冷了。我穿着厚厚的棉袄，两件长袖毛衣，仍然觉得手脚冰冻的。我冲了凉，洗了衣服，将衣服在阳台上挂好，打开柜台上面一直舍不得更换的旧电视机。突然，一则本地电视新闻让我心跳加速。播音员播说：一个中学生模样的男子，晚上喝了酒，开着一部旧摩托车，载着一个女人闯红灯，“轰”的一声撞在一辆行驶的大货车轮胎上，连人带车弹出好几十米，车几乎散了，两人鲜血淋漓。

好险啊，就差一丁点儿，要不是撞着货车的车轮，恐怕他们就会被压扁在车轮下面。

几秒钟一晃而过的画面，只见模糊地出现了我那辆熟悉的嘉陵牌摩托车。

“不好！”

我大叫一声，立即冲下楼梯，跑到街上截了一辆的士赶到事故现场。这时交通已经恢复了秩序，车辆穿梭往来。我四处顾望，只见谷金和一位披散头发的女人站在人行道的灯柱下面。摩托车倒在花坛边。他们两人鼻青脸肿。谷金的血还在脸上流，一只手按住肋骨，痛苦不堪的样子；女人拐着腿，站在离他几米远的地方，神志稍微清醒些，但也惊魂未定，被吓得泣不成声。

我连忙叫的士司机把他们送到医院。

医院给他们做了全面检查后，医生拿着两张X光片对我说："你的孩子断了两根肋骨，需要住院做手术；这个女孩子伤口需要缝线，为了防止伤口发炎，也需要住院观察，打针输液——请你现在到收费处交按金吧。"

我身上没有带钱，再说银行已经关门，只好拿出身份证让医院登记办了住院手续。

他们安排在同一间病房里。我整夜在医院里陪伴。谷金流血过多，脸色蜡黄，一直在输血，好在医生说他没有生命危险，我才稍微放心。女子神情完全放松下来，但她不爱说话，眼睛离不开正在玩着的手机。我又问女子家住哪里，有什么亲人，是否打电话叫亲人来，她始终摇头没有回答我。谷金情况稳定下来之后，我问他们是怎么一回事，她才吞吞吐吐地对我说："今晚参加同学生日聚会，我们高兴起来喝了一些酒，才出了事的。"

说完，她望了望谷金，我也望了望谷金。谷金也点了点头。当时，我觉得有点不对路，觉得他们并不相识似的，但也只好相信他们。

女人伤势较轻，只擦破脸上的表皮，小腿划了一道深深的血痕，缝了两三针，她在医院住了一晚，第二天就出院了。奇怪，出院时，她连向谷金看一眼也没有就走了。谷金伤势严重，又要输液，又要打针吃药，脸肿得像猪头一样。一直到我签了字，医生给他做完手术，我才放下悬着的心来。

接着，我把准备经营店铺的钱垫上。

医生问我："他是公费医疗还是……"

我不懂这些。我问："公费怎样，不是公费又能怎样呢？"

医生说："如果是公费，我建议他住长一些时间，用进口药，还可以开一些补品，让他尽快恢复健康。"

我问："这会有什么区别呢？"

医生说："好得快一些还是好得慢一些。不然，伤口发炎，可就难办了。倘若留下后遗症什么的，我们可不负责任。你考虑考虑吧，不用急于回答我。"

我明白了，我想，孩子还是一个学生啊。无论如何我也要尽最大的努力。

谷金一住就是十天，我把银行里的钱全部取出来，这样一来，钱还差一大截。实在没办法，我想到了肥婆娟。我只有厚着脸皮向她借钱。说句实在话，如果不是为了给谷金治伤，打死我也不会求她。我不至于如此没志气。

可是，我又犯难了——她会给钱吗？不管怎么说，毕竟谷金是她的儿子，她不会一点情面也不讲吧。

救急如救火，事急马行田，人在窘境中，可顾不得那么多了。我回到了南岭墟镇，可是，我找不着她，向人打听，有人告诉我，自从肥婆娟再次离婚后，一直气急败坏，曾经大病一场，钱都花在治病上了。病好出院后，整个人曾患了抑郁症，一段时间神经兮兮的，精神状态许久才恢复正常。我不能指望她了。于是，我只好返回西滨县城，把能变卖的东西都变卖了。望着空空如也的305房，我百感交集。

这一晚，我对谷金说了很多话，劝他做人要正派，要将精力放在学习上，别毁了自己的大好前程。虽然我笨口笨舌，说话一截一截的，但是大道理小道理都讲出来了。他不言不语，在我面前第一次低着脑袋。日后，我感觉到他的表现似乎又变好了些，多多少少放下心来。

现在，一切又要从头再来，但我并没有死心。我一心想把那间店铺租下来。只要有了店铺，我就有翻身的机会，我才能和谷金过上好日子，才有本事供他读书成才。我没日没夜地修理自行车，盗贼似的在铁皮屋小档口外面，偷偷兼营修理摩托车。我还给别人当搬运工，起早摸黑，直到累弯了腰才回到家里。我扣除家用，把零碎积攒起来，收进家里的钱柜里，然后一点一点地存到银行里。我只有见一步行一步，等凑够钱，再取出来，先交店铺按金。开张经营需要的花费，就等以后再说吧。

可是，不幸的事情还未结束。

那一天。我到附近一家银行存钱时，银行职员告诉我，我的钱全是假币！

这怎么可能呢？

我呆了，张着嘴巴说不出话来，我不相信每做一件事情，老天爷都有意和我过不去。

我说："你不要开玩笑啊。"

职员说："谁跟你开玩笑啦！"

一定是那位职员搞了花样。我一口咬定："我的钱不会假。"

职员解释说："这是验钞机验出来的，不会出错。"

我紧张起来。我说："你一定把我的钱调换了。"

职员听了，马上从柜面上站起来，认真地说："你不要随便乱说话，说话要负责任。"

我一时焦急，坚持说："没有调换，怎么有假呢？"

当时，要是行长在场，我一定会控告这个职员。人啊，急疯了，就像掉进沼泽快要被淹没的人，抓住一根牵牛花藤也会当作救命宝贝似的，根本顾不上有用没用，应该不应该。又是事急马行田。这时，我想起了吕沙尘。他平步青云，电视新闻更加频繁地出现他的镜头，早已是能呼风唤雨的官老爷了。人们都听他的，他一定有本事处理这件事。于是我打电话给他求助。谁知，电话里他听不出我是谁，劈头盖脑骂我乱打电话。我告诉他，我是拉尾，你不记得吗？他说，我怎么记得住！我一天要见那么多人，处理那么多事，我是神仙也记不住。我想，我们是老乡，又是同学，况且我还帮过他呢，说不认识就不认识啦？这可不能原谅。我有些生气了，高声对他说，你借我的钱还没还呢。他怒了，狠狠地骂我，混账，你他妈的是个疯子、大骗子，谁借过你的钱啦。说完，就放下电话。这时，我气炸了，脑瓜嗡嗡嗡地响个不停。吕沙尘啊，吕沙尘，你真是个浑蛋，翻脸不认人的家伙，简直猪狗不如！你何德何能啊，没有我救你，你早已见阎王；没有我借给你这几万元，岂有你今天这个位置！

职员大声喝道："你走吧，不要在这里耍赖。"

我定了定神，指着他大骂："你做了手脚，不还我钱，我就是不走。"

"你血口喷人，"职员青筋暴起，"滚开，再耍赖，我叫人赶你走。"

这话可激怒了我。我耍起蛮来，高声说："你不给我的钱，我就一把火把这间银行烧个精光！"

职员拍着柜面，指着我说："你再闹，我叫警察抓你。"

听他说要捉人，我的火气上攻脑门。我早已尝试过进派出所的滋味啦，死猪不怕烫，我还怕什么！我一时心痛那些血汗钱，毫不示弱，不顾一切地跟那位职员吵闹起来。

我们越闹越凶，引来众人围观，街上路过的人也进来看热闹。一时场面无比混乱。我高举张扬手上那沓钱，大声说：

"大家来看看呀，银行用假币骗人啊！银行居然用假币骗人啊……"

最后，银行经理把我带进他的办公室，调来录像重新播放。从我递钱，到职员接过钱，再到验钞机验钱，整个过程，放了一回慢镜头。

事实面前，我无话可说，我冤枉了人。

这是怎么回事？莫非有人拿假币来修车。以后，我每次收钱都一张一张地对着光亮看得仔细。有好心顾客见我反反复复，看来看去得不出结果，就会耐心教我几招。有顾客存心捉弄我，故意把我当作三岁小孩，像幼儿园老师提问似的，考问我这一张是多少钱，那一张是多少钱，好像我连一二三四五这几个数字也认不出来似的。有人说笑话拿我开心："就你这猪脑智商，你怎么识别？"

我虚心地请教："请你告诉我。"

他说："你要是给我一张三十元的，我就知道肯定是假币。哈哈，哈哈！"

我多少学会了识别。可是，等到我到银行存钱时，仍然有不少假币。怎么会是这样的呢，难道这个店铺会使法术，有意跟我这个穷鬼过不去？不会的。我已经够惨的了，老天爷不会不长眼睛的。于是，我特别留神起来。一个雷电交加的下午，突然停电，小铁皮屋里黑压压一片，我正在门角里修理电掣。忽然一个人影鬼鬼祟祟地闪进来，轻手蹑脚地来到货架前，直接打开我放钱的小木箱。不好，有盗贼。

我拍上修好的电掣，大叫一声："谁！"

一个再熟悉不过的声音："啊！"

嘿，谁也没想到，是谷金！

我说："你干什么？"

谷金无话可说，却不慌不忙。

原来，正是谷金这个家伙在捣鬼。平时，他趁我不在意的时候，把里面的钱偷偷换成假币。我一直蒙在鼓里哩，这事可真气死我啦。我真想一巴掌掴过去，可我还是忍住了。

怒火过后，我责问他假币是从哪里来的。

他一脸无奈地说："是上街买东西时找赎的。"

这么说，谷金也是受害者啊。我没有追究下去，但心里骂道："这世道！"

谷金越来越不像话了。

他不好好学习，上网吧，逛酒吧，学习成绩直线下降。不仅如此，他还在宿舍里偷同学的钱，在街上和人打群架。学校老师一次次上门投诉，我费尽心机教育他，什么话都说了，什么法子都用过，就差跪在他面前求他了。可他就是好不了几天。后来，他越学越坏，越来越不讲理。他每次向我要钱，我只能照给不误。如果不给他，他就用不读书来威胁我。这样惯下去，问题将越来越严重，他会变得无法无天。

一想到许多乖孩子，我就会伤心得直掉眼泪。

我不知如何是好，好几个晚上，睡不着，想着想着，觉得已经绝望，躲在厕所里偷偷号啕大哭。我觉得身子随时都会倒下来，一手搭在墙壁上，一手插进头发里，哭得没天没地，眼泪哗啦哗啦地流。反弹的哭泣声撞击在心上，"咚咚咚"地响。直到眼泪流干，头发抓掉一把，脑袋渗出血，我才回过神来。

啊，要是能找到田春苗在的话，应该多好啊！她一定会给我出主意，给谷金做工作的。可是茫茫大海，我到哪里找她啊。我孤独无援，求助无门，这时才想到亲人、朋友是多么重要。有时候，我真恨不得叫派出所警察禁闭他几天。不过，我做不出来。他毕竟是我的儿子。我哪忍心把他往火坑里推呢！我每次骂他，他总是反驳我，说话语气有时比肥婆娟还难听。遇着不顺心，他就发脾气，瞪大眼睛，那张脸简直比本·拉登还恐怖。

他啊，就是从火堆里取出来的焦皮的番薯，拿又拿不住，丢又舍不得。我的心像一片绿叶被虫儿用正在作茧的丝给缠住一样，胸口憋闷得要死。

我对他说："如果我死了，你怎么办？"

你猜他怎样回答我？他满不在乎地说："你死了，我就去偷，去抢，去打劫银行。”

他还真的弄来一把匕首放在书包里。有一次我骂了他，他还从书包拿出寒光闪闪的匕首亮给我看。

谷金无心上学，高中没毕业就提出辍学。多年来，我一直最担心的事情出现了。我一时无法接受，整个心都飞出去了。我抱着一丝希望，觉得必须劝阻他。否则后悔一生。我想，是好是坏，是生是死，好像这是最后一搏似的。他知道我一定会跟他再谈，房门死死关闭，半步不出门。我几次拍门，里面响一响，又没有动静了。我在门外等了一天一夜，站得腿麻腰痛。我几次无声而泣，哭得撕心裂肺。终于等到他开门，我就“噗”的一声，不由自主地跪在他面前。

他问：“你想干什么？”

我抬头望着他，双眼模糊。半晌啜泣说：“我想死了……”

他愣住了，静静的站着。没有说话。

我站起来，几乎哀求说：“我想和你说几句话……即使你不愿意听，我也要说……”

好像我真的要死似的。他身子动了动，肩膀耸了一下，依然没有出声。

我说：“你不读书，前途就毁了。”

我说：“我不想你像永利一样早早退学，无所事事，整天吃喝玩乐，惹是生非。”

我说：“你知道我多么担心你吗？为了你，我愁白了头。”

我说：“都怪我，我不是一个好父亲，没有担负做父亲的责任。我很内疚。”

我将隐蔽心里的悔恨事说出来。我说自己不擅言谈，不识劝导，又不主动和老师沟通，我真懦弱，真无用……

我向他解释一切，又请他原谅。我越说越激动，很想自刮老脸……他始终一声不哼，但似乎动了情，低着头默默地走到茶几前，倒了一杯水，咕噜咕噜一饮而尽。接着，他又来到饭桌前，手捧碗上我刚温热的饭菜，大口大口地吃。这时，我才稍微安心。

第二天，他还是背着书包去上学了。

可是，不到半个月，他又回来了，连在学校里的被席都收拾回来。这回彻底完了。我一看，傻了眼，眼泪夺眶而出，心里冰凉冰凉的。

谷金态度坚决，我再也说服不了他。他连我的一句话也听不进去。为了他，我已经心力交瘁。

谷金没有找工作，到处闲荡，显摆，耍赖，搞事。他把家里当作没掩的鸡笼，进进出出从来不告诉一声。他经常带人回家，男男女女，穿着怪异，待在他的房间里玩耍，高声喧哗。他们走后，地砖上留下许多空啤酒瓶、扑克牌之类的东西，反正乱七八糟。

而且，他这家伙好了伤疤忘了痛，又骑着我的摩托车到处跑。夜深人静，我听到摩托车呼啸而过，像飞机起飞时发出巨大的响声，像导弹一样穿越，就知道他和几个飙车党在街上显派头，如入无人之境。

我想管他，可我哪里管得住他啊。但我难道就这样见他越陷越深置之不理？

有一次，他要我给他买一台“圣甲虫”越野摩托飙车，价格两万元。我没有答应他，想好好跟他谈谈。他居然又不理我，还恨了我一个星期。

我还看见他又跟那个女人进出酒吧，出入旅馆。这时我才知道，谷金其实那次车祸是喝多了酒，到发廊里找到这个女人，载着她准备到一家旅店里开房过夜。

天啊，我几乎气昏了。谷金那时还在读高中哩，这个年纪，乌毛还未出齐就跟人学坏。

第二十二章

谷金终于到外面闯世界了。

我宽心了一些。我抱着这样的希望：或许他出来见了世面，自然会学好变好。他如此聪明，只要他不惹是生非，不干出格的事，出门闯荡肯定胜人一筹，至少饿不死他。果然，他变得沉实许多。有一段时间，他经常跟一位有头有面的车行老板打交道，很快什么车牌、车型、性能填满脑海，脱口而出。他还常跟一位穿着斯文的收藏人士来往，琢磨什么古玩。谈论书画、邮票之类，他能一五一十，娓娓道来。我手头越来越紧，谷金反而越来越阔气。偶然回来一趟，西装领带，穿着光鲜。我心想他真有本事，说不定将来事业有成，是一个让人刮目相看的人物。

没多久，谷金满脸春风地到省城闯荡去了。能到省城干事，毕竟是人生一件大事，是多少普通人家的梦啊。临走时，尽管他一向嫌我啰嗦，听不进我的话，我也尽父亲责任叮嘱他："谷金，你要好好干，给自己争口气，别让我挂念，有空就回来。"

他说："我会争气的，这个问题不用你多说。我知道应该怎样做，我生龙活虎一个人，不需要谁来挂念。"

说完，他挺起胸膛，转身走了。看上去，他好像一副远征的样子。

谷金一去不回头。当我知道他的消息的时候，他已经是一个好气派的小人物了，出门高级跑车，出入豪华酒店，头发额前两边分开，油光滑亮，里里外外一身名牌。他真有出息，一眨眼工夫，就暴发了，让人羡慕死了。有人说他和人合伙，又开车行，又开拍卖公司，在省城珠江新城买了一套豪华套房，阳台面向宽阔的江河。遇到熟人，他们说：

“拉尾，你辛劳了一辈子，现在你这副老骨头可以叹世界、享清福啦。”

“拉尾，你儿子如此争气，往你老佛爷脸上贴满金箔，今后再也没人敢把你看扁啦。”

不管怎样，我替谷金骄傲，心里甭说有多高兴。

谷金生日那天，我实在想他，真想见他一面，于是乘坐一辆公共汽车来到省城。

好不容易找到谷金办公的拍卖公司。公司地址就在珠江新城南岸，大楼高耸入云，楼下还有两层地下车库。外墙镶嵌茶色玻璃，阳光下闪烁着耀眼银光。门廊竖立两根光滑的朱红色的巨大石柱，石柱前面有两只威武的石狮子。门廊两侧是斜坡通道，小汽车可直接开进门廊，停在自动开启的玻璃大门前面。拍卖公司占了一二楼两层。我在大楼外面观望了许久，简直做梦也没有想到，这就是我孩子谷金拥有的公司。想起多年来对谷金呕心沥血的养育和一度有过的充满期待，我一时热泪盈眶。谷金啊，谷金，我的好孩子，你终于出人头地，光宗耀祖了。我这当父亲的多么自豪啊。试问，还有比这更值得骄傲的事情吗？

我左顾右望进入大堂。大堂无比宽敞，设有服务台、接待处、酒吧间，十分亮丽，高雅，比五星级酒店还要气派。酒吧中间摆放一架锃亮的钢琴。橙黄色的地砖光滑如镜，我双腿踩在砖面上，周围出现无数或明或淡的身影，让我眼花缭乱，不辨东西。我惊喜交加。你们，高楼见得多了，豪华装修也见得多了，甚至连北京人民大会堂也参观过，可能对此并不觉得稀奇。但如果你站在自己孩子拥有的地方，感觉自然截然不同。而且，我毕竟是一个地道的乡巴佬，虽然数次来省城，可是出入的不过是普通的公司大楼，哪里见识过如此辉煌的场所啊。说真的，如果不是儿子的公司，我真不敢往前走一步。如果有人瞧我一眼，足以让我胆战心惊。好在没人留意我。人们匆忙进出，工作人员正在忙活。我小心谨慎挪步上前，向坐在钢琴前的一位戴眼镜的调音师打听，才知道他们正忙于准备晚上搞谷金的生日派对。噢，现在年轻人挺新潮，喜欢刺激，闹新玩意儿，一个普通生日晚会也兴师动众。

谷金的办公室在一楼，宽敞得惊人，装修豪华，三面落地玻璃，一套黑色的进口真皮沙发，一张大班桌椅，几个摆放着洋酒和金银器皿的实木架。那盏吊灯实在大得难以比喻，像舞台上穿着镶满银珠的长裙一样散开来，把室内照得金碧辉煌。这么说吧，我那次到吕沙尘的办公室与这里相比，简直连一点儿皮毛也挨不上。我简直不知如何形容自己当时的心情。

谷金不在办公室，室内没有人。一会儿，只见一位戴着金色假发（“披头式”打扮）的女人进来。她像舞台表演的明星一样涂上艳妆，穿着细高跟鞋，衣着华丽，小嘴叼着一根香烟，举止轻盈，走路叉着步子，那模样跟电视里的时装模特差不多。她仰着脸看了我一眼，并没有打招呼，圆圆的小嘴慢慢地喷出一股烟雾，脸容露出十分轻蔑的神态。

金发女郎问：“里（你）找谁呀？”

我说：“找谷金。”

金发女郎说：“谁让里（你）入来的？”

我说：“有位琴师指引我进来。”

金发女郎点点头，显露有点不满他人的表情，然后问我：“里（你）由（有）事吗？”

我说：“我来看我的儿子。”

金发女郎打量我，说："真的？哎哟，睇唔出（看不出），里（你）好朴实啊——里（你）搂（老）人家辛苦了，刚落飞机呀？我到过美国西雅图好多次，饮过咖啡，睇过（见过）太空针塔，那里的国际电影节好出名。"

金发女郎的粤语半咸半淡，夹杂着浓浓的普通话和地方方言，我费力倾听仍听不清晰。她说到飞机，又扯到美国，让我一时云里雾里。后来，我记得多年前吕沙尘说我是美国，我以为与此有关联，她在说笑话而已。于是，我糊里糊涂地撇嘴傻笑，并没把她的话放在心上。

她坐在沙发上，并招呼我坐下。我从来没有受过这样的礼遇，有点不自然，眼睛看着吊灯。金发女郎又说："里（你）的仔（儿子）好嗥非利（很厉害），本事大得不得了啊。"

听到她赞谷金，我得意地说："不要说我们樟木头村，就算是我们南岭墟镇，从来没有出过这样一个人物。"

金发女郎嘴里呼出一股烟云，重新打量我一番。我躲过她的目光，出神望着吊灯。透过吊灯望过去，对面墙壁挂满女演员的照片。金发女郎说："你好欣赏这盏大吊灯？不平（便宜）不贵，十几万蚊（元）啦。"

我惊叫一声说："哗，一盏灯相当于我住的一套房。"

金发女郎愣愣地望着我，脸部表情十分古怪，好像我是只臭虫还是什么。她又想问我什么，刚好被外面有人打电话的声音截住了小嘴。

"好极，好极，"谷金打着电话走进来，一屁股坐在金发女郎身边，"今晚这位女明星也来助兴，太让我高兴了，今晚来个巅峰之夜。饮够，喝够，一醉方休。"

打完电话，谷金打开烟盒，将一支烟叼在嘴里。金发女郎替他点着了火。他兴奋异常，大口大口地吸着，烟雾遮着半边胖脸。半晌才发现我坐在金发女郎身边。他对自己父亲这个不速之客显得张皇失措。接着，他给我一副黑脸。

谷金冷冷地说："找我有什么事？"

我说："我来看看你。"

谷金愣了一下，依然冷冷地说："你已经看了我二十多年啦，还未看够吗？"

我惊愣了，定定地盯着谷金，只见他那肩膀上的衣服不停地颤抖，让我觉得有点恶心。我想象得出，他那个硕大的富贵痣像蛔虫一样地蠕动哩。

金发女郎将手轻轻搭在谷金肩膀上，故意嗲声嗲气地问谷金："这老头是谁呀？"

我忽然讨厌这种女人，反问她说："你是谁？"

金发女郎生气了，哧地哼了一声，耸了耸肩，对谷金说："这个老头真是好怪诞呀，一点儿都不懂规矩，好似想惹我发脾气啊。"

谷金轻轻拍了拍她在自己肩膀上的手说："亲爱的，别怪，你先出去一下，我来跟他说。好不好，宝贝？"

金发女郎扭腰撒娇，抿嘴笑了一下说："唔制（不），我要听里（你）老豆（爸爸）讲话。你不是一直同我说，你父亲是美国华侨大商家？"

谷金一脸尴尬。接着，他站起身，走在他的办公桌椅上坐下来，双腿交叉架在桌子上，摇头摆手地对我说话，叫我以后不要再找他。然后，他拨通电话，呼唤一个小个子进来。

谷金说："没事你就回去吧。我正忙着呢。"

我一脸愕然："孩子，你怎么啦？我是你爸爸啊……"

谷金突然板着面孔对我说："你是我爸爸吗？你比我清楚！我没有你这个爸爸。"

我第一次听他这么说，一时无言以对。许久，我才说："孩子，这话真让我伤心，比什么都伤心，你可不能这样说啊——不管怎么样，我毕竟养育了你这么多年……”

这时，一个小个子进来了。谷金没理会我的话，吩咐他带我出门。他随手拉开抽屉，猛然扔给小个子一捆人民币，示意他出门后将钱交给我。

谷金对我说：“你走吧。”

接着，我这个老家伙反倒被儿子臭骂了一顿。他的意思是不容我再呆下去。我在小个子的催促下愤愤地离开。一路上，我如五雷轰顶，分辨不出方向。

好不容易见到谷金，可万万没想到他给我当头一棒，翻脸不认人。哎哟，我这个父亲怎么啦，在儿子面前怎么会连龟孙子也不如啊！

有一天下午，忽然有四个持枪警察如临大敌来到小铁皮屋。我知道，警察上门可没什么好事情。看见这一回荷枪实弹、全副武装的架势，事情非同一般。我一阵惊慌失措。

警察问：“谷金回来了吗？”

我说：“没有。”

警察说：“你老实说！”

我说：“真的没有啊。”

警察说：“你带我们到你家里看看！”

于是，我战战兢兢地走在前面带路。到了家门，我的手不停地颤抖，摸索半天也对不准锁孔，弄得一串锁匙瑟瑟地响。一个警察一手抢了锁匙打开房门。他们不由分说，持着短短的冲锋枪逐个房间、逐个角落搜查。

警察问：“你知道谷金去了哪里吗？”

我说：“我不知道啊。”

警察问：“他有什么东西藏在这里？”

我说："钱……"

我领着他们来到房间的衣柜面前，手里指着衣柜。一位警察翻开衣服找到了一个小铁皮钱箱。他拿着钱箱放在我面前，命令说："请你打开。"

我的手颤抖得更厉害。警察抢过锁匙打开，一把抓起一捆人民币，厉声喝道："这些钱是哪来的？"

我说："谷金给我的。"

警察说："把钱带走！"

这是省城找谷金时，谷金给我的一捆钱。我一分钱也没有用过。想起当时的情形，我心里气得发抖。现在警察拿走了，我一点也不可惜。我一宿没睡，老是猜想谷金干了什么坏事。第二天早晨，警察把我捉了去。我现在什么都不怕了，我什么罪都受过了，我都变成这样了，再往下就没什么了。再往下就是死了。死都不怕，我还怕进派出所吗？随后，他们直接把我拉进公安局审讯室。审讯的警察像包公一样，一副严肃的脸孔。这时，我才知道谷金犯了不可饶恕的罪。他开公司、经营商店是假，不过是用来掩人耳目，制造大量假币是真。事情败露后闻风而逃，现在是一个在逃通缉重犯。

警察说："老实交代！"

我不住地点头。这一次，我无话可说，谷金罪有应得，他们要我怎样，我都会积极配合。谁叫我养了这个乌龟王八蛋啊！

警察说："你藏了多少假币。"

"我没有藏过一分钱，"我说，"过去别人曾骗我，给我许多假币。"

警察说："别人？是谁？"

我想起那年收到的假币说："什么人？不知道啊，应该是什么人都有可能，包括谷金。"

“你老实点，”警察指着我昨天交出的一捆人民币说，“这些钱是怎样得来的。”

我说：“谷金给我的，本来我不想要……”

警察说：“你知道这是什么吗？”

“钱，”我补充说，“人民币。”

警察说：“混账，是假币！”

我听了莫明其妙，一塌糊涂。我问：“这是假币？他给我的是假币？”

警察说：“昨天我们已经检验过，全部是假人民币！”

我不明白怎么回事：“怎么可能呢？”

几个警察交头接耳，说了一大堆我听不懂的话，不过我知道他们是在说我。最后，警察板着脸对我说：“别抵赖！现在我们怀疑你是同伙！或者是窝藏犯。”

我听明白了，气愤地说：“谷金，你怎么会干出这种丧尽天良的事啊……”

警察说：“你真会开玩笑。谷金怎么会给你假币呢！你们父子不是同伙是什么？你不是窝藏赃物是什么？”

哎哟，这可冤枉了我。我一点儿也不知情。我将事情经过一五一十说清楚。他们就是不相信。

我在公安局里关了三天三夜，直到他们将谷金缉拿归案，谷金交代了事实真相，才把我放了出来。事实上，哪些钱是真的，哪些钱是假的，连谷金自己也不清楚。夜里，我不知什么时候哭了，我想用哭来解脱，但是并不怎么管用。

最后，谷金因制造大量假币被判了重刑。这个小子，聪明反被聪明误。哎呀，我最担心的就是他会有这一天。

第二十三章

啊，我一直忘记说我女儿了。

一天下午，我准备出门到市场买菜，突然听到敲门声。我打开门，送来一阵清香，门口站着一位年轻漂亮的陌生女子。她长得亭亭玉立，烈焰红唇，一身时尚，魅力四射，简直光耀得我睁不开眼睛来。

我问："你是谁？"

她说："我是你的女儿啊！"

我懵了，问她："你叫什么名？"

她说："我叫陈琼。"

陈琼没有跟我姓，乳名叫瑶瑶，开始姓谷，再改姓马，最后改姓陈，单名叫琼。我一时惊喜交加。多年不见，她已经长大成人，既是大学毕业生，又是大美人。虽然她跟随肥婆娟生活，但我与她毕竟也有一种特殊的缘分。如今她来认我，怎么说我这张老脸也会喜上眉梢。可她二话没说，直接向我要钱。她告诉我，她很快要结婚了，需要钱办婚事。我听了又是喜出望外，女儿结婚，这可是她的终身大事啊。我乐呵呵地满口答应。我拿出一千元交给她，连连向她表示祝贺。

她瞟了一眼，一努嘴，不高兴地哼了一声，毫不客气地说："就这么多？"

我一脸愕然，不知如何是好。

她继续说："真小气，这丁点儿钱我也有。"

我问："嫌少？你需要多少？"

她说："两万元。"

我吓了一跳，顿时又傻了眼，愣头愣脑地站着。天啊，我哪里来这么多钱啊？

"这可是我的保命钱啊，"我指着她手上拿着的钱说，"你也看见了，我住的房屋这么陈旧，门窗破了几年也没钱叫人补修。我的身体又不好，时常腰痛，双脚乏力。医生说是因为我长年蹲着修理自行车造成的。医生还说，这种病永远也治不好，只能多一点休息。我想买一张按摩椅，可是一直凑不够钱购买哩。我能给你这些钱，已经尽最大的努力啦。"

她真不懂事，连问候我几句，一声"多谢"也没说，扭身就走了。看见她拿了钱怏怏不乐地离去，我心里真不是滋味。

没过几天，她又来找我要钱。我说没有钱给她。然而，我说什么她也不相信，竟然哭了起来。哭得我心如刀割，我问她为什么如此伤心。她擦了擦眼泪，告诉我说她母亲（即肥婆娟）患有严重的心脏病，正在医院里等钱做搭桥手术。我一听说急着用钱，我立即去银行取出五千元交到她手上。我一辈子就剩这么多钱了。钱交给了她，一切又要重新开始。我说跟着她去看看肥婆娟，毕竟我们曾是一场夫妻。她听说我要去，慌忙劝说我，说为了避免加重她母亲的病情，这个时候不能见面。她说得有道理，但我还是放不下心来。我总不能对这些钱的真正用途糊里糊涂、不明不白吧。于是，我悄悄跟在她后面看个究竟。你猜我看到什么？说起来我真难以启齿。她一直在骗我！这一次，她不是跑去医院，而是钻进了一家珠宝店，将我的钱全部买了首饰。啊！我站在商场橱窗外面待了半天，几乎昏倒在地上。

天啊！世间竟然会有这种人！我非常痛心，又感到不可思议，她的亲生父母忽悠人，生出来的孩子也忽悠人！

以后她来找我，我狠狠地把她轰出去。她赖着不走，我就说去报警。

她说什么我也不相信了。

当我再次见到陈琼时，她出了大事躺在医院里。

我和凤娟不约而同来到医院。陈琼像当初单车谷车祸时一样，身上全是白色的绷带。医生告诉我，她已经面目全非，惨不忍睹。这些年她都干了些什么啊？她利用姿色勾引男人。她凭借勾魂的脸蛋，迷人的身材，优雅的姿态，特别是她的烈焰红唇，像车轮转动一样，做一个男人的二奶又做另一个男人的三奶，结果被其中一个男人的女人泼了硫酸，毁了姣美的脸容。

那个时候，凤娟头发蓬乱，脸容憔悴，两眼显得十分呆滞，极力躲避我的眼神。然后，她站在病床前无声地哭泣。哭完，她颤抖着身子走出病房，在走道上自言自语：“都是我害了她。”

在一个风雨交加的夜晚，陈琼偷偷走出医院，一个人来到西江河岸徘徊了很久，最终还是投河自尽了。

我听到消息，悲痛欲绝。我来到陈琼的出事地点，望着滔滔奔涌的西江河水，眼泪哗啦哗啦地流。我心里有愧啊，我痛恨自己没有教育她，没能挽救她。她毕竟在名分上是我的女儿啊。

这天晚上，我做了一个梦，一个奇怪的梦。我梦见自己变成一只老乌龟，在面积庞大的龟山公园里艰难地行走。我的牙齿全掉光了，我不能咀嚼了……我要拼命把它们找回来。我找呀找……找呀找……我渴得要命。我爬呀爬呀，可我累极了，实在走不动了，我要求人帮助，推我一把。我声音低沉地呼叫着。可在这样一个漂亮的公园里，没有一个人。我一路孤独地爬呀爬呀，我很想找谁倾诉，可是，能够真心倾诉的人在哪里？我在暴烈的阳光下爬呀爬呀……我爬了不知多长时间，一直爬到十几公里滨江新城的堤坝上。忽然，波涛汹涌的西江水里，我的母亲、单车谷……他们不约而同地在我眼前闪现……我真想纵身跳下去……

这时，我惊醒了。

第二十四章

没想到，我和田春苗仍然有机会相见。

那天，我静静地坐在工具箱上面，只顾埋头在车轮穿洞的内胎上涂抹胶水。这时，外面刮着风，下着斜雨。雨水滴滴答答地打在铁皮上。忽然，听到一个熟悉的声音在叫我。

我抬头一看，擦了擦眼睛，又怔怔地望着她。嘿，正是田春苗。只见她剪着短发，脸露笑容，身穿一件粉红色的衬衫，束着一件印着许多小花朵的短裙，手持一把刚刚收起的花雨伞，站在我的面前微笑。

我不禁惊喜叫道："今天吹什么风啊？"

她说："我是来探望你的。"

我问："这些年你到哪儿去啦？"

她说："说来话长啊。"

原来，她家在外地边远山区。谷金出生时，她是照看生孩子的亲戚来到南岭墟镇医院的。后来，丈夫因病早逝，经亲戚介绍来到西滨县城伍晓天家当保姆，家里留下年幼的儿子，由奶奶照料。伍晓天这家伙逃走后，她见奶奶年纪大了，于是返回家乡干农活、照顾孩子。现在，她的想法和我当时的想法一样，为了孩子找间好学校读书，也为了家庭生活，携带年老奶奶和孩子来到西滨县城，在郊区租了一间廉价出租屋居住。

她又经亲戚介绍给一户人家当保姆。

同是苦命人。听了她的叙述，我不禁潸然泪下。同时，也觉得自己真是傻瓜，我那天以为她只是道一声普通的再见而已，还期待日后再见面呢。

我担心她又飞走了似的，我问："你老家在哪里？"

田春苗说："很远，很山。"

我问："有我家乡樟木头村山吗？"

田春苗笑着说："我曾到过你们村。你以为樟木头村很山，自己很穷吗？到了我家乡，你才知道什么叫山，什么叫穷啦。我家乡开门见山，四周依山环绕，到墟镇要爬山越岭，走二十几里崎岖山路。村子只有十几户人家，每户建造在半山坡上，走家串户要爬一段坡路。家家房舍和院子都很破落，有的家徒四壁，穷得让人见笑。不过，我家乡虽然非常偏僻，但空气十分好呢。"

她毫无保留地讲述，一点儿也没有忧伤自卑的成分。我感慨万端，敬佩她没有被种种悲苦折弯了腰，依然保持乐观的性格。

我一边修车，一边说："你遭遇这么多不幸，又是一个女人，你是怎么挺过来的？"

田春苗弯腰望着我修车，淡然地说："呵呵，你说得太复杂啦。我是乡下人，一个农村妇女，面朝黄土背朝天。烈日上田戴草帽，下雨留家织毛衣。我没有什么本事，出来也是干保姆的活，我并没有想得那么多。农民嘛，有时候只有望天打卦，靠老天爷吃饭。今年一个台风没收成，明年还不是继续春耕冬种！我只晓得一个道理——人不能跟别人、与过去较劲，即使遇到最大不幸，我们还是要生活的。你呢？一直修理自行车吗？这些年过得怎样？"

"你都看见了，继续修理自行车。"我说，"说起来，一匹布长。那次摆地摊分别后，我一直想办法另谋出路，曾经替同村的谷小龙这家伙干活，给学校批发辅导教材，险些连累到我，差点儿要坐牢。接着，我又准备开一间摩托车修理店，因为开店的钱用在谷金这个孬种身上还不够，还要清光家产。结果一事无成，一切打回原形，好像命中注定我只能修理自行车似的。说真的，假如没有修理自行车这门手艺，我已饿死千百回啦。不过，现在修车的人越来越少，也是望天打卦，店铺朝不保夕，关关停停。我知道不能这样继续下去，我经常想，难道自己只是修自行车的料？现在，我还像以前一样，一边修车，一边另想办法。”

人啊，真奇怪，本来是一肚苦水，因为面对着田春苗，我的情绪也变得乐观许多，悲伤的事情讲述起来也像很轻松似的，没有半点伤感，没有半点怨言。

田春苗熟练地给我递上需要的零件和工具，她问我：“你的儿子呢？他读大学了吧？”

话题触及孩子，我想乐观也乐观不起来。这是我的心病啊。我脸一沉，眼眶全湿润了。一会儿，我叹了一口气说：“唉，别提了。我没有儿子，没有亲人，没有朋友，风就是我的亲人，雨就是我的朋友。”

她关切地问：“怎么啦？”

我将那天探望他和警察抓他的事情经过告诉她。我说：“我对他已经毫无办法，我生来就是这样的命。”

田春苗说：“这么说，你想放弃？”

我无可奈何地说：“事到如今，他爱怎样就怎样，是生是死随他吧。”

田春苗认真起来。她说：“你可不能放弃。”

我说：“我能怎样？我束手无策。”

田春苗没有回答我，却问我：“你伤心不伤心？”

我愣住了，不知她的意思。我说：“那还用问。我又不是木头，当然伤心极了。”

田春苗又是解释，又是安慰我。她说：“伤心，证明你还很爱他。我是乡下人，一个妇道人家，不懂什么大道理，我只觉得你的想法有问题。谷金还年轻，年轻人要给他改过的机会，你如果放弃孩子，将来年纪越大，你就会越后悔。他毕竟是你的孩子啊，既然你爱他，哪怕有一线希望，你也不能放弃。孩子成长靠自觉，也要用你的爱来感染他。”

三言两语，朴素，率直，无私，一石激起千层浪，一言惊醒梦中人。听了她这番话，我无言对答，一时低头深思。我不知道对谷金的信心还有多大，但我内心的确又有重拾希望的冲动。这时，我发现眼前水泥地板湿了一片。我的目光刚好落在她手拿的花雨伞上，我看见水珠顺着伞尖像输液一样一点一点地往下滴。我的眼泪也顺着双颊悄悄往下流。

这一晚，我又做了一个梦，梦见自己冒雨走到一片像地毯一样的水苔时，身子突然一沉，深深地掉进沼泽里。我慌乱呼喊，拼命挣扎，却是越陷越深。就在即将被淹没的一刻，我忽然变得异常冷静。我想起村老人说过的掉进沼泽的自救方法，平卧姿势，尽量扩大身体与泥潭的接触面积，接着轻轻抖动自己的手，一只手接一只手地拉出来，匍匐在沼泽面上，又轻轻抖动自己的脚，一只脚接一只脚地拉出来。最后，我将身体趴在沼泽上，爬呀爬，花了很长时间，终于慢慢地爬到安全地带。

一天晚饭后，我按照田春苗给我的地址，来到城郊的出租屋找她。

这是当地专门给农民进城打工的人而建的出租屋，三座并排低矮砖瓦屋，每座一排而过地建着许多间带厨房的小房间。我走进田春苗昏暗的小屋。田春苗和她的奶奶、儿子乐乐都挤在这间又旧又矮的小屋里。田春苗在编织毛衣，她奶奶摇着一把大葵扇，乐乐在一张低矮的小桌子上做作业。

一进门，乐乐向我打招呼："伯伯，晚上好！"

这一声招呼，让我备感亲切。直到现在，人们都叫我什么？除了拉尾，就是傻瓜、蠢货、笨蛋、猪唛、一碌木、一团饭、阿二、阿灿、老衬……绰号多得记都记不起来。现在有人叫我伯伯，真是一时让我受宠若惊。我仿佛不是在叫我似的，一时不知如何应答他。顿时，我的眼睛湿润，泪水又忍不住流了下来。

接着，乐乐给我倒了一杯茶，然后又自觉地埋头做作业。

我对田春苗说："乐乐真乖，你教导有方啊。"

田春苗笑了笑，谦虚地说："一个农家妇女，哪懂怎样教育啊，还要靠他自己。"

然后，她一边继续编织毛衣，一边和我说话。我们共同追忆往事，说起南岭墟镇医院那帮家伙的捉弄，说起当"走鬼"摆地摊遭遇，说起我们一起到江滨新城的追债，一切都很轻松，有些事只当作笑资来谈。她的性格开朗，说话有道理，我一个劲儿地点头，有时候咧嘴笑得像个白痴。她奶奶专注地听我们说话，有时跟着我们笑，有时询问几句，还不时奇怪地望着我们。

我问奶奶："老人家高寿啊？"

她奶奶伸出手指头回答我："九十岁啦。"

"她身子还算硬朗，耳不聋，眼不花，能走能动，还能做家务。"田春苗告诉我，"过几天是她的生日。"

我立即说："要为老人家祝寿啊。"

田春苗点头说："当然，当然啦。到时也请你过来庆祝。我做我们家乡菜让你品尝。"

说话间，田春苗手里没有闲着，一直编织她的毛衣。她挨近奶奶，对她说："我是由你抚养长大的，这是我送给你老人家的生日礼物。"

她奶奶可高兴了，夸田春苗孝顺，夸田春苗心灵手巧。总之，说了孙女好多好话。

奶奶没把我当外人。她仔细端详着我，又看看孙女田春苗。见田春苗笑了，她也乐了。在这里，我真切地感受到他们一家人的和睦，田春苗的热情，她奶奶的慈祥、客气、亲切。我也向她老人家问寒问暖。多年来，我渴望一种真切的温情。在这里，我仿佛第一次领略到人世间的温暖似的。此时此刻，我把她奶奶幻想成为我母亲。我想，要是我母亲在世的话，也像她这么大年纪了吧。

田春苗把快要编织好的毛衣递到我面前，娇嗔地自夸说："我的手艺还可以吧？"

"真漂亮。"我借着灯光，看了看那件毛衣，又看了看她，一股暖流涌上心头，我羡慕地说，"你真孝顺。要是我妈妈还在世的话，也有人给她织一件毛衣就好了。"

她甜滋滋地笑了起来，没有回答我。

我离开的时候，他们一家子都送我出门。乐乐还甜甜地说："伯伯，再见！有时间再来！"

我低下身子，抚摸着乐乐的脑袋，说他是乖孩子，希望他努力读书。他点点头，再次说声再见。路上，我十分感慨地想：乐乐，谷金，一样是从洞里生出来的蛋，一样是从窝里孵化，一样是从蛋壳里钻出来的生命，我弄不明白，两只小鸟却天差地别呢？想到我一直以来对谷金不得法的教育，我知道自己的醒悟太迟了，感到自己实在对不起他，心里十分愧疚。

田春苗奶奶生日那天，我再次来到她的出租屋。

我买了生日蛋糕，买了一些补品孝敬她老人家，又买了一些学习用品给乐乐，送钱给他作为学习费用。田春苗送给老人家她编织的毛衣，还亲自给老人家穿上。

老人家的生日祝寿晚餐就在出租屋里。我和田春苗忙来忙去，备酒备菜。她亲手做的家乡菜摆满一桌子，香飘满屋，她耐心地给我一一介绍。吃饭前，乐乐唱着《生日快乐》，点燃并帮老人家吹熄蜡烛。事情好得真是让人无法相信。我们欢聚一堂，就像一家人一样，又吃又喝，纷纷向老人家敬酒。尽管天气已经有点凉意，但饭热菜香，热气腾腾，十分热闹。田春苗开心极了。这一晚，我高高兴兴，破了戒，喝了一杯酒。说实在的，我一辈子也没有在这么多人面前如此高兴过哩。

饭桌上，她奶奶整个儿乐开了怀，笑开了颜，嘴巴合不拢。最后，她奶奶望着我，拉着我和田春苗的手说："你们什么时候摆上喜酒，我死也眼闭啦。"

晚饭后，我们又聊了一会儿。老奶奶和乐乐都睡了。我和田春苗拿着木椅坐在屋外。我们继续聊天，有说有笑。我兴致勃勃地说起这次到她家的感受。

她对我说："你是个好人。"

我苦笑说："可是，人人都说我蠢钝，人人都说我是鸭仔尾。"

她笑着说："蠢笨不蠢笨，看你怎么看。鞋松鞋紧，自己知道。鸭仔尾并不完全是坏事。一群鸭中，鸭仔尾的确很可怜，身子最小、最弱，走得最慢、最落后。喂食的时候，鸭群呱呱呱地从鱼塘上岸抢食。鸭仔尾好不容易赶到，却被肥大的鸭子挤压出来。看上去多么可怜啊。但是，并非真的可怜哩。其实那些养得最肥最大的才是最可怜的，它们早早被卖出去宰杀掉。而最终鸭仔尾的命却活得最长。呵呵，我这样说不一定恰当。哈哈。到头来，这应了一句话，笑到最后才是真正的胜利者。我说得对吗？"

我似乎听懂了什么，也有所感悟，点了点头。我不管她的比喻是否恰当，我心里佩服她对鸭仔尾的含义有另一种解读。

田春苗忽然想起什么，转身回到屋内。我望着一排出租屋，百感交集。我想通了，我的生活磕磕碰碰走过来，现在我倒觉得没什么特别的好，也没什么特别的坏。因为无论好与坏，我都得接受。我静静地沉思默想。我想了很多，很遥远。月亮很圆，挂在不远处的山峦上，四周镀了一层晕辉。几颗耀眼的星星在天上闪烁着，像在诉说什么。

田春苗拿着钩针、毛线球走出来。她继续和我坐在一起，一边说话，一边编织。突然，田春苗啊的叫了一声。我看见她手指渗出一丝血迹。我连忙用手轻轻按住她的小伤口，然后又入屋问她找到了止血贴，给她包扎起来。我问她怎么回事，她笑了笑，眼睛望着我说："没事，刚才织毛衣时扎着一个旧伤口。"

我随便问："这是给乐乐织的？"

她仍然笑了笑，没有回答我。

我和田春苗你来我往。只要有空，她便到我的铁皮屋小档口找我，我有空也到她的出租屋坐坐。我诚心把田春苗当作自己的亲妹妹一样。她最关心我的健康。她劝我多锻炼，注意饮食，还亲自给我煲汤水，让我好好调理身体。

有一天，我们来到龟山公园里散步。这时，夜色已经降临了。虽说深秋，这天天气回暖，显得特别凉爽。四周很寂静，可以清晰地听到各种昆虫的鸣唱。

我们有说不尽的话题。她一边走，一边讲述她小时候的故事。她说起每一件事都挺开心，仿佛又回到了她那天真烂漫的童年。她讲每句话我都爱听。我也给她讲我小时候老被人欺负的笑话。她饶有兴味地听着，有时双眉不展，有时默不作声，有时开朗一笑。笑得像一朵鲜花一样，好看极了。

走累了，我们在公园的石椅上，并排地坐着，心里觉得很惬意。我仰着头，望着淡蓝的天空。天空的蓝，淡得几乎和白色没什么区别。我长了这么大，还真没有望过这样的天空哩。我不知道天空还会有这种颜色。大家见我们像历经风雨的夫妻般如此恩爱，既好奇又欣羡。我虽然受了那么多苦难，其实我仍旧跟大家一样有梦想，偶尔也会想到换个境况的人生会是个什么样子。总之，我感觉到人间还有温暖，感觉这世界并非那么凄凉，感觉这世界还是一片光亮。真的，有了田春苗，天是蓝的，地是绿的，我整个人都变了，变得舒畅坦荡、堂堂正正，一切都奇迹般的正常了。

我对她说："认识了你，是我最大的幸福。你让我年老时回忆起来，不能说我这辈子一段美好的日子也没有。"

她笑了，笑得很甜。

这时，田春苗忽然从手袋里拿出一件织好的毛衣送给我。

这是一件红黄相间的贴心背褂，是那天在她出租屋门前编织的那件。这是我一生之中唯一一件别人送的礼物。一时间，我感到心里暖烘烘的。我穿上她织的毛衣，深情地望着她。她的脑袋和我的肩膀挨得很近，她的气息透过我身上她给我亲手编织的毛衣，暖融融地抚慰着我的心窝。我尽情感受着她的真情，享受着她的完美和纯洁。

（这时，田春苗忽然从手袋里拿出一件织好的毛衣送给我……这是我一生之中唯一一件别人送的礼物。一时间，我感到心里暖烘烘的。）

我和她一起走出龟山公园，不由自主地走进一家影剧院，买了爆米花，和她看了一场电影。那是一部讲述一个人一生苦难的电影。男的叫福贵，女的叫家珍。这一晚，我们在影剧院里掉了一地眼泪。她握着我的手，有时候手指在我手心上轻轻地游动。

时隔多日，我一直怀念她温暖的指尖滑过我的皮肤的触感。

第二十五章

这些年，又发生了许多事。我还是长话短说吧。

首先，我要说鬼头马。

鬼头马真是胆生毛，坏事做绝：走私汽车敢做，同学妻子敢占，别人店铺敢霸，私设公堂敢干！为了钱，又明目张胆地做起赌博生意！

真是天理难容！

有话说，有几多风流，就有几多折堕。鬼头马永远也不明白，自己正步步走向不归路。他的鬼混女人一个接一个地一拍两散。不过，造成他走向末路的原因，则是他患上了毒瘾。他的游戏机室因聚众赌博和吸毒而被查封，他也因此而被判刑坐牢。

高墙生涯里，这家伙天天毒瘾发作，身体瘦得好像没有骨头似的，整个儿崩塌了。他时而呼天唤地，时而要死不活。他对一位前来狱中采访毒犯的记者说出自己的感受：“我真想上吊，可是连脑袋也塞不进去。”

最后，他惨烈地病死在一个严寒的冬季里。听说，他死前没有一个人探望他，连他的同党、手足兄弟唐泥鳅、豆皮良也没有来。其实，唐泥鳅和豆皮良这时也自身难保，没有好结局。常言道，纵情享受连场风月，落尽永世身心折磨。由于整天花天酒地，他俩早已弄得百病缠身。

哎哟，鬼头马生前的半世风光，化作一缕青烟，落得个众叛亲离。

真是活该。正如田春苗曾说过的话：把别人看作傻瓜的人，是世界上最傻的人。

他耍阴毒手段，强取豪夺的那间游戏机室，最终以凄惨的结局收场：店铺用来抵顶债务。不久，店铺换上了一家名叫米市街饭店的招牌。再过两年，有商家计划连排拆迁，兴建大型百货商场，因此补回各店主一大笔钱。这可是一笔足够鬼头马和凤娟不干活也能享受一辈子的钱啊。

可是，他们永远也无福享受了。

再说吕沙尘。

那一天，我正收拾工具，关闭铁皮屋准备找田春苗。忽然，一位中年男人神色张皇地找上门来。他身穿整洁的西装，头上却戴着一顶破草帽，帽檐压得低低的，手里提着两个鼓鼓的旅行包。

他说：“拉尾，你帮帮我。”

我终于认出来了，他就是吕沙尘。我几乎不敢相信自己的眼睛，他今天怎么会落到这步田地呢？

我问：“我帮你什么？”

“借你的衣服给我穿。”他说，“还有，借你一辆自行车用一用。”

我问：“为什么？”

他说：“有仇人要追杀我。”

我奇怪地问：“你这个高官还怕仇人追杀？”

“唉，三言两语说不清——”他左顾右望，慌里慌张地说，“人有时会上天，有时也会下地狱。”

我信以为真。我说：“我赶快替你报警。”

他慌了神，连忙说：“不，你千万不要报警。”

我又问：“为什么？”

“你别问那么多，”他催促我说，“快点，我求你，你是我爷爷。”

话说到这分上，他对我过去的一切不好，我都忘记了。我正脱身上衬衫的一刹那，脑子里突然一转，闪现一个念头。现在上上下下反腐败，轰轰烈烈，力度前所未有。什么中央政治局某人被抓了，什么省长被抓了，什么市长被抓了，什么县长被抓了，什么镇长被抓了，什么村长被抓了，连那次当“走鬼”在我旁边卖假药的江湖汉子也被抓了……就像日本长崎、广岛原子弹大爆炸似的，到处都有人议论纷纷。这样一想，我立即警觉起来。

我问：“你不是出了事吧？”

他说：“你别问。”

我往外张望，看见远处有不寻常的人在走动，并且问路人和店铺。我毫不含糊地说：“是不是有警察抓你呢？”

他一听慌了，连忙否定。他说：“你别乱说——老同学，你快帮我啊。”

我说：“我给你衣服，我就没衣服穿啊！”

他说：“你穿我的西装。”

我说：“不合身，也穿不起。”

他说：“小时候你救过我，现在再救我一次。”

我说：“一件破脏衣服也能救人？我不相信，太夸张了吧！你一定在骗我。”

他急了，干瞪眼说：“别扯淡啦——你需要钱吗？只要你脱给我，你要多少，我给你多少，你是我爷爷。”

凭我多次的经验，面对这种人，我学会了什么叫拖延时间。我将一张矮木凳递过去，琢磨一会儿说：“老同学——县长，我们很长时间没见面聊天啦，你是大官，难得来一趟，希望你多坐一会儿，有话慢慢说……”

他愣住了，然后“嘣”的一声，一下子跪在我面前，把头抵在我的膝盖上，恳求说：“我给你下跪了！拉尾，我央求你，你快脱给我吧。我给你钱。”

我问：“你说，我这件破衣服值多少钱？”

“啊啊，猪八戒也变得机智啦，”他站起来，突然狠狠地说，“你给，还是不给？”

呵呵，看来，他要狗急跳墙了。急吧，可我不急。我有与你这种人打交道的足够经验。我需要时间，我还想跟他聊，跟他耗。他不是很能说吗？

他终于按捺不住了，一把抓住我的衣服，嗞的一声，竟然强行剥去我的衣服。我挣扎不给，他猛然重重一推。我没料到他来这一手，不知道怎么回事，倒在地上发愣。瞬间，他已经穿上我那件油迹斑斑的衣服，把两个旅行包放在一辆修理好的旧自行车上，一边用绳捆绑好，一边叮嘱我：“倘若有人问什么，你不要告诉他们。”

说完，他立即推着自行车出门。

我爬起身，站起来，想起这个没人性的家伙，不禁大骂一声：“吕沙尘，你不得好死！”

这时，有两个人走进来，他们亮出证件，说明是便衣警察，打听一个人的下落，说这个人在这条巷子里消失了。

我立即走出铁皮屋，指着小巷一端说：“就是他！他刚从这里离开。”

我把他的衣着打扮什么的，一五一十地告诉他们。

于是，办案人员根据我提供的线索，很快抓获了吕沙尘，当场搜获自行车上的旅行包，两个旅行包里赫然满满叠放一扎扎现金！

原来，吕沙尘的官越做越大，最后当上了县长。后来，有人举报他在县里几项重大工程建设中贪污受贿。那天，这位“破帽遮颜”的县长正准备逃出县城，想办法赶去省城机场，打算逃到国外去。他出门发现有人监控，于是钻进我的小铁皮屋，想打扮成一个农民，希望能瞒天过海，逃过一劫。

据说，他在省城还买了一套用来藏钱的房子哩。结果，吕沙尘，这个有大本事、可以像“衔着鸡蛋爬墙”般神奇的“老鼠”，因贪污受贿数额大，被判了十年徒刑。

人啊，真可谓爬得高，跌得也重。

我还要说说谷金。

人老了，自然想家，还想自己的孩子。这是无法改变的事实。父子间渴望的亲情时常拉扯着我，牢牢捆绑着我。我早已对谷金的所有悲怨全都化作烟云。一天，我带着复杂的心情探看他。

在监狱饭堂的饭桌上。我们面对面坐在一起。他穿着灰蓝色的囚服，剃光了头，整个儿又黑又瘦，脸色苍白，两眼直直地望着我。他刚被打开了手铐，但双手仍保持扣着的姿势。我移开对视的目光，一时茫茫然。他身边站着一位身穿蓝色制服的狱警，威严表情中带有几分和善。

一位服务员走过来问：“吃点什么？”

我重新望了谷金一眼。他没有说话。一阵沉默。他一动不动，双手仍像扣着般放在双膝之间。我问谷金：“炸鸡？面包？要不，再来支啤酒？”

这个小子不说话，不点头也不摇头。我只好轻声地对服务员说：“就来这些吧。”

（他刚被打开了手铐，但双手仍保持扣着的姿势。我移开对视的目光，一时不知所措。）

还是长时间的沉默。这种沉默，比脑袋发高烧，一天到晚地输液还难受。

这时，狱警也看不过眼。他认真严肃地劝说："谷金，你说话啊。"

谷金的嘴唇微微动了动，又不动了。

我想，我老远而来，他不能一句话也不说啊。我问："你在这里表现怎样？身体还好吗？"

他低着头，不说话。

我不知如何是好。一片难忍的沉默。我只好说起他小时候惹人喜欢的事，说起他因学习成绩好曾经得过老师的夸奖，我还说起乐乐，说他很可爱，说他对我很好。

天啊，我真蠢，我想说早已想好的话，可我的脑瓜就是转不过来——我这个人惯坏了他，这个时候还夸赞他！

他依然低着头，一动不动地坐在我面前。

我实在忍受不住了，颤颤巍巍地站起来，压抑不住内心的激动，一字一句，不顾一切地大声说：

"谷金，你说话啊！你不能不哼一声。那怕你痛痛快快骂我一顿也好。你是我一生最操心的人。我知道，你今天落得这个结局，我负有不可推卸的责任。我很后悔，一生的后悔，真的对不起你。你有理由痛骂我，不认我，憎恨我。但是，你也没有管好你自己，你越变越坏，令我非常苦恼，非常伤心。你认我父亲也好，不认我父亲也罢，我没有办法强求你。甚至你可以骂我，打我，我都会接受。不过，无论如何，我都铁了心，我心目中你是我的儿子，只有你这一个儿子。哪怕你不认我，哪怕你嫌弃我，哪怕你憎恨我，哪怕你将我打死，我也认你是我的儿子！"

说完，我的泪水哗啦哗啦流下来。模糊的目光中，只见饭厅里所有人都望着我。

狱警说："谷金，探监时间快到啦，你快抓紧时间说话。你在监狱的表现是不错的啊。”

谷金猛然抬起头，望着我。他的眼里噙满泪水。

突然间，他“扑通”一声跪在我面前，似乎用尽全身力气，沙哑地叫了一声：“爸爸。”

有一件怪事，我非常纳闷。

开始，每逢节日，我常收到一个陌生手机信息，恭祝我节日快乐。我每次并不在意，只是随意回复。

接着，又收到几款化妆品。联系电话还是同一个电话，署名的是一个我不认识的人。我以为这是公司广告推销试用的产品，于是我毫不客气地使用起来，还高高兴兴地送给田春苗。

这年中秋节，我竟然又收到这人寄来五百元，这让我觉得奇怪了。我脑子里想来想去，也没有想出认识这样一个人。搞错了吧？不然的话，是哪位好心人呢？于是，我将钱一分不差地退回去。可是，这笔钱还是如数寄过来，并说明就是寄给我过中秋节的。我将这件事告诉田春苗。

“有这回事？”田春苗说，“天上怎会无缘无故掉下馅饼呢？”

我说：“真的啊！”

田春苗想了想，哎哟地叫了一声：“难道是黑心老板娘？或许她悔过自新，现在寄钱寄物作为补偿吧？”

我一拍脑袋说：“有可能，你说得有道理。”

我想，她害得我够惨的，这些钱远远不足填补我的损失！于是，我心安理得，照单全收，还拿出一半交给田春苗，说是给乐乐交学杂费、买文具。对于这笔钱，我并不感到特别高兴。黑心老板娘骗了我，虽然我最后自认倒霉，也早已不放在心上。但如今既然勾起往事，我还是重新点燃了心中的怒火。我还指望这个婆娘如数赔偿我当年的损失哩！

无独有偶。有一天，这人竟然寄来一张按摩椅。我蒙了。心想不可能是她。那么是谁呢？我这时才将情况告诉派出所，希望他们帮助查找。

派出所认真对待。经调查，我万万没想到，啊，这个人原来是“唐朝西施”，她已经在自己的老家开了一家化妆品公司，走上人生正轨。她说她很感激我，如果不是遇上我，她不知自己当时的行为是多么糊涂，多么危险，危险程度无法想象。

第二十六章

米市街饭店拆建那天，虽然天晴，却寒风呼啸，百年一遇的寒冷。我百感交集，回到昔日不堪回首的南岭墟镇。

如今，南岭墟镇恍如亦幻亦真的世界。高楼林立，街道宽敞，成为珠江三角洲一座亮丽的现代化城镇。许多地方连我也认不出来了。弯弯曲曲的米市街，幢幢骑楼统一粉刷成米黄色，彰显民国时期岭南特色建筑风格，挂上了五颜六色的彩灯。街上竖起一排古罗马柱的街灯，家家商店装上厚厚的透明玻璃，店内铺上高档的地板砖。许多商店刷新了招牌。有些店名挺新潮，用的是网络流行词；有些招牌还附加上英文，洋气十足。这个墟镇似乎越来越古老，又似乎越来越年轻。

当年我和凤娟结婚摆喜酒的空地，现在建成一个精致的小公园。小河两岸砌着坚固的石墙，河道经过清理疏通，河水缓缓而流。这时，我静静地站立在小公园里，默默地看着一台台载重汽车把米市街饭店拆下来的碎砖碎石搬个精光。街上人来人往，大概没人知道这里曾发生过多少故事。现在，我的心情十分平静。旧梦不须记。一个人，经历了那么多鸟事，慢慢地什么都想开了，往日触动我的伤痛已经过去，我不再为此伤感了。往事只留给我一段难忘的记忆。是的，天没塌，地没陷，西江水也没有倒流，我还得活下去，顽强地活下去。

人嘛，什么事情想通了，就会神清气爽。

这时，我抬起头，视线越过小河对面庞大的工业区，凝望着远处绿色的山峦。天空一碧如洗，山峦连绵起伏，郁郁葱葱，仿佛在那儿跳舞似的。

我正要离开的时候，忽然看见远处有一位老女人，她低着头，在米市街一家骑楼的咏春拳武馆的几根柱子之间徘徊，时而停止脚步向我张望。她裹着一件旧的棉衣，衣衫不整，就像刚刚从地震废墟里逃出来的人似的。我端详了很久，终于把她认出来了，是凤娟！真没想她也来了。我一时感慨万千。啊，时间永远是积聚能耐的精灵，也永远是吞噬本事的一条蛇。她以前的威风和霸气消失得无影无踪。

我坚定地向她走过去，我的眼睛与她的眼睛相遇了。她的眼眶布满血丝，目光充满迷茫、惶恐和不安。

然而，她迅速躲闪我的眼神，立即转身离开。我赶快跑过去，可是，她却倏地钻进紧靠咏春拳武馆一条深幽的小巷里，留给我的是一个凄怆的身影。一眨眼间，她在我眼前消失了。

我坐上一辆公共汽车，奔驰在经过崩崖山的新建公路上。两边是绿色的山丘、河流、田野和无数工厂的工业区、遍布小洋楼的村庄。我在崩崖山山脚下了车，经过一片刚刚插上秧苗的水田，一步一步稳健地往山上爬。我来到半山腰单车谷坟前，铺好了祭品，点上香，深深地鞠了一躬。

“谷哥，真是对不起呀……”我沉默了许久，又痛快淋漓地大哭了一场。然后，我擦了擦眼睛，抹干了泪水，继续说，“谷哥呀，谷哥，请你相信，我的日子会越过越好，我拉尾再也不是以前的拉尾啦！”

拜祭完毕，我的心情舒缓了许多。

风吹草动，漫山绿野。眼前一片茂密的速生桉沙沙作响，山下大片绿油油的秧苗掀起一阵阵绿色的波澜，闪闪发亮，远处一片熟悉的沼泽地，又增加了好几间茅舍，可以模糊看见鸭子在鱼塘里扑打翅膀，追逐、嬉戏，隐约听到鸭子呱呱呱的叫声……我下了山，打算抄近路回樟木头村。我正要加快脚步，忽然一条老黄狗不知从什么地方来到我面前。它摇着尾巴，围着我转了几圈，像是把我当作主人般的亲热。我弯下腰，抚摸着狗，正想环顾一望，只听到有人叫住我："拉尾，你回来啦。"

我回答说："是的。"

我望着他，很快认出他来了——一点儿也没错，他就是老人单眼明！我上下打量他一番。他穿着一件圆领白T恤，一条扎着皮带的短裤，肩上背着一个木制的小药箱。没想到几年不见，他显得更加精神了。腰不弯，背不驼，脸色红润，精神奕奕。虽然有一只眼睛坏了，但一点儿也没有影响他的形象，而且另一只眼睛睁得大大的。我再次回想起孩童时期他给我的印象，又一次几乎不相信自己的眼睛。

老人说："拉尾，这次见你，你精神多了，还记得上次看见你的样子吗？"

"记得！"我憨笑地点头，不无感激地说，"你给我开了一个药方。没有你的药方，我还不知自己现在怎么样哩。"

老人呵呵一笑说："拉尾，你知其一，不知其二，我那时好多话是故意对你说的。至于那剂药嘛，的确有点作用，但没有你想的那么神奇！"

这时，沼泽鸭场里刚好有人拿着鸭料走出茅舍，只听到呱呱呱一片乱哄哄的鸭叫声，吸引我的眼睛望过去。我想起自己的命运。老人手指不远处从鱼塘上岸吃食的鸭群，半开玩笑地对我说："拉尾。呵呵，拉尾，我说得对吗？哈哈。"

"请你放心，活人是不会被尿憋死的。我会继续走路，不回头，一路向前。”我说完，傻乎乎地笑了，笑得很甜。听了我的说话，他也朗朗一笑。看见他有急事情要离开的样子，我问他：“你这是……”

他又指着前面另一个村庄说：“我正急着赶路，要去那里给人治病哩。我们另找时间再聊吧，再见！”

说完，他匆忙上路去了。那条黄狗在他尾后跟随。我同时十分惊叹：老黄狗的腿一点儿也不拐，全身的癞疤完全消失，毛发顺畅，金黄金黄的，没有一点儿杂色，像当年到处兴起一时的“拉舍尔”毛毯一样油亮松软，尾巴有力地、均匀地摇摆着。

瞬间，我对这位老人肃然起敬。望着他步伐稳健的背影，我感叹地说：“这几十年来，我们变得越来越老，他反而越活越年轻，越来越有干劲。”

返回南岭墟镇的路上，我脑海里一直浮现凤娟呆滞而忧伤的眼神。

我在墟镇下了车，在凛冽的寒风中来到米市街咏春拳武馆旁边那条小巷的深处。我敲了很多扇门，问了很多人，最后终于在一间破旧弃置的砖瓦房里找到了凤娟。这个老女人正龟缩在一堆柴火面前取暖。

我不由一阵心酸欲泪。

凤娟没想到我的突然出现。她看着我，愣了大半天，一句话也说不上来。接着，她全身抖动，想站起来。我立即上前，俯身蹲在她身边。

在倏明倏暗的光影里，我们对视着，怔住了，好久没有说话。她老了，头发全银白银花的。她身上任何地方都显得老迈。她眨着眼睛的时候，脸上的皱纹涌来涌去，像一块石头掉进水里，激起千层浪。火焰把她的脸照得像猪肝一样通红。这时，忽明忽暗的光影像一巴掌接着一巴掌一样往我们的脸上掴打。忽然间，我们都想哭，但谁也哭不出声来。我看得出，她的心好像被撕碎了，整个身躯抽风似的不住地发抖。

偶然间，她呆呆地望着门外。

我想请她安静下来，但是我又说不出声。她突然浑身打着寒战，想摸索什么。我往火盆里加了一把柴，然后拉住了她的手。

我问："你冷吗？"

"我阴冷了一生。"她咳嗽两声，声音沙哑而混浊地说，"回首往事，我惊梦一场。现在，我只觉得像所有的魔鬼都缠住我。"

我说："过去的事情，就让它过去吧。"

她听了，把头埋在手帕里。她咬着湿手帕，把自己的手心都咬出了血。接着，她又用手指死命抓住自己散乱的头发，强忍着，一动不动，屏住呼吸，咬紧牙关。我知道，心中的痛楚正在无情地挤压着她，撕扯着她。

我说："哭吧，有眼泪就哭出来。"

她终于哭了，号啕痛哭，一声比一声震撼。最后，她用手帕绞着双手，从她那几乎没有牙齿的嘴里发出喃喃呐呐、含混不清的声音："造孽啊……我这大半辈子都做了些什么啊！我……请你原谅我吧。"

我的脸不自觉地抽搐，嘴角苦笑了一下。我不知道应该怎样安慰她。我只好吃力地说："好喽，你不要太伤心，今后的生活还要继续下去哩。"

她说："我老得太快，却明白得太迟。"

我说："凤娟，你振作些吧，不为自己，也要为谷金。"

她抬头望了我一眼，又低下头来。我给她说起谷金在监狱里的事，告诉她我今后的想法，正又寻找机会，继续上路打拼，也准备为谷金的将来做点什么。我劝她到监狱探看他。她又重新抬起头，脸庞朝着火堆。这个时候，柴火继续燃烧，火势明显减弱，光亮越来越暗，屋子里骤然冷了许多。我又往火盆里加了一把柴。很快，火势又旺了起来，火盆里发出噼噼啪啪的响声，间或散发出烟花似的小火星。她手上的肉鼓了起来，那张遍布皱纹、不停地颤动的老脸对着我。她用那双混沌的、失去了光泽的眼睛望着我。突然，她叫了我一声："拉尾。"

我先是愣了一下，随后我觉得这声音有点亲切。

我点点头，轻轻地答应了一声。

最近我经常做梦。各种各样的梦。

在各种各样的梦中，我有时会自己跟自己讲述梦的经过，自己跟自己对话。

我说："这是一个梦。"

我说："都一把年纪了，你还做白日梦。"

"你说得对。"我反问说，"哪怕我再蠢、再傻，也有梦。做个梦还不行吗？"

"有梦总比没梦好，"我点点头说，"你说得对，野百合也有春天啊。"

2015年2月4日初稿于鹤山西江河畔

2016年3月14日改于鹤山西江河畔

2016年5月14日定稿于鹤山西江河畔

后记：

我喜欢抒写卑微小人物

张启雄

春暖花开，花园鱼池悄然孵出许多小鱼，或一群一群地追逐，或星星点点地闲游。我既开心又揪心，跟渔民心态截然相反。渔民想的是能卖好价钱，因此唯大是尊。他们会想方设法消灭这些消耗饲料的小鱼。我偏偏特别关心这些比米粒还小的“毛毛鱼”，白天经常观赏这些小生命，夜色稠浓时还打着手电筒照来照去。喂鱼的时候，我希望大鱼不要抢食。我还担心那些大鱼会把这些小鱼吃个精光哩。

撇开利害关系，在强弱角逐较量中，我的情感天平自然偏倚弱小者。观看足球竞赛，我往往替弱队忧心戚戚。这种心态非我独有，我试探几个朋友：“大小个子街上斗殴，倘若不明就里，你会帮助谁呢？”回答皆毫不犹豫：“帮助小个子。”

这是人的本性？而我呢，小时候喜欢和弱小同伴打交道，做朋友，日后诸多经历又将这份情感叠加，形成一种挥不去抹不掉的心结。这是我的小说创作几乎都以卑微小人物为主人公的原因。而且，我也难以想像，同情心之缺失，这个世界将何堪之乱哉！

卑微小人物立足于世，仅博得同情是远远不够的，还要有一颗正义与善良之心才让人觉得可爱。否则，人们只是把你当作一条可怜虫而已。

问题是，喧哗与躁动面前，人的本性在魔力牵扯中失真，道德沦陷，天平的另一头肆意加码，同情之心日益稀罕，善良之心日益不屑，甚至嗤之以鼻。于是，鬼头马之流过早地发育了，尚未懂事已家常饭般捉弄卑微的“傻瓜”拉尾。捉弄了还“捧腹大笑，个个像打鸣的公鸡一样笑得前仰后合”。再说，“史泰龙”威风八面，成为全班的小布什，班主任也让着他几分，因为他有一位‘阔佬’父亲。奈何世俗眼光里，套用了银行的贷款法则。于是，商业性不规则的竞争游戏大行其道、沸反盈天。

有这样的口头禅：“手快有，手慢无。”“抢”的意识植根于不少人的脑里。以至于善良愚钝的拉尾在走投无路当“走鬼”时，也学会了这样叫卖：“手快有，手慢无啊……走过路过，千万别错过……”我熟悉鸭场，小时候也养过鸭。一群鸭子中往往有一两只孱弱的拉尾鸭。喂食的时候，群鸭哗啦啦争先恐后、飞也似的赶去围着抢食，等到拉尾鸭奋力上了岸，呱呱呱哭喊似的远远赶上来，那些鸭已经吃得半饱了。拉尾鸭拼命往里钻，却一次又一次地被鸭身挤压出来，或者被鸭翅膀刮打出来。好不容易跻身深入，尚未站稳，刚伸长脖子，也大多被肥大的鸭子啄得头破血流，情状凄惨。饲料就这么多。意思是，你抢吃多了，就等于抢吃了我的份额。你长膘了，我就瘦了。这样一来，强者愈强，弱者愈弱。姑且勿论这是否是一个恰当的比喻。

像拉尾这类卑微的小人物，唯一出路是争取正义，奋力地与命运抗衡。跌倒了，爬起来；屡次跌倒，屡次爬起。这是卑微者由让人同情跃升到让人敬佩的必由之路。弱者的抗争，倍觉可敬，弱者抗争的成功，特别让人振奋。正如观看足球比赛，输球的一方反败为胜，会让我激动得热泪盈眶，禁不住跳起来呐喊一样。

挺与忍，进与退，不同的概念，不同的结局，不同的人生。因为卑微，所以顽强。一味埋怨、忍耐、退却，在当今无济于事。重压之下，只会在沼泽里越陷越深，只有抹干泪，挺过去，拼命向前追。

我无意为卑微者立言，只想在此说些心里话。仅此而已。

在此，请容我衷心感谢关心爱护我的老师与朋友。在创作过程中，正因为有你们，这本《爬过沼泽》才得以顺利出版问世。特别感谢花城出版社对本书在选取素材、故事结构和人物形象塑造上给了我有效的帮助，才使这部作品更加成熟。同时，感谢我的朋友和我家人给我提出很好的修改意见。出版前，一位好友专门为这部《爬过沼泽》作了一首同题粤语摇滚歌词，特收录在此文一并感谢！歌词是：

步履蹒跚黄毛鸭子奋力赶队
前头喧哗争抢剩下一潭浊水
靠一口气支撑不沉沦拼命追
到那天羽翼丰满明了我是谁

世事欲说还休或是注定些许
一味认命没救世主替你赎罪
无端是非杀到近身退无可退
难如愿匹夫不可夺志出重锤

啊……不必叹喟无聊时光穿透生命空隙
啊……不必理会恶毒嘲讽满布四周冲击
啊……不必介意肮脏躯体散发污秽气息
啊……也不必计算卑微角色配衬什么价值

终此生高低深浅寻寻觅觅

看不尽三教九流各种货色
爬过了沼泽远去混沌往迹
何来仙人指路最可靠自己分析
梦想过镜花水月人间春色
尘世里找我所爱不遗余力
面前杯中酒怀藏从前一段记忆

2016年4月16日于西江河畔
2016年6月1日改于西江河畔